大厂雄浑

曲静 著

时代文艺出版社

图书在版编目（CIP）数据

大厂雄浑 / 曲静著. -- 长春 : 时代文艺出版社,
2021.6
ISBN 978-7-5387-6647-9

Ⅰ. ①大… Ⅱ. ①曲… Ⅲ. ①长篇小说－中国－当代
Ⅳ. ①I247.5

中国版本图书馆CIP数据核字(2021)第068020号

大厂雄浑
DACHANG XIONGHUN
曲静　著

出 品 人：陈　琛
责任编辑：杜佳钰
特约编辑：杜晓雅
装帧设计：陈　阳
排版制作：隋淑凤

出版发行：时代文艺出版社
地　　址：长春市福祉大路5788号　龙腾国际大厦A座15层　(130118)
电　　话：0431-81629751（总编办）　0431-81629755（发行部）
网　　址：weibo.com/tlapress（官方微博）　sdwycbsgf.tmall.com（天猫旗舰店）
开　　本：710mm × 1000mm　1/16
字　　数：200千字
印　　张：14.25
印　　刷：长春第二新华印刷有限责任公司
版　　次：2021年6月第1版
印　　次：2021年6月第1次印刷
定　　价：42.80元

目录

引子·廓

20世纪中叶，东北，广阔的田畴村舍间，平地拔起一处建筑群，一个被无形的栅栏隔出的特别地域：大厂。自此一个功能齐全的小型社会有了雏形，并有来不及养成的人文地理附着其上。随后，培养出了逐渐繁茂逐渐庞杂的气象，于岁岁年年中，枯荣更迭。

有个名字，叫双吉。双吉小镇。行政区划叫双吉街道。主要是由大厂一应摊开的，如小平底锅上的一枚煎蛋。

东北老国企前世今生的命运遭际从此在这里展开，造血输血至贫血，重启造血加大输血再行重振，被推动着，叠印着一个国家行进的脚步。

复苏是艰难的，转身是沉重的，代价是必须付出的。

是为版图鸡首处，共和国长子凝滞的目光向外无限延展，努力地伸直脖颈，或是渴望或是沉浸地向远方凝望。眼底里有多年付出的荣光和欣慰，也有身陷一隅的窘迫和郁结。地平线尽头，一轮落日映古映今，暖暖的光晕洇濡下，自然之子面目舒展，被惯性推动、责任在肩的模样，使其老成厚朴，有那么一瞬，被暖阳亲拂过的躯体，如镀了金的雕塑，将一层悲壮又崇高的色彩，轻浅地铺上，又以看不见的波浪般的起伏，缓缓呈现。

多年的人口净输出所致的活力延宕，如一痕掩不住的伤。

有画面却永远鲜活在记忆深处——林立的烟囱，阔大的厂房，统一的工装，乌泱泱的上下班的人潮，踏着响彻厂区的激昂的乐曲。

碰巧就生在这里，并在这里一点点长大成人，大厂和小镇便成了记忆里挥之不去的印迹，无论行多少路，走多远，这个地方总会时不时跳出来晃动记忆。

2016年，数百名厂子弟中学81级学生于大厂济济一堂，一个个五十多岁早已过了轻易动情年纪的男男女女，一个个抛开阶层标签，怀思大厂的生养之恩欣然奔赴，有抑不住的情思悄滋暗长、波涛汹涌……

远道而来的，隔几十年时空阻碍，恨不得多长几双眼上下左右地多看看、多长几条腿前前后后地多走走；有散落各处的，断续与大厂纠结缠绵，也得了空集体回家，整理收拾着万千牵挂和难分难舍的复杂情感；有始终守成的，憨厚着一张脸眯眼笑望，暗搓着一双手厚道地候在一旁，看昔日手足带来的惊喜惊奇，感悟世事变迁给彼此带来的太多改变——哺育成人的片断，掀开哪一页，都生生写满了熟悉和亲切，以及无法舍离的眷恋。

大厂人，用心血打造的大厂今昔，创业守业，在大时代的变幻中做砥柱中流，行进的每一步都是故事都有情节都起伏跌宕都水乳交融又都被按下不表，以处变不惊的大度慨然相望，凝然而立，默然不语，豁然以对。

然后让我们看到也感受到的现实，眼前有关大厂的一切画面；让我们又因此沉浸，一个个永远鲜活的大厂记忆。

大厂，那是我们的家，寄托着我们太多的放不下，大厂的朝夕、大厂的形势、大厂的父老、大厂的一草一木，都关乎我们的情怀安放。

大厂，框住钢铁机械和机械操作者的地方，无暇旁顾、无心旁顾的工蜂们劳碌其间的“蜂巢”。不深入具体地镶嵌其间，不设身处地地体会工装在身的角色，对那样一个所在，就不会如疼痛般久久铭记。

那里有我们父辈的青春，我们的青春，和我们的孩子的青春，眼角发梢都散发着独特的大厂气息、大厂标记、大厂痕迹……

车间工段相对于田间地头，曾是过往语境里一对很得宠的词，遥遥相望，惺惺相惜，那最早应缘于锤子镰刀的具象，曾几何时，独领风光无限。随着岁月流逝，随着一个时代的时移世易，或多或少淡出国人视野……作为一个容器的大厂还在，容留大厂的生产区生活区犹存，轮廓依旧，沧海桑田。出出入入的大厂人，面容上的改变最为具体，是再也回不去的从容侃快。但分明能看到内里隐忍不发的韧劲，以及对希望的坚守，产业工人的觉悟仍在，担当如初。深谙今日工业布局的要义，理解做出牺牲的必需，坦荡豁达里，是大格局。

将大厂作为背景的描摹，杂且碎。

零乱杂碎里的片段，被挥之不去的大厂情结贯通。

大厂雄浑，苍茫，在背景里无言。

时光悄然滑过，遍地萧瑟。

那里，是我精神的故乡。

第一章　文化宫

1

大厂拔地而起，小镇应运而生。

大厂霸道地楔入小镇的各个部位，只余很细微的地方给大厂之外的单位填空，比如商店粮店饭店邮局银行，派出所街道办，总之都是服务于大厂和大厂人的。因此大厂和大厂人天然的优越总是在举手投足中显现，不止于着装和神态，精气神里也满满都是。

大厂本身也被两部分劈开，泾渭分明，即生产区、生活区，身着制服的警卫恪尽职守地笔立于厂大门口，前面被一道影壁略显隐蔽地遮着，于是这大门内外便是一个世界的两极，人员可以里外流动，车辆可以里外流动，声响可以里外流动，空气可以里外流动，其余的，是不可以里外流动的。接受进厂教育的第一课就是关于保密教育，讲课的老师站在前面面色严肃地说："我们的先进技术和不那么先进的技术都属于机密，都是不可以外泄的。"首次踏入企业的小青工面面相觑，骤然感到肩头一沉，稚嫩的脸立时布上了庄重和庄严。

能拥有大厂的出入许可很难，因为难，才使得那一张红色的工作证——也是通行证——很有权威，每每职工进到厂门时，从胸前的工装衣袋里掏出那证很是洒脱地一晃一挥收起，不知被多少人，被多少我们这样被隔在门外的大厂子弟，眼热眼气。尽管对那里面的一切并不陌生，每家都至少有一人在里面效力，年复一年的，听也听得熟了，只是知其然不知其所以然，很坦然地出入，很是名正言顺地出入，竟成了魂牵梦绕的事情。

待终于有机会登堂入室，俨然充满仪式感，上下拾掇干净，昂首进入，无比庄重。

每每跨进大厂，进入车间，那电机发动的声音，哐里哐当的、咝咝尖啸的各种音效，显明着冲压机床和车床的差异，还有不同的工种司着十八般兵器，车钳刨铣，无所不用。机油味儿袭入纤维内部，搞得人怎么搓洗都有残留的工厂气息，隐约在身体每一处。

工装襟袖上的油泥，指甲缝里的脏污，脸上偶尔蹭上的一痕渍，均点染出车间的标配，竖起衣领卷起袖管，搭一弯斜着嘴角的浅笑，整个一邋遢帅。再配上行云流水的操作，貌似漫不经心实则无招胜有招，招招式式中，埋伏着大智慧。

机件与机器切削出的火花，飞旋而出的金属屑，各自为战忙碌的身影……机床上的灯，扣着碗一样的灯罩，拢聚着光的不外泄，灯下是张专注的脸，是双凝神的眼，几滴汗珠贴伏在额上，发出珍珠般的光。

机件产品整齐堆垛，工厂机器工人工件合为一体，高大的厂房里，不是每一处都置于明亮之中，恰到好处的明暗，明明暗暗，如同舞台的纵深，如同尺宣的留白，如同无数充满想象充满意境的画面，隽永深刻在大脑皮层中。而厂房呈现出的活力四溅，便是那每一处的动静结合，明暗契合。

印象中的大厂永动机一样永远不知疲倦地作业，远望，如蹲伏在幽暗原野上时刻清醒的大兽，如茫茫海面上一处日夜不熄的航标。

不过那是从前了，当大厂的优越感被跨世纪的阳光一点点地击酥击碎之后，大厂人保持了近半个世纪的矜持渐呈尴尬，钱袋子的亏空使得大厂的吸引力加速下降，工人的体面和自尊都大打折扣。

有人说大厂老了，靠经年养蓄的某些气质，虚弱而又固执地守着曾经的荣光。大厂自己的标志性建筑——厂俱乐部、足球场，厂职工医院、职工食堂、职工宿舍，厂招待所，厂子弟小学、子弟中学、托儿所、幼儿园……能收缩的收缩，能拆改的拆改，能扩建的扩建，能夷为平地的夷为平地，但老墙砖里承载的故事还有，还在寂静的夜里一遍遍给自己回放，旧时的声响破空而来，在低缓的风中，轻轻地流转。

厂工人文化宫最令人动容。原来叫“俱乐部”，改为工人文化宫是近几年的事，显得与时俱进。它就建在大厂生活区的核心部位，那也是大厂人曾经的文化活动中心，在电影一枝独秀的年代，那里的魅惑和影响，缘于它制造了大厂人在八小时之外所能享受的唯一快乐。那是一座有着穹顶的巴洛克建筑，呈半圆的顶很有异域特色，该是当年中苏交好的产物吧，在中国内地，这样杂糅的建筑应该不少，混血孩子一样散布于各地，尤其在东北的各个老工厂区里，栉风沐雨。

俱乐部坐东朝西的结构，使拢在它怀里的广场也很明显，大厂纪年里很多重要事件都是在这里发生发展的。放露天电影，办灯节，春节团拜，秧歌赛，就连载有知青上山下乡的大卡车也是从这里出发的。毛主席逝世时，厂里将一台大电视放在广场前面、俱乐部门前的石阶之上，大家在那个荧屏中收看了整个追悼会实况。那荧屏实在不算小了，但较之银幕还是不行，万人攒动的盛况和悲戚，应和着举国的哀恸和肃穆，聚在一小方画面内外，比例失当，但置于那个年代，物质匮乏，这一台大电视的出现、播放，还相当地意味深长呢！

广场周边还有两块篮球场地，一块来历不明的硕大石头压在球架子下，球场的水泥地已斑驳而残破，缝隙处有一些植物顽强地挣出，叶片绿意莹莹。灯光球场。曾经那里灯火通明，哨声激烈，被拼抢的篮球在一群运动背心运动短裤的身体间飞快游弋，一张张脸油汗弥漫，神情专注紧张，身体弓成待发之势，肌腱饱绽。场外围着里三层外三层的人，喝彩加油助威，互动成很热闹的局。一双双眼睛流光溢彩地扫描着，青春勃发的躯体，荷尔蒙四处迸溅。

广场上后边设置的东西不多，显眼的是西南边一组组的健身器材，那种简易健身装置遍布于城市各个小区，现也落入大厂的地面，招着一些孩子和老人在里面伸胳膊撂腿。反而更像默片，缓慢而沉着。

没太注意，不知何时又有新的设施添置：原来旱冰场的地方，新近冒出一个时髦的网球场。这被替代的新场地，时尚感有了，只是不太亲民，紧密包裹的护栏之网，有让人一眼望穿的通透，也有闲人禁入的倨傲和贵气，与遥相对应的足球场地上那葳蕤的杂草相比，一个过于迎合时髦，一个十分欠打理修整，两下一对照，违和感立显。

俱乐部呈品字形，南北各有一耳房，中间则是有着二层楼的电影放映厅，有时也做职工大会的会场和职工会演的剧场。耳房则充当工厂的图书馆、阅览室及乒乓球馆等功用，一度还被改装为舞厅，现在不知都干什么了。电影多少年不放了，大会偶尔开，偌大的放映厅一排排的座椅，空旷地排列，一缕光从高高窗上的旧窗帘的边缘斜射进来，像打出的追光，充满仪式感地投射下来，使这里更像一处废弃的神秘场所，玄，神，空，大而无当。

当年可不是这样，一场电影，若不是及时清场，过道上都站得满满的，一张票最贵也就一毛五，动画片《带响的弓箭》等小片子的票还卖过五分钱一张，真的便宜。只是一票难求，排队买也有买不着的时候，就在看电影时使出浑身解数往里混，有仿制假票的，在过时的票上改动放映日期的；有将用过的票根想办法带出来捏紧撕过的部分让收票人再撕一回的；有托关系走后门让收票人睁一只眼闭一只眼的；有紧随某大人后面假装是人家孩子硬蹭进去的……无所不用其极。实在没辙，被拒之门外，也舍不得回家，就紧贴在俱乐部侧门的大门门板上，耳里飘进几缕电影声响也能过过干瘾。而一场电影连看几遍一点都不新鲜，曲师傅家的老大，一个叫小静的女孩子，就干过连看五遍《侦察兵》不出影院大门的事儿，那是王心刚的杰作之一吧，人真的很帅——嗨，那个年代。曲师傅带着他的三个千金，还只用一张票看过《甲午风云》呢，片中的李默然是曲师傅最喜欢的电影演员之一。那次，俩孩子各坐在爸的左腿右腿上，剩一个站在爸的腿间，父女四人挤靠在一起，多少影响观看效果，但观影的认真程度和其后的受教育程度一点儿不减，甚至甚于平常。

曲师傅是被他哥带进这个厂的。当年作为一懵懂少年，一夜之间由田野上撒欢的农民蜕变成身着工装的学徒工，他哥从部队转业后进厂，功德无量地将唯一的弟弟从农村带出来，从此兄弟俩的人生均被改写。

因是这一地域土生土长的，较于大厂建厂之初来的那么多各个大城市的人，他们习性的顺应还算快。

在大厂，曲家兄长被叫“曲老师”，曲家弟弟被叫“曲师傅”，差不多老人都知道。叫法上可不能混淆，各有各的知识技能傍身。兄弟俩，及其子嗣，将成为这部大厂往事的主线之一，草蛇灰线，隐约在字里行间，贯串着整个书写。

而曲师傅的招牌打扮，便固化成这样：一身工装，拦腰一条宽阔的牛皮腰带，电工三大件，改锥钳子电工刀，很是神气地在屁股后面挂着。

对了，还有一顶帽子，一定是耷拉帽遮的，如同日后我们见惯的本山大叔的戴法。

不深入具体地进入生活内部，硬拗出一个舞台效果，绝对不同。扮上，也没有灵魂。

主线之一的另一组人物——一对夫妻，也将随后登场。他们和他们子女构成另一书写要件。

每每电影即将上映时，都在俱乐部正门楣之上张榜公告，电影名和放映时间赫然，售票处外的小黑板上也及时打上售票时间，届时人们排长队候着，一到小窗口打开，队形立刻打散，说好的秩序呢？不存在的，在供不应求一票难得的时代，跟人谈秩序，与“何不食肉糜”一样一样滴。

抢到票的高高举着越过人群出来，剩下人捏着散钞继续不甘地冲撞拥挤，几只手同时塞向不大的小窗口，锲而不舍地盼望着。那窗口是一块木板上掏出的小洞，城门楼子形状的一孔，半个椭圆，人脸大小，手们困于其间热烈地晃动，靠木板边缘的，被蹭破了皮仍不得顾及。

一旦坐进了影院的座位，候映的过程堪称幸福。

黑暗中银幕的光反射在脸上，沉浸剧情后，表情生动地次第绽放，悲喜着别人的悲喜，幽怨着别人的幽怨。

类似电影院里的故事很多，最经典的莫过于正处于恋爱季的青年男女，私下里的亲密接触，不动声色之后的浓情，蠢蠢欲动，培育了多少桃红艳粉的回味呢？

大厂的文化中心，当然还不止于放映电影。

在大厂，每一年都举行的文艺会演，每两年举办一次的大型体育运动会，还有团拜会等，都是很让人期待的事情。

逢年过节的汇报演出就是硬通货，业余演员专业水准，一季季弘扬着时代的主旋律，逢迎着工厂的业绩捷报。

某年某月某演员表演情景剧一出场便以真摔的造型博得满堂彩，观众先被惊得一个后仰，旋即掌声哗地响起，波浪一样激荡开去。

某年某月某演员以其新来的艺术院校大学生身份高歌一曲，闪得不同年龄段的观者呈无限痴迷状，小帅哥也霎时被姐姐妹妹，乃至阿姨婶子惦记上，后者则是想为其做媒的。

那时的厂宣传队是可以排演时兴话剧的，不能同专业院团相比，但也不是吃素的，其素质和专业程度，不可小觑。没办法，厂子的吸引力强，许多专业院团的人才，也不惜屈尊投至门下，以至于同周遭的企业会演比赛时，拔头筹夺第一，稀松平常。

每每有重大演出，或好看的电影放映，观前倒没看出壮观，待到散场时，满街筒子都灌满了人，缕缕行行，挨挨挤挤，前呼后拥，高声大嗓兴致勃勃地谈论着议论着讨论着，将夜色搅得那么闹哄，那么人气旺盛。

露天电影也放过，就在文化宫的外面空场上，省了抢票的麻烦，却也得抢占先机，早早地带了小板凳候着，不然好地方被占了去，任伸长了脖子也瞧不囫囵。那会儿，大厂的孩子最是欢实，过节样地在大人身边各种表现，可着劲表达藏不住的雀跃和欢喜。

胶片在放映机上一圈圈地转动，偌大个广场似乎听得到放映机的声响。一束光哗地投在银幕上，谁的手欠欠地插在那束光里抖了抖……

只是有些电影还看不太懂，不明白《红楼梦》里咿咿呀呀唱个不休的长衫女子，凄清个啥劲，也不明白《穆桂英挂帅》里那些个背着好几面旗地举着长枪甩着长胡子的戴着一脑袋球球的人，想要干啥。《十五贯》就更一脸蒙，完全不解。

好人坏人都分不出来。

戏曲启蒙至此，直到今日仍不得要领的样子。

好在去电影院看电影依然是我们的最大消遣。

每每有放映的片子，仍满怀期待去捧场。虽然那个年代里，能流传下来的好片子实在有限，对电影的热望更多停留在形式上，对故事情节的回味上，至于对电影艺术的崇尚，对演员演技的欣赏，还真谈不上。

种瓜得豆，没那个时候的铺垫，也不会有今天的研习，多多少少吧，那个关于银幕关于电影的情结，还是不期然地种下了。在今天，动辄在院线欣赏大制作或者倾情投入某个小众文艺片，于影院暗暗场地舒适座椅一束投光的场景，偶或会有一瞬间的恍惚，有穿越几十年前依旧少年的观影感觉。

于大厂，电影院越来越远离我们的生活，直至退出。电视普及之后，人们无须离家便可有太多的收视选择，国产肥皂剧，境外引进的精彩剧集，各式各样晚会、综艺等等，足够吸引人，后来的后来，大厂的影院也不再给排片，电影院自然萧条没落了。依然破败地坐落在大厂的怀中，却少有作为。

印象里，前些年不知从哪里跑来几个卖假药的，借俱乐部场地给全厂为数可观的老太太老头们办班上课，说是什么效力奇显的保健品，完事还有大量赠品相送，哄得老人们纷纷回家取存折，将舍不得吃喝省下的散碎银子拱手交了出去，执意买健康换长寿。小静初中同学的老爸，一个1949年前参加工作的老工人、八十多岁的老兵，买了好几千块钱的药，光赠品即什么保健床垫就弄了好几个，弄得他儿子面对那些东西哭笑不得。小静的妈妈，前小学教师，一个看上去蛮体面蛮斯文的老太太，在孩子们相当严厉的警醒教育下也没忍住，还是随大溜地买了两包什么灵芝粉，后来没敢吃全扔了。她说跟她在一起的人都买，她要是不买实在太孤立了，也实在让别人不舒服，她就是过意不去才从了众的。老人们孤单呢，有人哄开心哪怕是假开心也比被真遗忘的好。

那是一幅家家都有的、幸福而简洁的全家福，淹没在六十年代七十年代乃至八十年代的时光之水中。

始得知，昔日堂皇的俱乐部正尴尬地存在着，拆不得又盖不起，划入“危建”了，不敢使用又放弃不得，主要场地几乎完全停用，门一拉开，尘灰封印，一排排座椅闲置太久，早已没有了与人的身体亲密接触的机会。

2016 年，76 级子弟学校学生数百人，从全国各地赶回，赴同窗之谊四十载的邀约。当年的青涩已被半百的华年稀释得很干净了，但排排立在文化宫的台阶上，扯着大红横幅，大大的“1976—2016”的字样，硬是将少小时的“图腾”狠狠地昭示了一下，那是小静和她的同学们心心念念的俱乐部，是他们的童年撒野放飞的地方，是他们向外面的世界伸展触角的天堂。

“混血”老建筑，爷爷般慈爱而陈旧地咧着没牙的嘴迎接，缺了一角水泥露着砖的墙面，赧然蔼然。

在俱乐部二楼，原先放放映机的地方，现在辟为厂史馆了，拾级而上，黑白照片在壁上也呈放射状展开，一个个远行的人物，一帧帧逝去的场景，将人拉进过往，有一个人的名字在一块展板上闪露一下：梁钧，高级工程师，1931 年出生于北京，因开创了航空工厂橡胶制品延寿的课题研究，被誉为航修系统的“橡胶大王”，享受国务院颁发的“政府特殊津贴”。

牛吧！小静的同班同学梁利的老爸。

这是被挂上名的，只是从前从未听他说起，更谈不上拿出来炫一下。这点上，梁哥利头很有样嘛，很有样。

“利头”是他小名，小名也是诨名，出处在于当年同学搞怪，将刚学的单词“Little（小）”拿过来一用，叫长了，连他的姥姥也跟着叫，旁人更不例外。几十年在大厂浸润，一路干下来，知道他大号的可能不多，说起“利头”却是尽人皆知。大厂不大，藏不住隔夜的粮。

姥姥是个典型的北京老太太，当年还不老的她，守着一个独女过活。只是这个叫“志璞”的独女没按母亲指引的路径走，中专毕业后，二十岁的她响应号召，从北京来到东北一个新建的军工厂，按所学专业，进入到厂职工医院任药剂师，后来这个医院的历届药剂师都师从于她。“志璞”不再，传承还在，传说还有。

当然，后来的利头姥姥当年的志璞娘，也一同随迁，从此北京于她们母女而言，仅仅是个寄托着无限往事的来处。

那年，是1958年。

那年之后，她们在这个陌生的塞外之地安上了家。从母女俩，到夫妻俩加一丈母娘，到陆续添了仨孩子的六口之家，直至再开枝散叶，子生孙，孙复生子，四五代人把自己都一并交付了。

2

1958年，曲师傅和许许多多的青工们一样，完成了生命中的一个划时代的转折——从农民到工人身份的跃变，从蒙昧到文明的渐进。

一群小伙子顶着时兴的瓦片头，身着立领的学生装，扣子被一丝不苟地颗颗扣好，直顶到颈部，表情紧绷着，站到拍照办证件的队列里。还有一群姑娘叽叽喳喳着，一对长黑发辫紧贴双耳梳就。边虚瞄着对面某个青年，边用抑住了的笑闹表达着对新生活的向往。站在队外，面目略显严肃的，是穿着军装的军工厂筹建处的领导。都是从炮火硝烟的战场上下来、历经战火洗礼的指挥员。

他们的青春就此挥洒在这里。

部分承载的，就是那座单身宿舍楼院。他们的新家。

四栋楼是砖混结构的三层小楼，东西南北各踞一方，切割出一个方方正正的院子。区别厂宅，将此命名为01、02、03、04栋。坐东朝西的一栋楼，因是一星期速成，被冠以卫星大楼。楼的腰身上一块水泥铭牌刻录着如此“奇迹”，多快好省地迅跑，被这样一些记录如此诚实地呈现着。

鼎盛时四栋楼都住满了人，是男女宿舍楼。

一个楼门洞作为宿舍楼的唯一出口与外面相连。收发室里坐着的人，总是以警觉的目光逐一扫射着过往的年轻面孔，怕有闲杂人等混入。

出出入入的年轻人，或从工厂大门下班出来，肩上搭着刚脱下的工装；或从食堂饭后归来手里拎着网兜，里面饭盒勺子摇得哗啷啷响；又或者刚从夜校课堂上苦读而返，腋下有书夹着，前胸的衣袋别着钢笔。

天井式的院子里，有花坛，有一些在东北乡野上少见的观赏树，比如有果实像北方的豇豆一样垂下来、树叶树干像梧桐的树，它学名“梓树”，春夏黄花满树，秋天荚果悬挂。还有就是常见的灌木丁香了，一簇簇一丛丛，兀自热闹地托着粉紫色小花，暗香浮动。

现代大工业的生产，以技术革命为背景，简单的体力劳力岗位被太多知识化智能化取代，一部分人也越来越不适应这样的节奏，唯有努力学习，靠后天恶补才有可能掌握拿手技艺，端牢技术工人这碗饭。而精简，成了冗余者退出的最好理由。

夜晚夜校里辉煌的灯火，伴着单身宿舍窗上读书的侧影，就着严重营养不良的蜡黄，以及对未来不敢放开的想象，构成了那个时代的小夜曲。

多少年后打扫家里的旧箱底，一本硬皮笔记本内，是曲师傅的拙稚的文字，认真绘制的电路图，一旁标着英文字母，电阻电流的单位，欧姆安培，一笔笔重重描就，有让人忍俊不禁的形态。

张皇和被淘汰的紧张，冲淡了新奇和热情，想必父辈们的青春是在一波又一波的锻造中，充实起来，又靠蚂蚁啃骨头的精神站稳脚跟的。从车间厂房，到宿舍食堂，三点一线的路径里，都不乏赴考的忐忑焦虑。

有文化的北京姑娘志璞不必有落伍的危机，人前人后自然很是惹眼。但心心念念的却不是眼前飘掠的眼风，而自小青梅竹马的玩伴梁钧始终令她惦记。

梁钧当然足够优秀，长志璞几岁的他，先行进入东北。1951年，时年二十岁便考上军校离京去东北念书，大连海军航空学院，听着就提气。大学毕业还加入到抗美援朝前线，尽管那时停战协定已签但战争硝烟尚未散尽，少年军官戎马征战的英气犹盛，那一形象凭想象也知道有多亮眼。回国后，梁钧调去了哈尔滨工作。若不是被志璞的痴情牵引，这个日后为中国的航修事业立下过汗马功劳的“梁工”，兴许与这块土地擦肩了呢！

志璞毅然决然奔赴东北某城郊区的动力，是不是与梁钧先行选择关外有关，已不得而知，但人走家搬的决绝倒是真有个性，北京丫头的“飒”，由此可见一斑。

志璞很得意的事，是能把梁钧从哈尔滨“勾”过来，与其结成连理。

在他们简陋的小家里，姥姥可不是摆设，正经说了算的灵魂人物，是后勤财务总管，执掌着一家子的吃喝拉撒。1960年，利头的大姐出生，1963年，大哥出生，仅仅隔了一年，利头这个老幺面世。姐弟三个在这个家里，又敬又怕的，当属姥姥。

其实，青工们刚刚住进宿舍没多久，便赶上匮乏年代。白天再怎么高叫抓革命促生产，都不敌腹中饥肠辘辘来得更加真实。粮食严重匮乏，限量供应的吃食越来越少，被饥饿驱使，许多超常发挥的想象，创造并发明出形形色色的代食，人饿得只要是入腹之物，都能无条件接收，至于身体是否耐受，反而不重要了。

然后工厂进入了大精简期。

许多当年与曲师傅一同从山村走出来的，自己把自己发配回乡了，只因为土地上总能找些果腹的食物。

或许一个人苦扛总不如两个人抱团取暖，许多青工开始择偶成婚，条件不可收束得太窄，生存方为要义。

后来小静的同学们便于 1963 年、1964 年相继出生。

多年后偶见一讯息：1963 年是中华人民共和国成立至今七十余年间的生育高峰年，那年生育人口近 3000 万，达 2934 万，次年为 2700 多万，紧步其后。看来持此想法者众。

只是从单身宿舍搬出来的青工，还不具备分房的资格，邻近的乡村，便成了他们租住的小巢，那是最早的掰间，一间屋半铺炕，两套行李，一个帆布箱，一个搪瓷脸盆里，两条毛巾，两个插着牙刷牙膏的牙缸，并排放着。

这便是全部家当了。

风水轮流转。

很多年后小静也住进单身宿舍，在它建成后的二十年，即 20 世纪的 80 年代。

那时他们的父辈正值盛年，正大干苦干积极努力唯恐缺了他们地球不转舍我其谁地自负着。那时的工厂和工人相当有社会地位，走在人前，就是一件工作服也照样能穿出矜持和体面来。

这时候的大厂子弟从数量上看已是蔚为壮观，当年建厂时单身宿舍已经有百分之七八十住进了成年但还未婚配的大厂子弟，白天分流到大厂的各个角落劳作，吃饭时各回各家各找各妈，到了晚上就游到这里，如一尾尾的鱼。

小静搬到了“单身”（单身宿舍的简称），一间房里四张上下铺，先是住上铺，六人间的，一个月房费五角。后来调到四人间的，住下铺，床费加收五角，每月一元。

上铺被各自放了衣箱之类的杂物，下铺里面被糊上了白纸拉上了白纱帘，装了个简易书架接上了一盏台灯，一套被褥柔软舒服。夜晚，灯下，那柔和的光氤氲出的一方小天地令人深陷。拿着一本书就算不读做做样子也蛮爽，要的就是这个效果。嗯，这就算有了一个自己的窝了，一个自己的小环境，虽然也是合居，但俨然换了一个天地，自由的空气自由的灵魂自由地瞎想遐想，满足得像窝在树洞里的树懒。

后来又淘弄一张旧桌子，用白纸垫上用透明塑料布包好再用按钉按住，旧的痕迹就都不见了，洁净得如初霁的雪地。将其横放在床前，写字时将台灯从床头挪到桌上，两臂伏在上面，很好，齐活了。

室友跟她的摆设也差不多，除了这张桌子。

她们几乎就是回来睡个觉，晚来早走的，别的时间并不出现在这里，正好。

对了，小静报了某大学的刊授。偶尔，弄点习作练练手。在外倒是不太敢张扬，免得被人白眼。小静的桌子多少碍着大家出行，不得不紧着赔出笑脸，用灯太晚时自觉用纸板遮着光免得过于影响别人睡眠。

有时也聊聊彼此扯扯闲篇，不过大同小异的青春轶事，故事性不强但朴实普遍，能掀起浪花的都不多。都是二十上下的大姑娘了，男女间的禁忌话语半遮半掩地吐露，在不经意间以碎片的形式，被带到宿舍里睡前的卧谈上。

也有成功避过宿管阿姨的异性，坐进小对象的蚊帐里，露出的四条腿并搭在床侧，两个头隐在帐后喁喁耳语。

也就是在那时，在某个极为寻常的夜晚，被同处一室的小姐姐，正处热恋中的一个女孩儿，略略普及了一下青年男女初次生理情动的琐细。黑暗中只闻声音不辨面目，耳朵里有一搭没一搭灌进去的，却是不敢澎湃已然澎湃的诸种。知己体己的秘隐，夹带一些遮掩不住的羞怯兴奋，从而拥有了启蒙懵懂及指南人生的资格。

厂里已久不招工了，住在这里的，除了寥寥一些分配来此的院校生，全是大厂子弟了。

衣袂如风，魅眼如丝，三五成行，招摇招展。从大厂浴池里出来，斜斜地搭着胯上的盆，湿的发披散在肩，晚风中，一路有好闻的洗发水味儿蜿蜿蜒蜒。

院子里那几棵老丁香树，幽幽地吐着芬芳，每每深嗅都有一种岁月的味道，苦香苦香的。有时会有吉他声从哪个窗口流出，伴着低沉浑厚的歌声。弦子拨弄的响动，暗和着声声滴落的水，喑哑托着玲珑，玲珑碎着喑哑，起起伏伏，断断续续，悠远悠长。

青工们的夜生活是俏皮松散的，公开的舞厅还没有，宿舍里常自发聚着些青年男女，不太多，五六个人或七八个人的小团体，有同一单位的，也有不是同一单位却被熟识的人拉进来的，开着不大的音响，相拥着跳舞。地方小，扭腰送胯步幅夸张的不得不受限，但不妨碍有效的缠绵，灯光下悠然地轻晃，窗上印一幅不太流畅的身影。

打扑克的也多，自成一景，攻守同盟围魏救赵配合默契，嘴里挤兑冷嘲打哈哈取笑，百态丛生，意味无穷，小伙子们常油着脸面骑着椅子斗得正酣。

姑娘们常见的则是手执棒针和半成品的棒针衫，坐在电视房里借着荧屏的微光编织。剧情特别时则停了针盯着细看，戏剧高潮来临，还眼里包着一泡泪嘴里唏嘘有声，入戏很深……

利头可没住过这里，他高中毕业后去山西当了三年兵，航空地勤，服役期满回到大厂，顺理成章地进厂当了工人。

因为服役期间的表现，安置上优抚，“全市（各个单位）随便挑”，他“锛儿”都没打，直选回家。跟他一批的兵，同为大厂子弟且经历相似的，有三个人，无一例外做此选择。大厂，果真磁力无限。

他也没舍得浪费荣誉，选择了大厂最好的单位——试飞站。

后来读书充电在职上学，一步步将自己打造成为继父亲之后的又一个“梁工”——小梁工。

风吹落叶哗啦啦啦，一晃儿，又一个二十年过去了。

这些厂二代已人到中年，他们的父辈已至花甲。

小静已在大厂之外的地方扎根，常趁周末及节假日来此，探看父母，与少时伙伴小聚。

得闲，在成长的小镇内部游走。

小静走进了“单身宿舍”，走进这处由四栋楼围就的院子，看见其中一栋楼的外墙上还刷着老标语，字迹斑驳，一如那段历史在岁月的侵蚀下所呈现出的斑驳，但依然清晰，似乎证明这里还下意识地保留着难得的历史遗痕。

深锁在院里的楼体外墙，外人不会轻易涉足，才未能将痕迹清除彻底吧。

那些字其实一直都在，却被她多年无视。

久伫，凝望。这单身宿舍楼院，了然的格局，无甚变迁的场景：依然是方方正正的院子，东西南北各踞一方的三层小楼。一座花坛，几棵上了年纪的树。

不经意的点缀，也有些。比如空地上多了孩子玩耍的滑梯和秋千架，工厂的幼儿园迁到其中的一座楼内了。

一座楼里有身着白衣的医护人员出出入入，那楼，在临街处另开一处大门，标牌为“职工医院住院处”。

宿舍楼仍住着不多的几个外边来的院校生。只是那只占四栋楼中的一栋，一栋中的一层。其他的，都做了他用，包括办公的，也包括出租给没房的青工，充作他们获得住房前的临时小家，走廊里摆上炉灶，可以开火做饭。窗外，有探出的小衣小衫在风中摇摆。

一次，轻轻推开一楼一扇未关紧的门，发现那里竟是画室，里面摆放着些油画习作、画笔颜料等，是有人在此办美术班教学生哪！

印象深的依然是那些棵丁香，开花时，人从树下过，馥郁的香气袭人也撩人。入夜，潜行而归，从这扇窗向那扇窗望去，会有很多的情愫暗涌——那是被囚的春梦的一部分，每盏灯下，都是些正拔节的生命悄滋暗长。

恍惚中，不同年代的画面叠印在一起，服饰不同，面貌迥异，共同的，都是些年轻的男子女子，他们活泛地出出入入：一些些光洁的面孔、朝气蓬勃的身形姿态，舞动在风中的翩翩衣袂，由不得不引异性眼波流转——

曾经的喧哗与躁动，青春和梦想，如烟而逝。

小静将家搬走之后，听说单身宿舍的那个院落终于也拆了，存世五十几年的光阴，原址盖了新的家属楼，下面带车库的那种。

便是厂区里功能最齐全的住宅了。

这回一律坐北朝南。

3

在大跃进的晨曦里，一代产业工人成为当然的主角，蚂蚁啃骨头样，在荒草丛生泡泽遍布的蛮荒大野，在工业残败废墟林立的东北老城垣中，率先发力。待厂房和烟囱渐成气势之时，一拨一拨简朴的婚嫁也开始了，随之便有了呱呱坠地的娃们大的牵小的，一串串奔行在厂区简朴宿舍的街路上，随着工厂的盘子摊开，并做大做强成相当的规模，“厂”之前便常被缀之以“大”，建制上常隶属于某某部的，被中央垂直管理的同时，也接受当地的行政管辖。较之市属区属那些如麻的小企业小作坊，大厂其几何级数增长的产能和税收，其职工数以万计的庞大人口密度，其厂房占地之广设备之强，等等，傲然挺立，碾轧一众。唯其大，大得荣誉感爆棚。大厂，以磁石般的魔力聚拢成一个小型社会。

也因大，常设址在主城区之外，自成一体，渐成一以厂为主的行政区域，虽有某某区某某街道冠之，也多是将其抱拢在怀，辟一小块地方挂牌，其建筑规模，很是不起眼的样子。

一厂一街模式，几乎成了类于大厂这种大型国企的标配。

同时，也免不了将大厂地处远郊、非城非乡的性质显现出来，与四周泾渭分明。

大厂人以大自居，也自以为是地把自己框进这个所谓的“大”里。其中也包括一个原创的词：大厂子弟。那是大厂下的蛋，是大厂必不可少的衍生物。

大厂子弟不比大院子弟，后者有打天下的功劳簿在父辈那里存着，有说不出的自矜自负傍身。大厂子弟的所有娇傲都是相比于周边农民兄弟的，那里的乡亲一辈辈住下来，屯亲居多，多少沾亲带故的，家族和宗亲的力量协调着乡民社会的诸种平衡。大厂人不行，都是各地征调至此，带着各个地域各种文化熏染的印记和符号，到了孩子们这里，融合得差不多了，便自发地形成了有别于其他地方的特点特色，谓：大厂子弟范儿，青帮子浑不吝的年岁，窝里窝外的骄傲。

与几十里外的城区人比，略有井底蛙少见识的怯懦，但也有自成一格的规矩，不讲当地的土话和方言，少了东北土地上原始累积的豪放强蛮，没多少文化傍身，也有外人一眼看不透的沉稳和透彻，即便身为普通工人，举手投足间都有别于此地城乡间四处游逛的那些靠力气挣饭吃的原乡本地娃们。

大厂子弟从父辈那里继承了一些什么，大约是产业工人的团队意识政治觉悟，还有就是对于工厂这个集体无理由无条件的依赖、信赖和认同，从出生就打上工厂孩子的标记，晃在厂街上，穿着工厂配发给家长的蓝帆布工装的半大小子也不少见，一张稚气未脱的脸上爆着青春初期的痘痘。不出意外，以后父传子、子传孙，子子孙孙都是工厂的人，成功地成为一名工人，便是生而为人的全部目的。况且，那个时候，工厂相较于周边，以及周边的周边，都还独树一帜地统领着风骚，相对地风头无两，便窃以为这天会一直一直地蓝着，直蓝到天际。

再不济，工厂的子弟长大了，还有参军一项诱惑，让他们满满地承载着家国的抱负，更懒得设想其他，总之做一个像父辈那样的人，满足感即达峰值。

某年某月厂里不知通过什么渠道弄到一批被部队淘汰的老式军装，每个职工一套，棉质，军绿上衣配藏青裤子。胸前两个带盖的衣袋，风纪扣顶到下巴，颈项紧束。裤子肥大，裤管扎紧能装二百斤大米。

兴奋不过宿呢。不待漂洗，第二天上学，差不多所有半大孩子人手一套全置办在身了，新衣的折叠印子尚清晰着，无论男生女生。只是家里有好几个娃的，惨点，只能眼巴巴地看着其中的一个孩子幸运，于是屁颠屁颠地表现，争取替换，哪怕不合身，或大或小或肥或瘦，都不在意。

手巧的还用钩针钩了一条白色的领衬，缝在领口处，青白相间的醒目着。

足足穿了好几年，直到洗得泛白，袖口磨破。而且除了夏天太热，其余三季都不脱，冬天就罩在棉袄外面，一样精神。只是性别意识不是很强，女生过于飒爽，不看发型容易弄混。

照高中毕业合影时，还部分地穿着，那时，80 年代刚刚冒头，拨乱反正的大地上，万物复苏，田野上的绿新鲜茁壮地铺展着……

荣光很是具体实在。要知道，那还是军人备受尊崇的时代，一顶真正的军帽便能让人艳羡不已。

字面上看，大厂子弟还细分为“子”和“弟”，“子弟”泛指职工之外的亲属，只是“子嗣”几乎占比全部，“弟”偶或有之，零星几个寥寥可数。曾有一邻居后来也是同班的女生，即是投奔哥哥而来的。她在乡下的父亲去世后，她不再年轻的母亲便带着她，弃了乡下的老屋变卖了不多的家产，来到厂区，买下一处平房，将未婚的哥哥从单身宿舍拉过来，母亲兄长和她，成了一个家。她的哥哥会吹笛子，很好听。兄妹颜值相当，看着舒服的那种。闲暇之时，哥抚笛一曲，悠远悠扬，沉浸其中的人，都生出莫名惬意，那是一名青工工余生活的最好调剂吧，而且还悄悄安放了年少的谁们，一颗颗蓬勃生长的心。

只是后来她草草地结束学业，未及毕业便早早嫁人了——兄长婚配，新嫂不容。毕业三十年后的同学聚会，她是无论如何也联系不上的人之一。或许她也会在暗处关注着我们这一隅，只是不曾也不想有瓜葛吧。

那是个还算漂亮的女孩，有些早熟，扮相上早就褪去青涩、心智略强的样子。小静的相册里有与她的合影，还有几张索来的她的单幅小照，黑白的，记录着一段上学放学相约同行的情谊，还有少女初长成而拥有的点滴分享。

厂子弟年龄最大的那拨，都是带着家眷来此的老技工的子嗣，也就是出生地在别处，却在此处长大的一批。大约是 20 世纪 50 年代初生人。和他们相差十几二十岁，快成两代人了。差距太大，少有交流。只知学姐学长们人少，大厂对他们的关照足够，弄个工作还不成问题。即便赶上下乡，也只是被分到大厂周边的乡村，几年后统统被招回厂里当工人，下乡的时间也被计入工龄。

而纯粹生长于斯的厂子弟，大约出生于1960年左右，76届前后，赶上了上山下乡尾巴。极个别的佼佼者坐上升学的头班车，成为拨乱反正后的第一批大学生。77届、78届，很牛的一批，后来散在各地个顶个地都是栋梁。大多数没那么幸运，能进厂成为厂二代端个铁饭碗足矣。聪明些又不甘人后的，后来也靠电大夜大等成人高考谋个文凭，成为吃技术饭的新宠。

小静这拨孩子，高中毕业于80年代初，属于上有大、下有小的一批。之前之后的几茬，俗称厂二代的，大小相差二十岁不止。

大厂被90年代的改革大潮涤荡后，遗下几粒厂三代、厂四代依然撒在大厂的网内，只是星星点点，少之又少。东北各工业重镇，是净流出人口最多的地方，经济紧促，形势驱动，太多的孩子不再洄游，而是逆行父辈们当年的行进路径，奔了更高远的天空，选择更艰难的闯荡。

利头是小静他们班里，将三代都置于大厂怀抱，也就是俗称的“厂一代厂二代厂三代共处一堂”的唯一一人。爹妈当年建厂即来此，他当年当兵回来安置进厂，他独生闺女大学毕业后，也被当娘的也就是他媳妇拽回身边，女承母业做了财务工作。如今丫头嫁人了，又生了厂四代……

萦萦绕绕的，一大家子人，一张圆满的全家福，一个将四代人几十年人生浓缩到一起，有着标本意义的典范，又素朴平凡得不惹尘埃。

于厂二代这茬厂子弟而言，能刻入记忆的，其实也就是20世纪80年代初的情景，掐头去尾的一段，独属于我们自己的豆蔻年华。

小静这届厂子弟，毕业时八个班四五百人好像就考出去三五个，还得连中专都算上。也有例外，上一届出个北大的，下一届还出过一个复旦的，都是女生，校长喜不自胜地在全体大会上宣布，可毕竟是凤毛麟角，没代表性。

高考毕竟是高考，高考结束后他们就不再是单纯的学生了，接下来是什么他们也不知道，高考如一道醒目的白线把他们的人生从此拦腰断为两截——

哪也没考上的占百分之九十九，乌泱乌泱的一群一下子被轰赶到社会上，喇叭裤录音机蛤蟆镜作为那个时代的标签极为显眼，夜里家属区的楼群夹缝，《红河谷》中“为什么不和她好好同去，你为什么把她留在村庄上……”手指拨动吉他的幽怨连同无处安放的青春，一并缭绕。

泛滥的青春期，无所事事的人，无处宣泄的情感，太容易滋事，不安置好都成社会问题了。国家暂时也没能力消化日渐增多的待业青年，只好靠山吃山，靠大厂自行处置——于是大厂又生出若干小厂、三产服务公司等子嗣，又衍生出一个非常有权威的部门“知青办”，职能就是派送输出他们这些冗员。往大厂的各个不显眼的角落零星地安插，那叫零售；往服务公司下辖的各处集中安放，那叫批发。批零兼可，街上闲晃的开始少了起来……

那个时候，谁家父母能把自家的孩子都安置了，是备受街坊邻居羡慕嫉妒的。

梁钧和志璞两口子，曲老师两口子，各把三个孩子弄得不错，当兵、考技校、接班，一通操作全弄得了，人前人后的，收获着满满的艳羡。

类比，曲师傅差点儿，自家几个孩子年龄比那两位家里的小点儿，机会随之少点儿，性别又不占优势，仨丫头只一个应届考上了大学，剩下俩，让人届中年的曲师傅很是挠头。

曲老师和曲师傅受遗传影响，陆续谢顶了，也同时刻操心着家中的半大孩子有关。

这也是兄弟俩比较相像的地方。只是“地中海式头顶”，令他们的形象大打折扣。

大厂的父母们是这个世界上最尽职尽责的父母，无论孩子多大，都护在自己的羽翼下，永远不放心的为其担着各种惊、受着各种怕，关键时刻猪往前拱鸡往后刨，各显神通，开掘出全部能量，为孩子的成长提供着尽可能多的保障，即便是现在，为了孩子的前程，也仍然不惜削尖了脑袋，不惜放弃自己的脸面，求爷爷告奶奶，为孩子谋取进阶之道。他们不知道，他们越是强大越使得自己的孩子普遍“缺钙”，脾气暴躁，永远学不会体谅他人、设身处地地为别人着想。而今已年过古稀的他们终于尝到了自己种下的恶果，经过转型重创的孩子们大多不会背水一战搏条生路，沦为啃老族的大有人在。还不光自己啃，再添上自己的老婆孩子，啃得老的叫苦不迭又无计可施，每每面对小的们蝗虫一样地扑来又飞去，只会晃着一头花白的发摇来摇去，摇出满脸的沧桑和暮气。怨谁呢？

时光机带不走流年。

厂子弟也陆续荣退。或许，“大厂子弟”这个词汇，这个阶层，这个特定的群体，也将彻底汇入时光之水了吧！

第二章　1976年的天象

1

大厂人有自己的纪年方式，与大厂发生联系的特殊事件相关联，从而构成了大厂人记忆里一格立体的画幅。记忆里检索到的内容，重要与否，取决于它作用在个体生命里的程度和分量，而不仅仅是公共记忆里关于轰动性关于极端之类的什么。这就使得遴选的碎片极具私人性质，可哪个人的记忆不是有选择的呢？那也是同年龄和认知连一块的。

那是1975至1976年间吧，反正在大厂人的记忆里就是“闹地震”、全民支地震棚的那一段。那一年，因为毗邻的辽宁海城刚刚地震，人们惊魂未定，还没从恐惧中缓过劲儿，又马上被此地也可能发生地震的消息魇住了，一时间关于地震的消息漫天飞，有官方的透露，有民间的传说，网一张罩着慌恐不安的各色人等。

海城地震被成功预测，折损的生命财产不及此后唐山地震的百分之几，这样的百分比后面，也包含太多的预防过当，恐慌归恐慌，生产生活受影响归受影响，却也折射出上上下下对于灾难所持的态度是如此谨慎、对于芸芸众生的生命给予的重视有如此的高度。

有关地震的知识从来也没那么普及，地震预报片里，放的是临震前的各种预示，什么老鼠成群结队搬家，鸡乱飞，狗狂叫，猪马狂躁，塘中的鱼不住往起跳等画面，带着人不得不心怀惶恐地进入规定情境，而变得更加惶恐。居民区里隔不多远就置入一个造型像风车一样的金属钟，为的是大难来时鸣钟示警。地震老不来，不耐烦的小孩子会恶作剧地乱敲，趁没人时故意捉弄一下，晃得人更是惊魂未定。

每有风吹草动，人们先是观察家里的灯泡是否晃动不止，再看事先倒立在墙角的一个空瓶是否异动、栽倒，还侧耳聆听碗架子里是否有盘子和碗的磕撞声传出。

遍地搭起的地震棚成为一景，极尽花哨和想象力，各种花样各种款式的床单，各种颜色各种尺寸的塑料雨布，各种形状各种用途的木棍木条，组合拼装着，一个接一个，一片连一片，在大厂的几处空地，斑斓地招摇招展着，上学放学路过那里，都忍不住把目光投了过去，充满了新鲜和好奇，那平常生活里绝无仅有的风景，满足着所有小孩子对于过家家的想象和铺陈，就仿佛加入了一场同大人一起进行的游戏，尖叫还来不及，可能埋伏的噩梦和凶险，基本被忽略不计。探身进去，还能看到里面的一应陈设，虽然简单也不乏创意，小鸟絮巢一样铺垫得尽可能地舒服，一家家一户户大同小异的布局是：一隔凉的木栅地板，铺上层层的塑料布草垫被褥，再置几样能用几天的吃食和水，以及手电半导体等一应杂物。人睡在里面还是潮、凉，怎么都不及家里床铺更令人舒展。尤其逢上阴雨天，这样的布景就显现出它的脆弱和无当，被剥蚀得残损不堪不说，还委顿得一点意境都不剩，仰头看星星时的浪漫粉个干净。久了，竟也意兴阑珊，有见惯不怪的消沉和疲沓，有了惰怠。地震没等来，地震棚成了孩子们的天堂，小耗子一样窜来窜去，钻进钻出，稀释着大难即将来袭的不安和恐惧。

空气异常紧张的时候，被要求晚上不能留在家中过夜，必须住在地震棚里，可是消息一会儿一个样，人们拿不准哪一次是真的狼来了，又不得不有所防备，就搞得房子棚子两边轮住，烦乱不堪。大人们的严肃终于弄得孩子们也不得不收拾了脸上好玩的神情，若有所思地躲在一边，防止被当作绊手绊脚的障碍物。

奶奶那一年已经是肺心病晚期了，住院回家频繁往复，却也只是挨日月。让她也出来躲躲，有气无力地躺在小屋里一把把吃药、熬时光的她，执意不肯折腾，说要死要活听天由命，爱咋咋地了。住在楼房的伯父把一大捆行李送到住平房的我们家，以防万一不测发生他们一家多少能落个容身之处。我们几个孩子还不足十岁，懵懂的年龄睁着一双懵懂的眼睛，不解如此闹腾何时罢休。

记忆在此打个结，竟至荒谬，不知为什么，竟跳出一幅画面：隆冬时节，空寂昏蒙的天气，少有人声的街路尽头，一处高密度的低矮老旧的平房区内，显眼处吊着一排风扇样的金属物，隔不远一个，隔不远一个，不知谁家孩子淘气，远远地投一石块过去，立刻铮然有声，洪亮旷远，声音如同被弹射出去一样，余音久不断绝，丝一般颤向远方，惊得雪地上的几只麻雀刷地飞起，又箭一样地刺向天空……那就是预报地震的家什，凝着大厂人的智慧。是统一配发的，遍布厂区，消息树一样。

总有大半年的时光警报才解除吧，但那一段特殊的日子如今以如此情调绘出，竟令本人也始料未及。现在想想那的确有草木皆兵防卫过当的莞尔，但谁能说那里面没有令人念兹在兹的画面场景，毕竟那一段不可复制的时光刻下了不可复制的痕，空前绝后。

写到此，上网搜索了一下“70年代，地震棚”，竟有那么多的信息拥挤着进入视线，原来那也寄托着一代人挥之不去的情结，烙印着独特的个人印迹。

·

1976年3月8日，该是一个点，一个有着特殊意义的点，想忘记都不能，那一天，“掉星星了”。

3月8日是妇女节，被普遍认定的节日，但在1976年的东北吉林，这一天的震撼则来自于遥远的天体。这天下午3点左右，与任何一个日子无异的寻常一刻，突如其来的宾客不请自到——

宇宙空间一颗陨星顺地球绕太阳公转的方向，以每秒十几公里的相对速度坠入地球大气层中。由于这颗陨星与大气发生剧烈的摩擦，飞至吉林地区上空时，燃烧、发光，成为一个大火球，于15时1分59秒在吉林市郊区金珠公社上空发生爆炸。陨星爆炸后，以辐射状向四面散落。大量碎小的陨石散落在吉林市郊区大屯公社李家大队和永吉县江密峰公社一带；稍大块的直落在金珠公社九座、南兰大队一带；最大的三块陨石沿着原来的飞行方向继续向西偏南方向飞去，先后落在吉林市郊区九站公社三台子大队、孤店子公社大荒地大队和永吉县桦皮厂公社靠山大队。最后一块在15时2分36秒坠地时，穿破1.7米厚的冻土层，陷入地下6.5米深处，在地面上造成一个深3米、直径2米多的大坑，当时震起的土浪高达数十米，土块飞溅到百米以外……

以上文字，当然都是后来从资料上得知的。

当时离我们最近的就是毗邻大厂的三台子大队落下的、后被称为3号陨石的那块，那个砸在田野上的非比寻常的坑口到我们所住的大厂居民区，直线距离不超过3里吧，那个怪异的家伙几乎就是从我们的头顶上轰然而过的，岂有无视之理。

几乎所有的人在惊诧莫名之后便开始了疯狂的探寻，一干人众像被飓风裹挟住一样，又像是受了刺激的蜂群，黑压压地打着旋儿往出事地点刮，一路的撒腿狂奔，说不定还卷进不少不明就里的看客，也跟着傻乎乎地瞎跑。

那还是乍暖还寒的时日，田地还未解冻，人们还裹着臃肿的棉衣，那个年代所有的式样和颜色都差异不大的棉衣。那时候的人们对于人文历史科普常识的掌握是那么有限，发生在身边的新鲜事少之又少，不算革命形势的所谓热火朝天，每天的日子所呈现的实质，都黑白影像一样直接冰冷层次分明却大同小异，难得有一个这样的例外，被旷世奇观磁石样吸附，便无论如何都不管不顾了。

那天是星期一，大厂人被“星星”召唤，从厂区狂奔至乡野应该是下班之后了，有一个小时的发酵和沉淀，释疑和恶补，每个揣着兴奋好奇的人，都备着一份自己的想象和理解，却基本不脱日常举头望天的局限，囫囵半片的。

我们随着人流跑到星星落地的那块田时，只看到一孔不起眼的洞，也就比家里的锅灶大不了多少的洞，里面有些黑看不出深有几许，地表有些浮土薄薄地敷着，打眼看上去似乎也没啥特别。那时候的冬天总是走得晚，垄沟或背阴的地方，还有未消去的残雪脏污地缩着，小风也扑得脸发僵，待久了手脚先发出抗议，麻木了。不满足的人们又开始继续流动，目标改为那个大队的队部，说是星星已被民兵取出存放在那里，站岗守着谁也不让见。一团团的人层层堆积着，好像十里八村的都聚拢来了，却被壁垒森严的守卫隔在外面，久久，没任何通融的迹象，看来是要无功而返了。天色眼看着暗下来了，寒意也点点侵袭着，好奇终于被无奈击退，人群中开始有人不再坚持，一点点松动一点点溃退，之后星散，消失在各自奔来的路上。好歹也算长了见识，尽管嘛也没见着。

那次陨石雨散落的范围约有五百多平方公里，十余万人口都在它的“扫射”范围之内，却奇迹般没有造成任何伤亡或损失。房子没损失，牲畜没损失，三大块的落点都不在村子里，最大的破坏就是冲击波把玻璃震裂了几块。

据说这场陨石雨中的陨石形态多样，3 块较显眼的，每块重量都超过了 100 公斤，最大的重 1770 公斤，为世界石陨石之最。迢迢遥遥一路，耗损了多少，那躲不开的烈焰焚毁，分崩离析，差不多就余个碎屑残骸的“核”了，依然之最，依然将天体的信息尽可能地保留，多么像样啊，简直有情有义！如今被当作镇“宅”之宝陈列在专门的博物馆里，为这个城市的知名度默默地贡献着，间或还释放点“吸金纳银”的本事，金贵着呢！

晴朗的天气里，仰首凝望，遥远的星恒久地与人对峙，带着惯常的神秘幽然，一粒星子的坠落无声无息，不及天边骤然划过的一道闪电，世界并没有因此改变什么，或者那改变过于琐细几可忽略，但是却有一种大美呈现，不禁心动，那与世界观有关，那让我们细致体察了宏观和微观，静止和律动，可见与未知。

人类的认知有限，而广袤的宇宙无限，穷尽一切能量探求，恐怕只是在完善儿童期的幻想吧，所谓天外有天。

打住，一点一片就织出个大厂的横截面，再继续可就累死也弄不圆全了。单单撷取了这些，或许骨子里原本就封存着这些画面，只是在等待更充分的理由开启吧！

一不小心，鬼使神差，竟弄出个灾难片的片断。

在人类没有能力预见也没有能力改变的大灾难大祸患面前，人的本能最是突显，那一刻流露出真实，该是最接近人性的，就更耐咀嚼些。

对于国家来说，1976 年是个多事之秋，有人说三块陨石暗合了周总理、朱委员长、毛主席三位共和国开国领袖的相继陨落，世界都在瞩目这个国家的未来；唐山大地震三十四万人骤然消亡在残垣断壁间，数以万计的人民解放军星夜驰援；金秋十月，惊心动魄地粉碎阴谋——“四人帮”垮台，华主席接班……“文革”结束，一个时代也结束了。

1976 年的天象异常，1976 年留给人的记忆大起大落大开大合。1976 年让一个十来岁的孩子于一夜间从懵懂过渡到初晓事理，1976 年的中国表情是：在改天换地间迎来希望，开始时愕然懵懂，紧接着春天的气息迎面而来。

2

1976年，大时代浓缩为一个简洁的侧影，个人记忆与集体记忆相互交错。

1976年夏，我小学毕业升入了初中。没有毕业合影，却有一张小学毕业证书，上面的寸照是张戴着红领巾的稚气小脸，那是此生的第一张证件照。照片里小姑娘的眼睛直瞪着，那是晓事后的第一次拍照，姿势拿得有点久显出难免的紧张，眸子倒是山泉般清澈，带着那个年龄该有的懵懂和纯净。

1976年夏唐山大地震，几十万人罹难，职工医院里也住进了地震灾区拉来的患者，刚坐进初一教室的我们，还迎来一个特殊的同学——被新插进班的唐山孩子，一个身子单细的男孩，一开口有着跟我们不一样的口音，怪怪的。穿的是统一配发的衣服，单调的白，一般材质的棉布。套在瘦弱的身体上晃荡着，显得人更加瘦。除此，还有某种说不上的疏离感，在他的脸面上浮着，令我们看过去的眼神不敢造次，暗含这个年龄稀缺的怜悯。好像没多久他就转走了，是找到亲人还是转回家乡，就不太知道了。只是觉得那样一个小小少年，孤单的白色身形里，压抑着我们看不见的悲切，尽管同龄，我们却无法感同身受。那里应该有块伤，避讳别人触碰。

1976年夏末秋初，我们在子弟中学校园里，通过实况广播参加举国同悲的毛泽东主席逝世追悼会，随着广播里播出的指令跟着一鞠躬二鞠躬三鞠躬，眼里含泪臂戴黑纱。看着站了一操场的中学生，时间长了些，体力不支或悲伤难抑的，在人群中忽然扑倒在地，然后被急急赶来的老师们搀走。哀乐低回，天空空阔寂寥。

1976年举国欢庆打倒“四人帮”，全厂举行了盛大的庆祝游行，沿着厂区主要街路汹涌地推进，工人学生一律排在队列里，气势昂扬着，最前面的扛着绘有各式宣传画的木架子，漫画像里画着一只黑色铁拳砸向四个苟且的人头。没错，就像电影《芳华》里那样，这样的游行里，飘扬的配乐一定是李光羲的那首“美酒飘香歌声飞，朋友啊请你干一杯请你干一杯……”

工厂生活区横平竖直的大道上，一众欢天喜地的人们，包括后面随行的家属及孩子，均如过江之鲫般，面目不清地跃进一条历史的洪流中，自觉或不自觉地将过去一笔涤荡了。

而祝酒歌的旋律，轻扬着。

那是那个年份标志性的歌曲，激扬激荡，有结束一个旧时代开启一个新时代的昂扬。同时，也是令人驻足沉思反思的开始，关乎国运、家运、个人命运，从未像那一刻那样自人的内心渐渐凸显。

1976 年，如一道醒目的闪电，划开一条思想的口子，蒙昧和盲从进而被稀释。

1976 年，个人记忆与集体记忆的交会处。我童年结束的节点，我成长之初的欣喜悲伤。

那一年，家里糊墙的报纸满满都是讣告电文，都是世界各个角落的小国家密密麻麻地排列，铺天盖地、大同小异的文字，几乎雷同的措辞，一条条并列着的如同复制粘贴地排列着长长的记不清的国名……

奶奶死了，最疼爱我的奶奶，爸爸的继母，死于肺心病，终年六十二岁，一个生于乌拉街的满族女人，抽烟的没有裹脚的梳着发髻的小个子的瘦弱的老太太。她没有亲生的子女，给我的呵护最多，我们之间没有血缘关系胜似血缘关系，甚至奶奶给予我的母爱远远大于母亲的。奶奶让我长大后要养活她，但她没等到那一天。

在她住过的小屋里，在满屋满墙的讣告之间，我独坐其中，呼吸着奶奶留下的气味，体会着“死”赋予“活”的启示。

不知道是不是太过巧合，也或者，曾经的中国北方农村，因为生育因为体质因为天然的不被重视，以及民国初年的历史背景等等原因，为母的角色异常艰难，爸爸很小的时候，他的母亲去世了，妈妈很小的时候，她的母亲也去世了，在同一时空下生存却素不相识的两个男人，正当壮年的爷爷和姥爷，相继续弦，于是爸爸和妈妈都随着继母长大。

不同的是，因母爱的缺失，妈妈因此一生渴求爱和关注。在一个女孩儿的成长过程中，有些知识和常识需母亲灌输，比如心理和生理的改变和应对，妈妈因为没有得到及时灌输自然也不懂灌输，而“母亲”这一角色绝不是靠生养就能天然获得。太多的传承和习性需口口相传、耳濡目染，这在我们成了母亲之后，这一课才逐渐补上。

而爸爸则走向另一个极端，不被母爱过多垂青，不柔软不矫饰不随合也不懂妥协，母爱未能足够照抚，自己的肌体就分泌了相应内容来补充，进而刚硬而直接，没有转圜余地没有拖泥带水没有必要的尊重和倾听，只有自以为的行动力，如少有油润的车轱辘，动起来吱呀呀地叫，不省力。

但这不妨碍我当年对姥姥和奶奶的黏腻，无关血缘。

如今，我坐在自己五十几岁的门槛上，想念我的奶奶，一个叫“徐凤芹”的女人，一个六十二岁便辞世的我爸爸的继母。我差不多从出生就跟她在一起，直到我十岁时她的过世才令我们分开。那年，是 1976 年。

1975 年，我才从妈妈工作的乡村小学转到大厂子弟校，被插进四年四班。我怯生生地加入到厂子弟的行列里，带着一个少见识的村娃的所有特征，很快便成为可以欺负的对象。不一定需要什么原因，可能就是看你不顺眼。能记住的是被一个女孩及其帮手，在放学的路上截道追打；因作业写得不规范，便被检查作业的副班长擅做主张地撵回了家；因为插班来得晚，收获季大家均分得校田地的劳动果实——装满一粉笔盒的碧绿生毛豆，我那份便被哄抢；因与前排一女生厮打弄破了她的衣服，她追到了我家逼着让我奶奶赔，我气不过抢过她的衣服一把扔到地上……居然还因一件不明原因的事，跟工宣队队员的儿子、我们班的一名男同学滚在教室外的泥地上厮打，愤怒扭曲了脸，围观的同学当成难得的奇观。

我糊着满脸的泪却倔强地不服输，往往将战线拉得更长，泥土灰尘满身，泪冲过的道道更显悲愤和不甘。

渐渐学会了讨好，拿出妈妈给自己买的金鱼形状的钢笔，借与同学玩用，拿出爸给自己买的一小箱子小人书，分给同学传看。炫耀又不乏谄媚，渴望友情渴望接纳渴望善待。

1976 年小学毕业时，我不再是这个班的可有可无之人。处境多少改善，人前人后的卑微卑怯依然，挂了相的。

1976 年升入初中，同学不再是前一拨同学，从头开始相处，加之村相渐脱，好歹不再当小可怜了。哪怕进入人堆便浑然一体，也好过被时不时拎出来示众。安全感真好。

白炽灯亮着，那是那个年代常用的家庭照明灯具，和小炕桌一样，浸透到 70 年代家居生活内部，有着丰富的质感和纹理。

我又想起奶奶，那个让我对一个名字永远心怀惶恐的人——徐凤芹。

在我一点点接近十岁的那几年，这个名字开始一次次提醒我，她病了，频繁发病，病得很重，一次次住院，在职工医院简易病房的病床上，挂着她的病历，写在上面的这名字一次次提醒我，原来我喊了十年“奶”“奶奶”的人，还有另一个陌生的称谓：徐凤芹。

她不是爸的亲妈，却在我出生后一直在我的生活里。我们祖孙俩黏腻在一起。她盘腿坐在炕上，我枕在她盘起的腿弯里，任她细砂纸样的手在我的脸上摩挲着，痒痒的暖暖的。她说姑娘嫁了就得把脸上的汗毛用线绞了去，我说那是为什么呢，她说不为什么就是说说的规矩呢可办也可不办。奶奶说手指甲上靠下面的那个小月牙是营养圈，越大越就有营养。我伸出十指一根根地反复查看，生怕自己缺了营养不好办。奶奶还教我认手指上的“斗”和“簸箕”，唱着“一斗穷二斗富三斗四斗开当铺五斗六斗到处走……”，我“穷”呢！我高高地向她挑着左手食指一迭声地报。奶奶曾说我长大了挣钱给她花，可我穷呢就一个“斗”，我高挑着那根唯一的与众不同的手指晃呀……

奶奶抽烟，不像别的关东婆子抽着辣呛的叶子烟，她抽烟卷，比较廉价的那种。我有时也学着吸上一口含在嘴里然后和着口水小心地吐到炕沿上，匀着吐，就有了好几个倒扣着的半圆的烟泡儿，一字排开。

奶奶没收入，奶奶买粮米菜蔬需爸给钱，在每家都不富裕的年份，手里能有点儿零散余钱的人不多，我和奶奶抱着她养的大公鸡去集市上，想卖，却谁也张不开口，就那么一高一矮地站着一大一小地蹲着一声不吭一语不发地对路人扫瞄着。这样的影像如同一帧帧反复回放的幻灯片，在记忆里拉近推移。最后公鸡卖了三块五毛钱吧，好像。

学校里来了流动售书车，我一路飞跑回家，死磨着要买书。爸妈上班不在家我不磨奶奶就没别人可磨。奶说没钱没钱，我也不松口，终于把奶奶磨得穿鞋下炕去了外面，竟在门前简陋的小仓房的土坯墙的墙缝里抠出五块来，很是无奈地递给我……

一次去医院看奶奶，发现她那让我很熟悉的发髻没了，换成那么陌生的齐耳短发，灰白的发质，跟妈妈们一样的发式，让我看了又生疏又别扭又害怕，奶说她刚经历过抢救，大夫以为她这次可能要没，就把头发给剪了。我听了瘪了瘪嘴又瘪了瘪嘴，想哭哭不出来的样子。

她如今若活着应该有一百岁多了，却只活到六十二岁。

1976年。

奶奶是把“死”送给我的第一个亲人，而白炽灯依然亮着，或将送走我们的一个又一个亲人。那暖黄的光，慵倦又迷离，像做旧的色调，像无限循环的老唱机。

3

1976 年我上了中学，厂子弟中学，我怯怯地坐在初一六班的教室里时，并不知道一个叫梁利的男孩是我的同学。我们刚刚有点性别意识，开始戒备异性，轻易不说话，不搭茬，实在绕不过用行动示意，约定俗成。比如男女生同桌，一个希望另一个让出地方从座位上出去，只需站起来面对出去的方向，另一个便会意腾身让开。

三八线的小伎俩已经不玩儿了，悄悄起外号开始盛行，还憷着老师的权威，不敢过于张狂。

开全校大会才发现，曲老师果真出现在台前讲话。作为子弟中学的后勤管理员，跟在校长书记教导主任之后，讲了几句无关紧要的内容，大意是采购课本及其他杂用的开销，等等。

他是我大爷，我爸的亲哥。我左右瞄瞄，生怕这个说起话来嘴里像含着东西的中年人，让周围的同学看出我和他的关系。其实多虑了，下面没人关心这个。但他的讲话让旁人禁不住发笑，还是让我有点愤怒。

严格来说他不是老师，人们叫他“曲老师”只是敬称，与教不教书无涉。

奇怪，初次跟大爷在一个家庭之外的场合出现，竟多少感觉丢脸。

一个严肃又无趣的中年人，一个有血缘联系却亲情淡漠的伯伯。

平时两家并不怎么走动，他是我爸的哥不假，那又怎样呢？各过各的日子。他资格老，新中国成立前参加的工作，厂里每次分房都排在前面，总是能住上厂里新盖的楼房。他家的三个孩子总是优越感十足，看上去眼睛里并没有亲兄妹才有的照护，宠溺更谈不上。

同一个厂区里住着，说亲不亲，说远不远。

我们家住在偏远的厂区一角，自建的一处泥草房。曲师傅和曲老师的收入也差好大一截，直接导致两家的经济条件天壤之别，非必要往前凑的可能很小，日子就这样流水般过着。

好在他在子弟中学管理员这个位置上没待多久就提前退休了，五十岁刚刚出头的样子，他家的三儿，长我一岁的堂哥毕业没地去就等着接他的班，迫不及待呢！他退下来之后，也就避免了我这个侄女在他乌噜噜地当众讲话时，免不了地尴尬。

曲老师1930年出生，今年整整九十岁了，托福托福，还健在，拿着离休干部的工资，身体还算硬朗。仍然打得一手好乒乓，写一手好字。

他被称曲老师也跟他的这些才艺有关。

在这点上，小学肄业的曲师傅望尘莫及。当年他受过点儿教育的哥当兵一走，家里的农活就都压在体弱的父亲和年幼的他身上了。还不到十岁的年纪当个“小半拉子”使唤，个中甘苦自知。没钱也没精力读书，智商也明显不敌兄长的样子。

后果就是他比任何人都重视教育，深知文化短板的限制有多迫人。被兄长带出来当了工人，技术工人，心劲很大，还是吃文化底子薄的暗亏。只有分外努力。

1976年这年，曲老师家称得上大事的，是他家的老大当兵走了，从集体户里当的兵。这个少年中学毕业就下了乡，然后在还是个大孩子的年龄穿上了军装。

他穿着满是褶皱的崭新的军装，来向他的叔叔我的爸爸告别时，他那张又单纯又成熟的脸绽放的笑容，让人记忆犹新。他是我大哥。

后来他回来探亲时，还说起，他们的部队距唐山不远，大地震时自然地冲在前面。我那十六岁的大哥仅仅因为戎装在身就毅然开进抗震救灾一线，经受了一个小小少年堪称残酷的直面生死的历练。

可惜他在不到三十岁的时候就过世了，病故。

转业后回厂，他是厂乐队吹圆号的号手，还是厂职工足球队的守门员。

还是挺与众不同的，我的哥，大哥。我小声喃喃。觉得好像还没来得及跟他培养出足够的感情，他就匆匆地走了，然后再也没有了找补的机会。

1976 年的曲师傅在葬了继母之后曾有过短暂的恍惚，劣质的卷烟抽得很凶。一般人看不出他眼里隐约的焦灼，他也不习惯找人倾诉，不到四十岁的男人忽然体会到了前所未有的疲累。这个家，从此没有了一个见惯的身影。

他从未叫过这个女人“妈”，他媳妇也没叫过，却不妨碍他们早已把她当成了妈，当作这个家里不可或缺的人物。他的孩子们奶奶长奶奶短地叫，叫个欢实。缘于陪伴，甚至跟奶奶的感情更深。媳妇只是个民办老师，一年也拿不回多少钱，很长一段时间，他自己每月的四十三块四毛八开销着一家的吃喝。农家子弟的坚忍让他寻一切可以增加收入的可能，工余继续操持着副业，最神奇的时候甚至弄回几只羊来养，却依然入不敷出。自己常年一件工装在身，蓝色的劳动布工装，一年四季在身，洗了换换了洗。

老太太临终一遍遍叨念不想火化，恐惧被烧的情景，但他最终还是拂了她的愿。

无际的苍凉漫散开来，那是一个中年男人面对世事无常的无力和无奈。无人能够消解。家里已没钱可踢蹬，老太太频繁住院的开销是大头。他自己体力不支营养不良被自行屏蔽，一家子的吃穿用度哪一样都得虑及，一家之主的担子担得起担不起都得撑着，咬牙撑。

工作上，脑子不灵光不碍他爱琢磨事，想在一个优胜劣汰的环境胜出，着实难。可要不拿出不服输的劲儿就只有出局，瘦筋筋的曲师傅此时把倔劲发挥到极致，他其实也只是想，别拿豆包不当干粮，是骡子是马拉出来遛遛。

身体却出卖了他，严重的胃溃疡导致胃出血住院。

体弱，气脉短。挣扎着去了俱乐部广场参加毛主席追悼会，未及仪式结束就一头栽倒在地。

1976年初，也就是传言闹地震闹得挺欢的那会儿，曲老师将家里的一捆被子扛了来扔到曲师傅家的炕上，对曲师傅说，住楼房不安全，万一跑不及就毁了，搁点行李放这吧，备着。

曲老师的兄长范儿恰到好处地拿捏着，曲师傅嘴里嚼着饭唔唔地应着，看着曲老师摆着手大步流星地迈出了矮草房的门。

院里的小园中，两株曲老师给的海棠苗已长得挺高，挂果时一株果大果稀，一株果小果密，风吹过，海棠树叶刷啦啦响。

羊在圈里咩的一声长叫。

曲老师家的墙上有个镜框，里面镶着好多一家子的相片，孩子们的成长记录被保存下来。

曲师傅家墙上也有镜框，却是两幅风景画，中共一大会议会址和南湖那条船，一角才插了寥寥几张。唯一的合影是姐妹仨的，1975年摄于吉林市江南公园，爸爸和奶奶在镜头之外候着。

要是都站在镜头前多好，又不多花一分钱。

还能留下一张奶奶的影像。

梁利姥姥站在楼门前，笑盈盈地望着一个疯得满头是汗的小学生跑过，边跑边偏头问："姥，利头在家吗？"

姥姥笑，随口应："利头不在家。"姥姥不知道的是，她的外孙子何时有了这个名，利头，利头是啥头？

1976年却是梁钧的好年成。这一年，他主编的《航空橡胶制品使用技术标准》被航空工程部采用并正式下发到各航修厂使用，对指导修理厂充分发挥橡胶制品的潜力，保证产品质量、满足使用要求，起到了积极作用。这是橡胶制品使用标准方面的新突破，达到了当时国内同行业的先进水平。

四十五岁的梁工抓住了干事业的好时机，一心地投入进去。

东北地方冷啊，远离城市偏安一隅，摸爬滚打在一线辛苦着呢，环境艰苦也就算了，也挑不得。搞科研要数据，实验起来忙得家都忘了。可条件差，实验手段落后，国际上同行业的先进技术信息难以得到，完全是盲人瞎象地摸索探索，拼着一股热血和希望，梁工和他的团队的坚持，最后有了结果。其间经历了各种实验，故障零件观察，统计分析，对各种橡胶制品从原材料到制品构造、生产工艺、使用过程等全面调研，掌握各类橡胶制品的性能和变化规律……

海军航空学院毕业的梁钧，被女友半是“诳骗”半是“诱引”钓来的梁钧，淡远了北京生活和北京兄弟姐妹的梁钧，在这里找到了自己的位置。他从未感受到自己的个人的价值有如此之大，他所奋斗的事业如此令人自豪。男人嘛，理应如此。去标签化的男人还是男人吗？

志璞好眼力。

两口子把家彻底交给姥姥掌管，三个拔节的小家伙在姥姥的调教下，一个个蹿成了知书达理的半大孩子，最小的利头也高出姥姥一截了，却有点面，性子糯糯的，姥姥总怕他日后会被媳妇“欺负”。

在班里，利头是有之不多无之不少的孩子，一双细眯眼良善而乐天，成绩一般，父母的优点一点没继承到，倒也不犯愁将来，走到哪儿算到哪儿，大家都差不多。

同样不起眼儿的还有我，又矮又瘦坐在教室的第一排，被班里一个讨厌的男生起外号叫“耗子”，气得直抹眼泪却又无可奈何。

第三章　厂宅

1

大厂人因其组成不同，来源流向不同，以及受环境制约的程度不同，加上先天的受教育程度不同，使这一杂糅的群体呈现着丰富的多样性，体现在建厂伊始，北京、上海、南昌、沈阳……各个城市的熟练的产业工人被征调至此，各个地区的适龄青年被光荣遴选至此，加上复员转业的军人，如此集结，南下北上的，操着南腔北调；拖家带口的，安顿下来便煮饭烧菜，日子在哪里都需要筋道地过，于是有了铺有木地板、烧暖气、三家共用一厨一卫的单元房，计十几栋如同孪生的三层红砖小楼。这是最初的家属区家属楼。

单身男女好办些，速成几座楼紧赶慢赶地全都装进去了，趁着秋寒乍袭还能挺得住时。楼的腰身处还用水泥抹上几个字：1959 年 10 月，七天建成的“卫星楼”。那真是大干快上的年代，多快好省地疾行着。

事实上，大厂始建，工厂区和生活区是同时起步动工的，没有“先生产后生活”的高姿态垫着，民生被很好地保障，十栋近两万平方米的宿舍楼得以率先交付，生产力被更大地激发了。

之后，大厂的生活区建设开始调整步幅，由大步快跑变小步慢跑，年年岁岁零打碎敲地打造着。

一方面，大厂在基建方面似乎始终未停下脚步，一方面造人运动突飞猛进，即使逢上了独生子女政策，但经年陈欠还是搞得住房供低于求，以致在公有住房大行其道的日子，能挤进分房的队伍多么折损能量啊，几乎每个人都削尖了脑袋往前冲，各显身手。关于房子的故事也是一抓一大把的，悲情欢喜地渲染。不乏软磨硬泡，苦情陈情。安身才能立命，身无处可安，谈何立命？据说某个车间的一骨干男，几代同居一室，狭小逼仄的环境，日复一日地小心，愣是把个爷们挤兑得性压抑了……难言之隐憋在心里，积攒到一定时候自然喷泻，忍不住在分房领导面前呜呜地哭出了声，那份委屈，是生理心理都被扭曲后的流露。

当然，这属个别现象，不太具备代表性。

皆大欢喜的也有，中了彩票般喜气洋洋，老的小的齐上阵，小燕絮窝一样，搬了这样搬那样，什么东西都不舍得丢弃，最后全都置办到粉刷一新的房子里。最后，再炸一串鞭炮广而告之一下，与众分享。

在大厂，曾在某个时段内，一家家的，主要家具差不多都是床，一张张横纵上下地摆在房内。

应对的唯一有效的方法就是加紧盖房子。

大厂在盖房子方面的表现堪称天才，设计并建造出的家属区宿舍，五花八门，很是别致，方案不知是不是经过多方审议并评定后拍板的，建筑资质如何也不得而知，至于材质更不好妄加猜测，反正就是一层层一栋栋地建起，收纳着不断增加的大厂新生人口。印象中好多家属女工就是参战的主力军，她们因为迁徙因为生养丢了原本的工作，后来便以临时工的身份加入到大厂基建中，男人一样打预制板，男人一样筛沙子运水泥，男人一样将大厂的根基一点点铸稳建牢。老了的时候，一直困扰着的没工作没收入导致的没地位，竟也因为曾经的临时工经历，享受了社保，先是月入七八百块钱，后逐年递增。那已经令她们相当满足了，不仅限于那几张红票子的鲜亮，更体现出对她们身份的认同，对她们付出的认可，对这一群体浮出水面的接受。

房子还在，里程碑一样矗立在大厂厂区，提示着、点醒着存在着的过往。

最初的房子还是铺有地板的，入住后刷上红漆，人赤脚或穿拖鞋踩在上面，感觉很爽很高大上的。只是厂里搞来的红漆质量不咋地吧，搞得袜底总是红红的。后来的后来，就不那么讲究，都水泥地面了。随年代审美，铺上地板革，应着景。

初建时的三层砖混楼，每栋固定是三个单元，一字排开，放射性散去，1、2、3、4、5、6、7 栋，七座孪生的楼并立一起，一条长长的街路也随之形成。楼和楼之间留下容行的通道，之后棋盘格一样纵横，成为厂区最初的经纬线。

后来陆续建成的，就不太按数字顺序铺展了，8、9 栋，10、11、12 栋，或前后或左右地并肩立着，再再后来，数字相邻却再无相挨着，那是见缝插针了。如今已达 90 多栋。

曾经的关于家的点滴都淹没在时光之水中。

那三家共一厨一厕的单元走廊，其中一居里住着曲师傅一家五口，一张大床两张上下铺的单人床，一对带箱架的木箱，一对单人小沙发，一只小立柜，还有一张靠边站圆桌，便是全部家当。

除了床是单位配发的，一对箱子是商店里买的，剩下的家具全是自制的。式样大同小异，各家摆放好却显出细节上的五花八门，或精致些或粗糙些。最值钱的是曲师傅买回的一只别人家淘汰的茶几，置于两张单人沙发间。玄机是茶几内里嵌着个立体式收音机，电子管的“高级货”。每天早上起床，曲师傅只消将收音机的旋钮拧开，轰然而至的音效立马将人从梦中惊醒。不一般的扰民。

一间小小的厕所，留有大清早三家十几口人争抢如厕的噩梦。

一间厨房，是各家拼比厨艺的竞技场。没有排烟灶没有冰箱，但有了煤油炉，呲呲打气的那种。喷出的花盘式样火苗炙烤着锅底，简洁轻便利落，与烧着煤炭的旧灶相比，着实先进，唯大厂人家的标配。

那时有高压锅的都少，液化气是很多年后才有的。

在这里，曲师傅的家里拥有了第一台电视，长虹牌，黑白，十二英寸的。红白相间的机壳，有拉起的长长的伸缩天线。电视机入户那天，对于孩子，当然是节日。

三家中的年长些的，是职工医院的丁会计丁姨，现如今已经作古多年，当年回族的她嫁了汉族的陈叔。她自已谨遵本民族的习俗，在给家人做她不可进食的食物时，她会让邻居小孩帮她尝尝生熟咸淡。

她家的三个儿子都大一些。一次小静惹爹光火，正被用皮带抡时，一个哥哥冲进来拦着，让这处于青春期的女孩无比羞愤羞愧，几天都不敢抬头对视。

但豪爽的陈叔热心肠的丁姨，一对微胖的夫妇，让人感觉亲切。耐心教导着烹饪常识，眯眯笑的样子蔼然又和善。

三家中的另一位，男主是杜叔后来贵为厂长了，杜厂长，真正的一把手，掌管着两三千人的嘴。当时住一块时，还只是个不得志的小小技术员，每月的零花钱还得跟老婆讨，很接地气的丈夫形象。

他家还有一个老娘同住，孩子们都叫“杜奶奶”的老太太，打起顽劣的孙子来，一点也不手软，曾拎着棍子满地追打，让人看着揪心。

那时的孩子无比招打吗？还是“下雨天打孩子——闲着也是闲着”？

两家比曲师傅家先住进来，也是率先搬离的。

而房子是不可能空置的，就又有了新的芳邻，开始了新的磨合、新的故事。

后来曲师傅家也将换到另一处老楼的两居，在这里度过的满打满算两年的时光，值得回味。

做饭时，几家主妇或主夫挤在公共厨房，各亮身手，灶火水气熏蒸，身影矫健，大勺随腕翻动，色香味儿涌动，红红火火的烟火人间气，便如此具体生动地呈现着，想起时十分沉浸。

分房是需要论资排辈的。资历浅的，凭工龄和职务只够拣别人住过的旧楼，只是每每搬家仍令一家人喜气洋洋，弄了白灰掺上蓝墨水将墙壁粉刷一新，说这样显白。

每次搬新居，都会下意识地在旧居前流连会儿，就是偶尔路过，也忍不住抬头望望，尤其夜晚，望向一样的窗口里流泻的一样灯光，俗世平和的日子里，总有以往的点滴悄悄拢聚，那是流逝的岁月里，曾撒下的记忆碎片，是叫家的地方，许下的一些些亲切。还有就是，对年轻的自恋，对过往的轻柔抚摸。当然知道，不是所有的日子都是值得礼赞的，只是历练从来都有安抚的功效。

在一些个老工人家里，总能找到一两样，甚至三四样、五六样也不稀罕的小东西，台灯，马扎，晾衣架，厨具中的案板、饭勺、漏勺、小汤匙等等，纯手工打制，因模板不同，形态各异，精致谈不上，特色肯定有。材料取的是厂里生产剩的下脚料，充其量属于自由发挥中的随意之作。

除此，一个较比有本事的工人家庭里，有一些技术含量的一应活计都是由这大技工本人承担了，水暖电焊，泥瓦木工，灯饰照明，小家电维修……甚至修锁配钥匙。

厂宅显见着更加的沧桑了，不同年代形成的风格特色集结，构成了一个微型房屋博览，一簇簇的，体现着年代审美和年代经济结构的高度契合，尽管因其功能指向具体，不具备强烈的形式感，但穿行其间，仍能从楼体的外形中触摸到时代的梯阶式变化，有时十几栋成一个风格，那是建厂初期大批建造的；有时是三五栋、一两栋一个样式，那是大厂进入飞速的发展期，有心无力顾及不到，就试验式地做了几栋，样式上很是突破，房间结构也特殊，面积开间朝向什么的，一律率性潦草得出乎意料，少有参照性。比如有的户型就俗称“两间半”——一左一右两间卧室，中间又夹了个小厨房及小得只能放一张床一张小学生课桌的半间小屋，三平方米左右。那半间的功能很简单，为没结婚的子女备下的临时住所。那是 20 世纪 80 年代中期，大厂的子弟们迎来了第一波婚嫁期，为让他们的婚房与父母弟妹们的居住不构成冲突，就急就章地超常发挥了，创意很是彰显人性。此后这样微型小屋大多被辟成储物间，住人实在难为，半扇窗的日光月光简约到吝啬。

也有过停滞，修修补补小打小闹，比如在两栋楼间加建了一栋，使三栋楼连体成一排，加塞的这个就叫“加固楼”。

令人莞尔的，是于 80 年代中期，大厂在某处闲置地建起两栋小别墅样的二层小楼，一户一楼一底，也就有那么七八户人家吧，看作是越层也无不可，面积并没大到哪去，甚至因设计草率，里面的布局尚显局促，只是房前屋后有个小菜园，几棵果树、一畦花草等，显得更为清幽些。住户是厂级领导，及做过厂级领导的老红军，资格资历深厚，被厚待并非不合情理，但仍然显得惹眼。

后来的后来，有的人搬走了，或升迁或落败，在别处另扎营盘，富贵与否不干别人的事；有的人归西了，或留下遗孀子女没能守成的，只能困顿在此。别人早换了新式的窗门，小小园田红是红绿是绿，依然有与众不同的神韵傲立在众人眼底，像擦了胭脂的旧妇般风姿绰约，唯独有一户还是破旧的原装货始终如一，陈旧的糊窗缝的纸还不合时宜地粘在木窗框上，挤在几个光鲜的门脸前，臊眉耷眼的。原本有围墙挡着，后来不知刮什么风，大厂把除了生产区外的所有的围墙都拆除了，把这领导的居处也暴露在老百姓的眼皮子底下，神还在，秘没了。

除了楼房，还有平房区，按方位命名为东平房、西平房。

那平房是典型东北民居红砖起脊的外形，只是内里却是被大改良了。一块平地上摆积木似的排着两列共十七八栋平房，每栋一长溜均是坐北朝南的户型，共有十几户人家肩挨肩地住着，每户人家都是由南至北顺长的一条，先是一眼窗开在南面，窗下是炕，顺着房间搭的，南北向（迥异于东北民居的东西向），依次是里屋门、厨房、外屋门。后来为增加面积，又不约而同地在外屋门外搭了个门斗，成了储物间，加门。还不止，继续扩充，又拦出个小院，多了道院门，里面放自行车之类的大物件。人要想进到里面得开四道门，一格一格的。这种设计的好处是，能尽可量地挤入更多的人口，坏处是，只有朝南的一间卧室能采光，其余的地方只能靠灯照明。且因为有效扩充，前后两趟房间的间距很小，能容身而过就不错了。

热闹时，平房区里聚着百多户人家近千口人，每当有迸爆米花的人到来，孩子们立刻围了上去，排着队将一些玉米粒递上，然后捂着耳朵单等嘭的一声炸响，欢快地抢上前将香喷喷的爆米花划拉到自家搪瓷盆里，边走边往嘴里送。

没有上下水，没有冲水公厕，不便和不卫生使其最早被拆迁，现在上面又盖上一群新楼了，一层还带了车库，与城里算是接上了轨。只是在大厂厂区，一辆自行车就可搞定，断不必用四个轮子去量。此时回望，旧时的景象不合时宜地跳出来：一群十四五岁的半大孩子，寒冬腊月的，从冰封着的压水井旁挑水回家，扭歪着脖子和肩，两手紧抓扁担钩以求平衡，水桶仍摇，一路趔趔趄趄淋淋漓漓……

建房的高峰期应该是现在，经过近十年来的大手笔规划，几十栋新楼粉墨登场，显著的区别是房子不再仅有遮风挡雨保暖御寒的低级功能，更添上舒适舒服私密的基本功能，公房廉租的历史说结束就结束了，住房福利也一夜之间取消，手里有钱，就可以将旧房变更为私房，把不管多大面积的新房一并拿下而不用囿于资格和资历。说是私房却没有产权证，可以买卖但只限职工内部之间，且必须是只能是，手中只持有一套住房，供本人居住。

放眼望过去，新楼们都像富裕村民嫁出去的闺女似的，个个顶着太阳能热水器，披挂着鲜亮扎眼的涂料，勾肩搭背地并立在阳光之下，乡气，喜兴，敦实。

经过五十多年的经营，扩容，删减，现在大厂里的人口较之高峰期的数万之众得少了一半以上吧，在册的职工不足两千，全部人口加一起已不足万了。

有很多建设者已长眠在此了，只是厂区不可能辟出一块墓地收容他们，便在不远处的一个叫“前锋”的村里围出一个几丈见方的院子。那里远离村民居住地，是个独立的院套。在外面看，除了没有烟火气倒也看不出多少异样，只是打开院门后就会看到，那一院子的墓碑横纵排列，让初次来此的人打眼看上去很是惊悚，毕竟那不是开阔的坡地没有林木掩映，而且占地很少个个拘谨委顿一如生前。院子里也有一排正房，里面是一排排蒙灰的架子，架子上是一只只蒙着红布的骨灰盒。那一般是一对老人中的一人，在苦等另一半来团聚呢，届时，或者也迁到外面的院里一同入土为安，或者牵手回到他们走出来的地方，叶落归根。

生凑在一起，死也偎在一处，好歹不孤单。

2

在厂退休办门前，有一块告示板，隔几天就会贴出一张纸，白纸，上书黑色毛笔字，是讣告。记着哪个车间的谁谁谁于哪时因何而亡，一生的简历，最后是于哪刻出殡告好友届时送行。

白纸有半幅报纸大，上面的字不过数行，不及百字，清简到极致。一辈子几十年，压缩进去，缩到再也不能缩的程度。毛主席说过：村上的人死了，开个追悼会，用这样的方法，寄托我们的哀思……著名的老三篇中的一篇。

这是为了纪念一个烧炭的战士，叫张思德的年轻人，他因公牺牲，毛主席亲自到会，并发表了演讲，题为《为人民服务》。

人不分高低贵贱，都有被祭奠的资格。

厂里的人死了，也有个简单的追悼会。退休办有专门负责丧葬事务的人，谁家的谁“走”了，第一个想到的就是他。他全权帮助家属处理一应事宜，甚至清洗逝者身上的排泄物。至于准备衣服、联络殡仪馆、准备证件照片、准备骨灰盒及一应纸扎等等事宜，都一一安排上。那种时候那种状态，家人是蒙的，全仗着一个明白的体己的耐心的人，去引领。

追悼会的格局因人而异，基层老工人的亡故也不可能过于铺排，所以致悼词的差事就落到上面说到的那位老哥身上，因全程参与了对逝者的一应事务，反而令家人更加信任。

老哥叫朱志。

说到找朱志，谁都知道发生了什么。而发生了什么时，没人想到除了朱志外还有谁能被最先提及。在大厂，朱志的名字是被感激被牢记的。但，似乎又被忌讳提起，像是披了件无形的黑披风，透着隐隐的不安。朱志自己心知肚明，谦卑低调声音低低地嘱告，碎步紧跟在捧遗像的人的身边，是无时不在的主心骨，是除长辈外，被赋予相当权威的唯一一人。当然，限于也仅限于，那特殊的一段日子。事毕被立即忘掉，再有事来，再说。

好在他懂分寸，从不僭越。

悼词与上面说的讣告内容差不多，家属也可以再润润，改动不大。没人那么在意既往的丰功伟绩，包括躺在中间的，都不再在乎。走个程序而已。

想开了，就不难判断，这其实就是个过场，不必太在意。隆重的也没隆重到哪去，简单的，也有若干知己，相送最后一程。个个面有戚戚焉，伫于堂前，接受遗像里那双眼睛的注视，最后的注视。

关于他或她生前几十年的点滴过往，会在余下的时光，让活着的老友及家人缅怀。而对于无关的人，这就像一片树叶落了一样，自然而然。是否落在暮秋或初冬，没多大区别。

每每讣告贴出，路过的人就会上前看看，看是否认识。

认识的，唏嘘感叹一下他或她活着时的音容。不认识的，就看看他或她的简历，看是否是同自家老人同一批入厂的工友。

在厂退休办前，这样白纸黑字的讣告，有时会几天贴一个，有时一天贴几个。频率取决于时下年迈老职工的健康状况。当然，贴在退休办前，一般都是指已退休的，在职因病因故去世的，不在此列。

近几年这样的事明显增多，当年建厂就来此的小青年，现如今都是八十多岁的人了，据统计，厂区里尚健在的九十岁往上的寿星还有二十多个呢，跨着新旧两个社会，他们的孩子都熬到退休了。父子两代的退休者，最后归到了一个单位：退休办。想想有点滑稽又有点悲酸。老老人和小老人相向而立，小的还不敢老，或者说，老得忐忑而不踏实，老得让自己很是怀疑，自己是否有老的资格。四代同堂，甚至五代同堂，可不只是表面上的有福气，只小老人自己知道，每日像守着堆危卵，生怕堆里脆嫩的那一只有什么闪失。最老的，和最小的，都经不起风吹草动。

在街上，在足球场，在厂文化宫前，总能看到些拎着马扎、拄着拐棍儿的老人，聚在一堆，高声大嗓地议论什么，走近方知是最近发生的国家大事。见解高低不论，那份认真和严肃和其后的忧患意识，一点儿都不让你小觑。

这大都已是垂暮之年的老人，在穿着上有着太多的相似，甚至身形和气质都几近相通，既不同于城里的五花八门，又区别于乡下的邋遢随意，于是，无论是从哪个方向观其形影，都不分伯仲。

有一回，明知错了，小静也恍惚着，跟了很远：那瘦的不太高的形体，那蓝的空勤服上衣，那顶白的带檐的网眼凉帽，那微弓的背——酷似，已过世的父亲。

生命的教育原本有所缺席，在我们这个国度，“死”是很忌讳被谈起的，会觉得不祥，不吉，谈了也适可而止，浅尝辄止，蜻蜓点水，浮皮潦草。可是死如同生，都是客观存在，面对不面对，它都在那里，情愿与否，结果都无法更改。缺席的教育，结果往往是，呈现太多巨婴般的无所适从，无从依赖，事到临头时的猝不及防、悲天怆地、幽怨愤然。一句话：自欺欺人，不敢面对。

也因此，向死而生，是为境界。不惧生死，从容坦荡，是为大智慧。

电视纪录片《人间世》观后，无法不产生联想：果然，活着是一种修行。生命，已然是一种馈赠。

曲老师和曲师傅都是大厂的老人，建厂时即来此的元老。

称谓上看，已属于两个阶层。

曲老师1930年生人，九十岁的人了，依然能凭一手漂亮的毛笔字、一手好乒乓，得闲时露上两手。

曲师傅小兄长九岁，却先行离开，终年六十六岁。

大厂发布的故人讣告，多是曲老师执笔。小楷字体规矩，落墨洒脱，看不出是耄耋老人的手迹。吉林于1948年解放，先于共和国成立的1949年。刚刚解放的土地上，念过几天私塾的他，瞒着家人跑出去当兵，后来转业到大厂。如今享受离休干部待遇。

曲师傅没念过多少书，被招工到大厂也始终是一名蓝领，最牛的，也不过是把业务能力提升到谁也不能替代的程度——在当时；官拜车间的班组长，麾下十来个人。但曲师傅正视短板，娶了教师为妻，在子女教育上足够重视，算扳回一局。

家族老人有长寿史，若无意外，曲师傅也应高寿。

兄弟对弈，打个平手。

这在大厂，基本就是基层干群的普遍现实。些微的波光浪影，都被寻常普通给稀释了。概莫能外。

一叶知秋。太多的落叶纷纷扬扬，挂在枝头零落的几片，反而显得孤单，有展览的意味。对此，大厂和大厂人，早就从最初的不适里走出，理性而客观地面对了。但若要说，同龄人当中也有接二连三走的，五十几岁就撒手人寰，是不是就心下一紧？大姐夫说，割韭菜割到我们这一茬了……对生命的戏谑调侃掩不去老之将至的事实。如何在老去的路上从容而坦荡，让有趣的灵魂如子弹一样，再飞一会儿，被广为实践。

披着各式纱巾在祖国的大小风景区比剪刀手的大妈们，姿式摆得千篇一律大同小异，红花绿叶的，像是打翻了染料瓶，兀自争奇斗艳，旁若无人。

广场舞也极剽悍，就愿看你“明明不顺眼偏又惹不起”的样子。

说是海南已“沦陷”给了东北老人？错不了。又是剽悍的人生无须解释的样本。

听说职工医院已单辟出一隅为临终关怀病区，好，与时俱进，是正视，算得上磊落。生，生活，没人不会，会不会也都交了份作业，大半辈子就这么过下来了。死，都没经历过，没经验可供推广。经历过的人再也不会回来，为他人一一详解。所以，大家伙也只好摸索着尝试着往前走……触线到终点的，会停下来回望，知道会有后来者陆续跟上。

2020年初冬，在职工医院一角的康养中心，沿着楼梯上到三楼，在一间病房里，一名形容枯槁的老人躺在屋角，屋子供暖不错，老人搭着的被子下面，露着没系扣子的睡衣。

病区里住着的，都是平均年龄八十岁以上的大厂职工，好多是患心脑血管病症后，不能自理的。一些陪护的家属坐在一旁的椅子上，手里打着果皮，准备择机饲喂。穿着白衣的护士偶尔出入，但与其他病区相比，康养这边的医护相对少些，对医疗和护理的质量要求也没那么精密。

屋角的老人还在昏睡着，九十岁的人了，小脑萎缩得近乎不认人了，躺在这里已有几年，也有惊无险几次到市里的大医院抢救过，如今大脑不清不楚地处于迷离状态。床头的病员单上，姓名一栏填的是梁钧。

人生暮年，时光嘀嗒，在这样一个个平和的日子里，有些老钟表缓缓地走向停摆，或许，这样温和而人性地开启一个如归的通道，未尝不是尊重，康养、颐养，一枚熟透的果实，嗒然而落，而地球依然孤独地转个不停。

来的人将老人敞开的衣领拉了拉，手顺势下滑后握住老人枯瘦的手，轻轻摩挲着，亲昵中带着一丝宠溺，语气却不由自主地加入调侃，低唤："嘿，老爷子，醒醒，看谁来看你了？"

利头来看他爸，带着战友两口子。

战友向老人毕恭毕敬地敬了个军礼，为告诉他："国家抗美援朝参加者颁发了纪念章，老人家，让你儿子查查看有没有你的。"

老人家混混沌沌地笑望，也不知听懂没有。

大厂的奠基者，大厂的功臣，也有老迈的光景，这样的没有铺垫的转折，弯拐得有点急，让人看了不太好受。其实，时光均匀地布在每个人身上，老了，老成一个婴孩，无欲无求，未必不是通途，这个时候，加多少荣宠已不再是所求，儿女侍奉榻前，无悲无喜地共度，当最后的告别来临之时，大家已准备好足够的平静，平静以待，未必只有悲号更匹配相送远行，厚实的爱已着实挥洒在每一个陪伴的晨昏。

在这座医院工作一辈子的志璞，他的妻，已先他十年过世。

要强一辈子的女人，侍奉他大半辈子的女人，最后却走到了他的前面。还好，先走的人不孤单。如今，他只想着，快到了和她团聚的日子，快了。

他的很多很多荣誉，都不重要了，亮闪闪地躺在家里的某个橱柜中。

这会儿，他只是一个风烛残年的老人，一个酷似婴儿的长者，他残余的思维费力地支撑着他最后的愿望，只想如一枚秋叶悄然而落。

甚至有一点盼望。

很多年前，一个北京姑娘和一个北京小伙儿的故事，仿佛才刚刚开始。

3

大厂是大型军工企业，因此大厂的医院最开始叫卫生科，后改称为职工医院。当大厂的一些附属单位——如子弟校等——随着企业改革的深入一点点被剥离出去之后，新的归属很硬气，属财政拨款单位，收入立马冰火两重天。但大厂的医院一直没那么扬眉吐气，最好的结果是变成了社区医院，纳了职工医保和新农合，但这份意外之财大厂得的并不理直气壮，额度太少，解不了多少饥渴。最该享受待遇的大厂职工又与此关系不大，还是多年一贯制的那套，实惠有限。弄得医院也没办法，小病将就治，大病治不了，能力和水平有限。

大厂在方圆百里很牛很扎眼的时候，所有乘大厂荫凉的人可都扬扬自得过。如今大厂艰难，就有没良心地忘了大厂的哺喂了，这让剩下的没任何指望脱身的大厂人情何以堪？大厂人戴着有色眼镜看着这分家另过的孩子，很有怨气的样子。都是比较比出来的差距，子弟校归区教育局管了，但幼儿园就归不了，依然是大厂的孩子。

大厂很大，大厂人的婚嫁便有自己的特点，几乎都是肥水不流外人田自己内部解决了，弄得很容易就攀上亲，姐俩嫁哥俩的事也不是没发生过，孩子在称呼双方亲人时与别人有点不同，而已。再就是辈分上有点乱，侄子辈和孙子辈的联姻了，不是近亲，是姻亲拐带上的，只好各论各叫。

甲同学的姐姐嫁给了乙同学的大舅哥，甲乙两同学的同学关系之上又加了层亲戚关系，后来这两位的姐和大舅哥离了，甲乙两同学又仅余同学关系了。可见了面调侃还有，依然互称“亲戚”，知情的旁人憋不住地乐，不知情的，追着撵着问到底是啥亲戚。

大厂里的人都在一个地方住着，低头不见抬头见的，见到谁都脸儿熟，算得上人物的，基本上都被人用嘴和舌头定型过，品质方面的好坏是瞒不住的，私生活方面就更加透明，因此，若想人不知除非己莫为，处处想不夹着尾巴都不行。

就医院里的那几个老手，号称权威的，其实还真不是谁封的，都是大厂人口口相传才立了腕的，手不行的，不待人说先就蔫退了，或者靠诚恳吃饭。说穿了医院的门面还得靠这些人撑着，下了班在家门前你可以热络地老张老王地一通喊，拍拍肩膀再递上支烟，上了班白大褂一穿，医患关系立刻确定下来，再嬉皮笑脸的几乎不可能，严肃点，必须的。

医院老旧了，几经修缮过的院舍尽管看上去还像样，仍然有打了补丁的感觉。曾经也算大厂一个著名的所在，哪个人能保证自己的身体零部件不出毛病呢，所以不管什么时期这里总是人进人出的，显得不那么冷落。尽管大厂之外包括大厂以里，各种名堂的小诊所和小药店遍地开花，被一些身份可疑的坐堂先生多少抢走一些生意。

记忆里的医院却有着太多威严，普遍存在的那种属于医者的威严，里面微漾着消毒水的气味。打眼望去，穿着白衣的医护匆匆地在走廊上行走，面目严整端肃，一丝不苟，回答问题句子短促一点不拖泥带水，听诊器挂在胸前，触摸了病人之后立刻洗手，然后是龙飞凤舞不辨详由的医嘱。

职工医院是平房结构，整体呈一个三横一竖的“王”字形，大门开在“王”字的头上，三横中的一二三横则依次是门诊、急诊，妇产疗区、外科疗区，传染疗区、内科疗区，一竖里各医技科室，手术室、分娩室的牌子也清楚地挂着，还有住院患者的食堂呢，到了饭口，那门口就排了挺长的队，有好吃的饭菜香一缕缕飘出来。

曲师傅因急性胃出血住院，曲师傅的媳妇带着孩子们去探视。

奶奶的老慢支（慢性支气管炎）转肺心病住院，孙女放学了自己跑去探视。

二女儿急性风湿住院，大女儿得去陪床，俩孩子挤一张睡，当时都不过十三四岁。大人没工夫，小孩子一般都由大孩子经管。

曲师傅家里好几个人都住过的内科疗区，就是那进得大门后的最后一横的右半横里。印象中的医院走廊总是迷宫似的让人不辨东西，只因为太容易在里面迷路，左一横右一横的走廊房间太相似，尤其是晚上，万籁俱寂阒无人声，空荡荡的走廊里竟有阴森森的味道，不小心拐进其中的一条里，抬眼看，不对，掉回头重走，竟回不到主走廊，东西南北彻底不辨，左一头右一头地乱扎，耳畔只有自己呼呼地急喘声和凌乱的脚步声。不知过了多久终于摸到了家人的病区，推开了病房门……

很多的梦里，就流连着这样的场景。

开水房里蒸汽氤氲，带着消毒水味道的空寂走廊，视线呈放射状散开，一眼能瞄到走廊尽头隧道口一样的一孔亮窗。

害怕还因为在医院的东南角，靠近医院围墙的地方，有一个特别的小房子，那是医院的太平间。小静刚从乡下小学转到厂子弟校时，人很是怯怯，面对着那些生猛的大厂里长大的孩子，似乎只有招架之功全无还手之力，曾因为作业写得不够整齐，被守在门口检查作业的正副班长给撵回家，然后背着书包无聊地踱到那个小房子下面。

那时的家是一个临时租住的农家小屋，位于大厂外缘，每天放学时就路过医院的那段围墙，就能从那段围墙上方看到那个小房子的房顶，能看到那小小的窗子虽然被木条钉死了仍有让人无法想象的恐惧从里面钻出来，令人忍不住地寒毛倒竖。是听到哭声才停下脚步的，然后就不知不觉地循声来到太平间前。那是第一次面对那种场面，一个不到十岁的小女孩，在本该上学的时间却背着书包闲逛，还逛到了医院里的一处鲜为人知的悲悲戚戚的所在。依稀记得当年，太平间的门敞开着，能看到一个单子蒙着的人形躺在里面，门口是几个跪在地上的人在烧着纸钱，悲号的声音惨切凄清，有几盘供品几炷香摆在前面……印象深的是那种裹尸的黄色织物，黄得极重，生活中极少能看到的颜色，仿佛是专门为另一个世界的人特别预备的东西，硌得人眼疼。

害怕是此后的联想，当时只是好奇，还一个劲地往前凑，生怕看不真切。

这一切小静从没与人说，噩梦缠身也没说，至今已几十年过去了，想起仍有凉意。当时若是说了可能会好些吧，只是不知该怎么说，也不知该说给谁听，父母应是最佳人选，可父母常常无暇顾及哪个孩子有什么异常，就一年年地窝在心里，发酵成骨子里一块碰不得的伤，想起就骇得不敢深入。前不久家族里的一个长辈去世，赶去祭奠，在太平间前，往昔的一切刷刷地跳出来挡在眼前，怎么也迈不动脚步，这才知道那小时候无意间种下的恶果，如今依然散发着它特殊的气息，产生的能量经久不去。

据说这是方圆百里唯一还存在着的太平间了，因为殡葬改革后连大医院都取消了这样一方所在，但大厂因为地处郊外，周围百八十里居住的人，若有了意外，总不能在第一时间处置好一应事宜，就被特批了这么一处供死者 / 尸体暂停，有时还不止一具。但据说已被人承包，尽管里里外外修缮得与当年不可同日而语，但主要功能依然。

夜里，唯有医院门前的一盏灯孤独而长久地亮着，在大厂的内部，在所有人的梦里。

常常，曲师傅带着孩子们无论冬夏无论昼夜紧急地往医院里跑，在挂号处，他说："散居 84 号。"就有工作人员在一沓沓档案似的病历架中取出一本病历，那就是属于他们家的孩子的病历。很长一段时间，差不多贯穿了他的孩子们整个的童年时期。他们没能住在大厂配给的公房里，只是散居在小镇边上的一处自建房中，于是在医院的病历卡上，没有住在几楼几号的标签，也没有上班的职工们都有的哪个单位的标签，只有"散居 84 号"。好在那一个所在并没有分出太明显的高低贵贱，名称的不同而已，纸质外形都一样，薄厚有异那是因病人病情而有别，所以并没有让人产生太多不舒服的感觉，反而因为有了这样一个标识而生出一份踏实来。那是被纳入被关照被经管着的标识，一份安全感里，有被护佑被认同的意思。大厂人的归属感就是在这样的一些细微处一点点地筑牢的。

曾经，职工医院为职工提供的福利和待遇是可观的，医药费的减免力度很大，职工只负担医药费的百分之十，家属负担医药费的百分之五十，这在当时，对每家，也是一大笔开支被节省，侧面反映出被大厂安抚照抚的光景，是多么温暖惬意。

孩子们老老实实地站在曲师傅的旁边，听着爸往挂号处的窗口里探进头，清晰地说:“散居 84 号。”然后提着病历匆匆地赶到相关科室里找医生，小小的身影紧随其后，生怕跟丢了，身体不爽的程度倒记不真切了。医院似乎就是学校和家之外的最常去的地方，那个年代，有四环素牙的孩子很多，当时不知后果，长大了，咧嘴一笑，就看出那牙质的与众不同。若遇上同类，就有了对上暗号的默契。其实是遭遇。

后来那种病历取消了，代之的是一个 64 开的牛皮纸做封的小白纸本，人手一份，随来随记，但想想，竟没有当初的那袋装的病历更让人牢记。再后来终于排到了分房，家搬进了楼，某号楼某栋某号，规规矩矩的坐标，算是正式纳入了大厂居民的序列。

职工医院迷宫样的走廊四通八达的，拐着拐着就不知被引到哪个方向了。迷路的后果，与心生慌恐有关，太多的不可知累加了不可思议，是对生命、生死莫名的猜测吗？兴许。

与身体不时修护的状态有关。一个孩子的认知里，这个躯体总是如脆弱的铁皮壳子般不时需要敲打，敲打过后才会不犯合计，才踏实，才去忽视各种可能的不适。

如此，循环往复上演。真正大限来临，才是大考，其他都是预演。

2015 年，职工医院的老年服务公司开业，这意味着大厂终于直面了老龄化的现实，直面了医养一体的必要。而这时，医院的老平房建筑终于被设施先进的楼宇取代。

迷宫般的“三横一竖”，彻底拜拜了。

在年代的更迭里，医院的建筑就像是摄影机镜头里的快进画面，一会儿工夫就完成了一步步完善的过程，搭积木一样修建拆除再修建改建诸如此类，轮廓清晰又模糊，其实已是半个多世纪的时光倏然而逝了。只是镜头里的人成长的速度或者衰老的速度之快让人怅然。说话的当口，又一栋新的门诊楼正在秋风中封顶，几片落叶随风而下，发出轻微的声响。

不得不说的是，医院毕竟是个特别的地方，常常上演着生离死别的凄怆，孩子不懂事将那些当热闹看，大了才知道，那种围观那种兴致勃勃是多么不合时宜。而生老病死一直没断过，在这样的地方这样一个角落一步步推演着，完成着生命的轮回。

年代久远的一扇窗前，有个女孩的身影一闪。

扎着小辫的志璞，被征召者的热情感染的志璞，在那个火红的年代满心充满建设者激情的志璞，决然别京扎根在此的志璞，泉下有知，欣慰自己的生命所发出的光和热吗？

第四章　深入大厂

1

因属军工企业，大厂也不是什么人都可一窥真容。

高处俯瞰，这应该是一处壮阔的画面：无数低伏的村庄和广袤的农田环绕着，不花哨的一处建筑群，敦实实用，因需有同样体量的能源哺喂，高高的烟囱必不可少，根根针一样插进云端。分不同功用，生产区分出各个区域，齿轮啮合般相楔。有路，将各区块纵横隔开。

1955 年之前，这个地方还一派荒凉，不见人烟。

1956 年筹备建厂时，也只有寥寥八户居民，鸡犬之声相闻。

20 世纪 50 年代中期，国家开始布局东北，筹建这座航空大修厂，选址在此，随即在全国各地征招、培训技术工人，并从北京沈阳等多家军工企业抽调飞机及飞机发动机修理的技术骨干。陆续有两千来人，舍弃大城市的喧嚣，落脚到此荒蛮苦寒之地创业。

自 1958 年 7 月始，至同年年底，不到半年的时光，就完成厂房、生活设施建筑面积近十万平方米，安装设备七八百台，为开工生产打下初步基础……几经扩充的今天，厂区占地面积近二百万平方米，建筑面积近四十万平方米，其中厂房建筑面积十几万平方米。

体量庞大的大厂矗立于大地之上，恢宏在大厂几代人的脑海、心中。航空报国，追求第一，激情进取，志在超越。

当年，一批在南征北战中立下汗马功劳的老红军老抗联等老首长，被委派到这里主持工作，环境恶劣，生活单调，劳动艰苦，也不能阻遏创业者的热情和干劲，建厂的当年，就在国内首次成功试修了米格－15战斗机。1966年，又成功试修了我国第一架超音速歼击机，技术水平在全国处于领先地位。

……经过几代人的努力，先后完成了多个型别的飞机和发动机修理线的建设，并已形成各型飞机批量修理能力。2019年，更有首架某新型飞机试修成功，飞上蓝天。

“要有自己的国防、自己的国防工业”成为一代代军工人被点燃的拼搏激情。

研制一款新型战机，是对一个国家组织动员能力和工业基础的考验。它不仅仅局限于航空系统本身，还依赖于整个国家的原材料、元器件、冶金、化工、电子，以及基础科学的发展水平。战机首飞，战机服役，战机首次试修，仅卡住这些重要节点，往往意味着十几二十几年的时光都投掷进去了。

当战机经过一轮轮起降、试飞，冲击各种极限飞行动作，平稳着落的一瞬间，全场鸦雀无声，大家目不转睛地盯着飞机，生怕呼吸声打破现有的宁静，直到一切尘埃落定再也不会生变，人们才像从梦里醒来，现场立刻滚动起一片掌声，泪水自眼里溢出，情不自禁互相拥抱祝贺——那是克服无数困难、摸索探寻奋力攻坚的结果，是多层级多工种通力合作的战果哦！

抗美援朝战争中的一级战斗英雄、驾驶米格－15，一个人击落美空军九架战斗机的功勋飞行员王海，后来就任空军司令员、成为中国空军一块金字招牌的王海，在大厂的厂史馆，他来大厂的身影被逐一定格。他以一名卓越的飞行员的身份，对战机修造厂的造访，更多的是对这一处所在的殷殷期望，对所有的航修人的殷切嘱托。

航修厂，制造中国航空的荣誉之地，令无数辉煌腾飞的起点，如此沉甸甸的托付有着怎样的分量，已不言而喻。

2020年11月11日，中国空军七十一周岁生日，国内权威媒体不约而同以庆生之名，发布我国各型先进战机在蓝天上书写的妖娆航迹。

哪一瞥下，有大厂员工亲身参与的奉献？哪一道光中，聚着大厂人望断天涯的企盼？

不便展开的书写，不意味成就的被埋没，记得一首歌吗，恰好可以形容，那一份不能炫也不好炫的荣光。

在茫茫的人海里，我是哪一个？在奔腾的浪花里，我是哪一朵？在征服宇宙的大军里，那默默奉献的就是我，在辉煌事业的长河里，那永远奔腾的就是我。

不需要你认识我，不渴望你知道我，我把青春融进，融进祖国的江河。

山知道我，江河知道我，祖国不会忘记，不会忘记我……

大国重器。

胜不骄败不馁。

少说多做，干就是了。

从歼－5到歼－20，我国航空从无到有，从机型单一落后到机型多样化达到国际领先水平，背后是一代又一代航空前辈和国防工作者默默的付出。

风起云涌的高精尖机型频现各级军媒，流线型的机身，漂亮的机翼，马力更强的发动机型，智能化的机载设备，以及强度大重量轻的复合合金材料……在中国的军工领域，近年来的快速发展，让国人对航空建设的期望随之提升。新型军机逐一亮相，代表着中国航空在2020年的新力量，布局于领空。

近年来，随着美军某型号军机的频繁出口，甚至形成一个“环中国”的五代机圈。而我们的新型战斗机机群意味着我国航空能获得对周边的一定优势，新型运输机群大大提升投送能力，使其在大范围区域内获得更加灵活的应对方式。作为一个地大物博的国家，中国航空最需要的就是这种快速反应能力以及大范围调动能力，一定数量的高性能战斗机与运输机也正好能满足我国当前的国防需求。

世界格局的划分依托国力，国防工业是利箭之镞。亮肌肉总得有可亮之处，大阅兵的“秀场”才成为可圈可点的所在。

在这样的背景下，延续着数十年荣光的大厂，主修机型仍服务于现役的大厂，使命在肩，明知竞技水平、竞技规则不相信眼泪，仍苦撑一口气坚持。理想主义在血脉里流淌，无数的大厂开拓者，献青春献子孙奠下的底气真气，犹在。这悲壮的崇高，这不甘愿沦落的血性，既是一道时代风云中的凌厉之光，又是鼓舞人们迈向历史的精神血脉。

都能看到的，是他们的傲骄成果，看不到的，是一手打造出各种辉煌的曾经的龙头老大，渐被后浪所拍。远比大厂更加现代高效的新型航修企业正在兴起，所谓的“老大”从来不会一劳永逸，必要时退位让贤也是正道。早晚会有新生的、强大的力量，以压倒之势覆盖。一如，曾经新生的自己，那么无畏又那么战斗力爆表。

一步从计划经济年代跨入市场经济年代，一切的一切都面临着前所未有的挑战。大厂也无例外地进入艰难的适应和转型期，工厂的经济形势从未有过的严峻。

……经过艰辛的努力，经过上上下下无数次的跌宕起伏，回旋震荡，心电图一样波形抖动，当 21 世纪 10 年代的曙光初现时，大厂向好的形势终于让人颜面血色渐盈，红光跃然，重现起色。政策的原因，高层的意愿，任务的调整，人员的合理配备，资金的扶持，等等，无不一一生发作用。

真好。

这才是都愿看到的结局。

车间的大门高大得不可思议，容得下一架战机进出，想想就知道，会有怎样的门面。内里的容量自然大，人在机身的各部位蹲伏作业，犹如给大象搔痒的蚂蚁。更加高大而宽展的厂房，在视线里尽情地延展，温和地抱拢着只只大鸟，等候被肢解或组装。这是飞机分解车间和总装车间的日常。

十余个车间依次排开，各司其职，各有勾连，布局成大厂整个运行体系。

发动机车间，机加车间，表面处理车间……

还有马达声足以让人耳力锐减至零的试飞站。每每试飞的军机扯着巨大的轰响在眼前时，那声浪里的人，只用手势充作交流手段，简洁到位，冷静冷凝，犹如特种兵团组作战时，相互了然的手语。

到目前为止，利头在试飞站已整整干了三十四年了。人生的大部分时光都在这里度过。

轰鸣的开车声已被听熟，高分贝噪音在他这里成了问诊的脉搏，让人袭扰得心颤的过程，就是他谛听聆听判断的依据。

落入音频间隙的微小差池都会被捕捉，听风者听的是静，听雷暴者，听的是翻滚不息的嘶吼，还有埋伏着万千故事的联想和演绎。

当初，小伙子质朴又羞愧地坦陈，好多厂领导都是试飞站出来的，这里有前途。

在部队里做地勤，到试飞站等于专业对口。

他没好意思强调的是，试飞站待遇好，每月有地金补助，跟工资差不太多，两样加一起蛮可观的。还不止，专门有地勤灶，伙食参照飞行员待遇。地勤灶取消后，变成一本白粮本，上面有每月特供的米面油，全家都受益这个待遇呢!

还个个穿着空勤人员特有的着装，一身黑色的半大袄子加厚马裤，保暖又威风。春秋是卡腰的天蓝地勤夹克配同色系裤，显得个个大长腿，那是同部队一样的装束，穿在身上，有军装在身同样的功效。飞行员毛领皮夹克也是可以有的，光荣加持，可就不是一分两分了，能让职业自豪感陡升。

长年在室外作业，永远是“排故（排查故障）第一”，吃喝拉撒睡，往往让步。

望着试飞站高大威武的厂房，望着他熟悉的军机机身，细眼眯着，在那大家伙的银光反射中，他心有所属的那份踏实，落地了。然后，一干就干到今天，三十四年。一眼能望到退休的四年多时间，也不可能再改换其他行当。

三十四年间，经他的手，送走多少架飞机，已不可数。傲骄的是，多少年与飞机耳鬓厮磨培养出的敏锐，以及多少次经验教训累积出的手到擒来，已让他成为同行中的“扛把子”，在他熟悉的那款机型中，他几乎能做到一听到发动机响，就大概知晓飞机是个啥状态，待飞行员下机后反映出情况，相互印证，立即启用最佳方案，快速而准确地排查线路、机件的故障隐患，“排故”、出厂、保障归建，成为职业最高标准。

其间，他学了个“经营管理”专业的大专学历，又学了个“机电一体化”专业的本科学历，上技术组成了技术员，一步步登上工程师的位子——梁工。与老梁工不可同日而语，但的确是脚踏实地一点点夯实的，问心无愧。

在梁钧摸爬滚打过的飞机旁，利头也跟了上来，老爹的“科技科研降耗保质”，是一辈子的保姆管家和侍卫，儿子的“望闻问切”，则是贴得更近、拥有医者仁心的保健大夫。

父子两代人前浪后浪地扑向自己热爱的岗位，一个叫梁月的小姑娘，仰望着仰望着，终于也迈出自己坚实的一步。

在自己的办公桌前，在一叠财务报表中间，她抬起头，便能看到碧蓝的天空，拉起机头昂首长天的军机飞掠而过。

那是这一家人用自己的方式对航修工业的致敬。

在表面处理车间维修组小屋里，八级电工曲师傅曾坐过的椅子已经换了人，那张跟了他几十年的油渍斑驳的工作台已不知去向。

但是他仅凭小学都没毕业的文化一路紧追，为节能降耗，一头扎入硅整流技术中，啃骨头的蚂蚁般硬是为车间省钱创造了自己职业生涯的奇迹，他捏着笔头一笔笔算账的拙稚，他反复计量反复琢磨实践的过程，他翻烂了一本有关内容的技术书籍，一次次操作试错快挠秃了头顶不多的几根毛，终得硕果，那是从未有过的惊喜，战胜自我挑战极限的大爽，任什么都无法替代。

表面处理车间遍布的电解槽子里，电解液的味道四季不散，电能的消耗每分每秒都被看不见的指针计量，熬了个半秃的曲师傅，作为一个资深老电工，维修组的组长，硬是拗过所有阻碍，领着不多的几个人马，凭笨拙执着，闯关成功，令能耗指针减慢，这份牛，自己先干为敬了。

然而，荣退的日子脚跟脚地撵过来、碾过来时，他就知道，没有谁是不可替代的。

大厂需要千百个他这样的螺丝钉，但没谁保证将永远被使用。只有自己觉得，或许不应该被放弃得如此决绝和彻底，心里堵得慌。

那会儿，老头有点儿赌气，跟桌椅板凳都赌，像个失了玩具的孩子，没着没落的。

那个车间至今可能还留有他的气息，二十年下来，也稀释得差不多了。

厂房依旧在，几度夕阳红。

2

无数个夜晚，耳畔总是轰鸣着飞机夜航时发动机工作的声响，有头有尾的一声彼落又一声此起，扯着夜梦不连贯地破碎又粘补，难以成片。那时不懂什么叫神经衰弱，只是知道活在那个声响里是必然，赶不走驱不散，只有强迫耳朵去适应，强迫大脑去接受，同时还以为天下人的夜梦都如此这般黏腻滞重，配着 BGM（背景音乐）滑翔冲起、滑翔降落。

怎么不会烦躁？烦躁又能怎样？

收不住火的家长揍孩子，学不会忍受的孩子相互弹压，不知是不是和水土有关，但温文尔雅的确稀缺，也因为稀缺备受珍视。

大厂便在这经年不息的啸叫里，履行着使命。大厂的气氛，也是靠这样的渲染，走过一年又一年。

实际上，每年的修理任务也是成批次的，还有从别处转场而来的……都集中在一起的这个时段，就是掩了耳朵也挡不住声响四处挤压、弹跳、掠夺。躲是躲不掉的，逃也没处逃，方圆几十里没有什么能够阻挡，所有的老百姓都被这声响笼罩，穿透，厮磨……

飞机不是地上跑的，不能像汽车一样，坏了停在路边，等着报修。执飞的飞机在空中出现故障就是大事故，重则机毁人亡，那是任谁都无法脱责的一级事故。也因此，飞机的定期检修维修是常态，不能等，不可等。这也是我们这个大厂得以建成的理由，而且作为全国同类厂的龙头老大，经年担负着向外输送员工的任务，同时输送技术和服务。

睡不着的时候，女儿问过曲师傅，大意是这震耳朵的声音能不能不再吵人。得到的回应很模糊，没实质意义。被打断的鼾声再次拉起，就知道自己的烦恼真是矫情。便想辙抑住所有不适，在那些声音里学着辨别，听起伏、延绵，听骤然拉升和趋平渐弱……也在那声音里，想象着霸蛮和不可一世的压制缝隙里，兴许有稍微躲藏一会儿的地方，抓住机会钻进去，哪怕只是喘息一下，定定心也好。这么想着，趁机抓住一个声音的尾巴溜入，也是困蒙了，累乏了，慌不择路，一头扎进去，没来得及享用片刻欢愉，分分钟滑入深眠。壁角的蛐蛐声简直不要太抒情。

那数只奔跑在夜晚的巨兽，那躁动不安令人无处遁形的啸叫……一个个与高分贝纠缠的难眠之夜哦！

长大后，小静曾跟厂宣传部干事去试飞站采访，近距离贴近声源，才发现，那声声嘶吼还伴着强大的气流喷射，机腹下疾风劲草飞沙走石，站一旁的人，衣袂翻飞，乱发飞扬，人类的感官知觉，被压榨得渺小又微弱，甚至可以被忽略。震耳欲聋，果然不是以形容词的形式出现，着实地感同身受。理解了在那个环境长期工作的人，久被声浪冲击，普遍耳膜受损，换个环境，也常常大着嗓门说话，吼得人怔怔的。

别说我在极尽夸张，飞行员的耐受力怎么说？

不一样。当年他们也只是寻常小孩，没经过职业训练。随父母生活在这里，接受这个场域的影响，被动地承受着它的给予，适应习惯，没商量。让感知削平磨钝，得有个过程，走过去了，才能叫“习以为常”。

会不会有一天，误以为：宁静是有错的，声响是活力值的一部分。

太有可能了。

恐怕还会将这样的认知，传递到大厂之外，传送到多年以后。

大厂的作息是规律的，规律的养成取决于大厂广播站的定时播放，早中晚的固定时刻，广播站播出一段激昂的乐曲后，一个女声准时响起：全体职工同志们，厂广播站现在开始播音——这声音将大厂的时间精准地切分成几段，大厂职工和家属的起居，都围绕这个时间段进行。想必大厂人的胃也会随着这样的时间分泌消化液，饥饿感同时来袭。而睡意也如是，像被感染了一样，到点了便都进入待机状态。

钟表的作用可以为辅，均匀铺展在大厂上空的广播声，以无可辩驳的理由，主宰着大厂人的行为，并成为整齐划一、大同小异的行事标准。

大厂广播站的播音员从广播里走出来，也被大厂人推崇，她果然形神兼备，气质绝佳，不仅声线惹人，整个人也优雅大方漂亮得体，她每日从俱乐部二楼她的工作间走出，推着婴儿车，带着她的一对龙凤胎儿女在广场散步，都成一景。人们会笑意盈盈地围拢过去，夸她的宝宝，睹她的面容。再次从大喇叭里听到她的声音时，就会产生具体可触的亲密和满足，如同今日追星的人所获取的快感一样。就连背着书包放学回家的小学生，也兴冲冲地挤进人堆，凑个热闹。

开始曲的激昂却始终没变，半个世纪的时光倏然而逝，再回大厂，再到上下班时间，喇叭里放出的旋律仍然是那熟悉的激昂，驻足谛听，一瞬间，竟有时光倒流的感觉。

大概换什么曲子都不妥当，索性延续至今，好在感观已默认，放别的兴许排斥。

被这声音笼罩的地界，人们统统有一种被规矩、被收束的下意识，经年培育出的遵从，工蜂一样忙碌在蜂巢及蜂巢周边的行为习惯。

这个声放喇叭，仿佛年代影视剧里的经典道具，甫一发声，就将年景锁定，就如完成了舞台幕布的切换，就将一曲大戏的时代背景，直观简洁地道出。

在大厂，在地处郊外的资深大厂，如今这只风靡于20世纪的道具，这种古旧的信息传播方式，依然活化石一样留存，并继续承担着应尽的义务，与时下最现代的即时通信工具，手机电脑平板之类，相辅相成，并驾齐驱。

广播声里，大厂不涉密级的工作简讯，大厂涌现的好人好事，大厂的节庆活动安排，等等，在整个厂区播撒，某某车间报道组的落款，将信息源一并披露。报道的消息伴着职工们从厂大门鱼贯而出，到回家的路上，一路相随。直到手脚勤快的已收拾好一餐饭食，坐到饭桌前预备开饭时，这声音才悄然退去，留一大片的安静，供大厂人咀嚼。

倒是一脉相承。

很多的记忆纷至沓来，是这声音承载的回放。

试修成功新机型的时候，无数人跑到外面一睹新机升空的快乐，不亚于无数人为原子弹研制成功而升发出的喜悦。

一代机二代机三代机，一代人两代人三代人。

皓首穷经，绠短汲深，那是需要一种精神的。

屈指历数，如奉家珍。那是看着自己的孩子，抚摸着他的每寸肌肤而生的亲昵，拍打着他的头面肩膀，满含期待不忍放行的拳拳眷眷。大到机架机身小到导管垫圈，都是在每一双眼下、每一只手中，一一通过的。

中国航空，就是在这琐细操持的背后，被世人所瞩目。

3

世界都记住了 2001 年的“9·11”，而大厂人却更深地记住了 2001 年的“611”。

那一天，大厂改制了。

工厂，变成了公司，有限责任公司。

靴子终于落地。

2001 年 11 月 19 日，企业交接协议签署，大厂正式由部队移交到地方。

直接看到的，是新名字看上去的高大上，完全遮盖不住对旧名字的放不下，更多的焦虑则来自于对时下的不解，对未来的迷茫。改革终于革到了眼前，当东北企业成片锐减，没人不对这场变迁感到惶惑。

事实上，没有什么付出会被清零，大厂四十余年的发展史，不乏高光时刻，摘牌子挂牌子只是一种必需的过渡，所有的荣光抑或黯淡都在被续写，艰难的是顺应，适应，理解并接受。

可以理解为一种撕裂，也可以理解为一种涅槃，总之，疼痛是真实的，不解是存在的，随之而来的，是部分优越感的丧失，福利的不再，收入的滑坡……对大厂的几十年血肉相连的深爱、无条件的依赖，经受着前所未有的考验。

东北人对国企宛如巨婴的依赖，也造成这阵痛的强度持久而深刻。

可是工厂改制并没关门，企业生产还在继续，不再是航空系统的建制了，为部队服务的宗旨还在，也就是说，为国防献身的这份光荣，始终在。需要的，更是内心的坚守，而非用获得报酬的多少去衡量。

这才是关键所在。

才是考量大厂人心理素质的法门。

在大厂里奉献了大半辈子的曲师傅退休了，没干到六十岁，还差上两年多，单位一刀切就只好提前退了。这让他心里多少不爽，这边交出工作证，那边就找了个工程队去打工，不全为钱，只想证明自己还有着足够的剩余价值。

回头把多赚的这一笔，很豪气地扔到老伴面前，“想买点什么就去买。”相当于这笔外快是偏得的。

在这点上，曲师傅多少显得小气和狭隘，没看多少比他年长不了几岁的老哥老姐，当初忙不迭地办了退休，年纪轻轻就回家赋闲，只为倒出地方给孩子接班。

他的班没人候着，自己不动窝地、生生把手里的活计干了四十年还觉不够本，是不是贪？其实他也只是被惯性驱使，几十年如一日地生活，如停不下来的车——老爷车，一脚急刹，可不闪得人仰马翻的！

只是曲师傅自己知道，在那个工地打工，身份与其他农民工没什么区别，吃饭时，连饭带菜扣一块，呼呼噜噜地开造，清汤寡水的没什么营养。快六十岁的人，天天吃住在工地，肯定有吃不消的时候。女儿女婿去看他时，他看女婿腰上别的“诺基亚”，竟有些好奇，竟爱不释手，像贪恋玩具的孩子，试着打了个电话出去，嗓门大得吵人。

后来女婿换了新手机，这个“诺基亚”给他了。他显摆得不行，又轻易不开机，怕费钱。那时的中国移动牛气，月租很贵，话费也贵，最贵得离谱的是漫游费，还双向收取。

与大厂相邻，曲师傅老丫头工作的厂子彻底黄了，始建于第一个五年计划时期的国营大厂，一个老牌国企，咔嚓一下说倒就倒。两口子同一单位，双双下岗。孩子七八岁刚上小学，各种开销不少，俩人就在自住的三十多平方米的小房里用纸板隔出一半，在窗子上卸下一块玻璃开出孔洞，进了些烟酒副食，卖予四邻。为博方便名声，随来随卖，哪怕更深夜半敲窗，也爬起来做生意。

之前，因守着松花江，当过兵的小姑爷下江打鱼，让媳妇用自行车驮着到市场去卖。丫头口拙，张不开嘴吆喝，就倚着车站着，守株待兔。

小外孙子人小鬼大，过年时大人给他压岁钱，他接过来竟先举起冲着光亮处照照，有样学样地一辨真假。

回到大厂，回到大厂的一角。

千禧年之后的某个周末，某个闲暇的日子，小静从自己的生活中抽离，回到大厂，回到父母身边，同时，也开始了对大厂细部的重温和再会。这样的温习也让她感到亲切，也让她感到自己与大厂的疏离还不至于太过。她用这种方式，葆有对大厂的怀恋和在意，葆有对自己出处的怀想和瞩望。

她去了常去的厂办公楼前，那处宣传栏旁，驻足观望，在玻璃橱窗里，了解大厂的即时动态，和可以被告知的生产状况，也看新一期的《人民画报》，一幅幅被拆开张贴。看大厂的光荣榜戴着红花的谁谁，看发生在各个单位的好人好事，看带有车间背景的图片里，熟悉的和不熟悉的人和景……

当然，最惦念的还是自己曾工作的地方，只是那里已物是人非了。

小静走近自己的车间，走近这幢曾天天早晚相守的寻常建筑，只看到一个类于大库房的所在。在这个被叫作“电表车间”的楼院，散落着几幢样式仿佛的厂房，不再有活泼泼的人声、机声，外面也不再有黑板报、停自行车的车棚，以及管家一样的车间“大佬”——主任、副主任，书记和调度员，及各工段长，在各个工段各个工位旁，威严地游荡。

年轻的声音，矫揉的尖叫，男女青工的暧昧，更衣室里偷藏的零食，钱包里单薄的散钞，一张明媚的小照。

统统淡远。

眼前的大库房装着乱七八糟的杂物，经年累积的。自作多情地探身望望，也找不出多少亲近的理由。有一块玻璃已裂开，边角有洞，却无人更换。里面物件上的灰层叠，更加层叠的，是停滞和废弃的伤感。

她离开已有三十年了，出去念书。然后，再没回来。没能赶上吃散伙饭的悲壮凄怆。

她被迫离开的工友，还未及退休年龄不能领取社保，每月所拿的补贴，即便是当年，也微薄得很。只好另起炉灶，找些活儿来做，服务业居多，四五十岁的年龄，体力精力能力值俱下，只有被挑选的份儿。改革大潮率先涤荡的，便是这部分筋骨。市场不再需要，冗员只可裁撤。这里隶属于大厂，却不是大厂的主力，是以民品生产为业，养活大厂历年积攒的厂子弟。

楼前的门楣上，漆着“电表总装车间”的牌子，一二三层的厂房装着三个工段的四五百人，清一色的仪表装配工，女青工占多数，白色的工装——白帽白大褂软底拖鞋，端的是蓝领中的贵族，打眼看上去，干净也体面。

三层灰楼一侧，外接一高大厂房，高举架，高窗，里面轰轰隆隆咣里咣当运转着各式功能不一的机床，不外乎车钳刨铣什么的，开动起来，轰隆隆响，机油味儿弥散。这里是“电表机加车间”，男青工居多，冬夏都一身蓝帆布工装，一顶蓝帽，不看帽外露出的头发有时还辨不出男女来，有的衣裤上免不了蹭着几块黑乎乎的油污，邋遢得俏皮。

曾经，求人用废旧的半截锯条，在砂轮上打磨小刀的细节，适时蹦出来：打磨时的火星迸溅，成品完成后手抚，感受小刀刃部的锋利……

呵呵，仿佛就在眼前的一幕，居然就成久远的了。

两部分车间的厂房在一楼是打通的，有几间厕所和一排水池，供两边的工人在下班前捯饬自己，亮丽出街。

在这一高一矮两部分主体厂房外，两排不知建于何时的小平房，装的是一些辅助科室的人以及办公的领导，这样一些建筑圈出一个宽敞的大院子，院西冲向大厂主干道处还栅着一大铁门，进出货时打开走车，在他们上下班时也打开，涌进涌出大股人流，平时则是关着的，人员出入靠铁门上一小门，还得向门卫扬扬手中车间调度开的出入许可条。劳动纪律挺严的，随便跑入跑出哪行。

遇上任务紧张时，加班加点，车间厂房灯火通明，人影幢幢，有气氛有活力，呈现出张弛有度的模样。

二楼总装工段，负责电度表的装配，呈东西向的狭长的工作间主体，是一排长达四五十米的工作台，也就是总装配线，流水作业，两端的他们相向而坐，从第一道工序开始，到最后一道工序结束，基本靠着一把螺丝刀和一把把的螺丝钉，将零七八碎的电度表部件组装成成品，相当于把五脏俱全的小麻雀解剖的过程反过来来一遍。

工长老邓头总是骂骂咧咧的，可能是看到总装台上的人坐得稀稀拉拉的，其实是年轻人坐不住板凳，趁活少，溜边儿歇了。还有立到墙边拿大顶的，真飒。待忙起来，跑是不可能的，一个萝卜一个坑地全部坐满，少谁都不中。这时候人也如机器人一般，上紧了发条似的开干，老邓头的骂声也止息于孩子们无比认真的忙碌中，机件碰撞声四起。

往往左手里攥一把螺丝钉，右手执一柄二寸螺丝刀，身手眼配合，技巧在逐日摸索里熟练，一拈一捻一旋间，半成品即被传送到下个工位。时间以秒计，眨眼的工夫。

说是端坐在工作台两边，其实忙起来连对方的脸都看不着，低着头一阵刷刷刷，手指头灵便地上下翻飞，足够让外人眼花缭乱。

细看，那些嫩葱般的手指，常磨损的部位都结着厚而硬的茧。

工间里，电动螺丝刀的呲呲声和着产品在流水线上运转的哗哗声，很是紧凑地冲击着耳膜，产生谐振。

人类所继承的现实满载着不被表征、不被承认的魂灵，默默无名的劳动者被群体地记忆和纪念，而个体却极易被模糊淡化，他们的生活痕迹和生活细节，其实一直都存在，却鲜少被装进意义的口袋，去真正地称量。

那些纤细的记忆和经验、感受和愿景，应该有着它独特的精神深度和思想启示。

……每天早晨六点半，当厂里广播站的大喇叭开始将一天的第一次发声“中央人民广播电台，现在是《新闻和报纸摘要》节目”字正腔圆地播出，已有人踩着雄壮的《歌唱祖国》乐曲走在上班的路上。在大厂略显空旷的生产区和生活区，这首报时曲每日响起，清冽的晨风，轻巧的步伐，熟悉的旋律，让两只脚每次踩下都有一种弹性。那几乎就是一个时代在心底的盘桓，几乎就是，对年轻时的自己的高度概括。

第五章　师傅

1

在大厂，最尊贵最普遍最笼统也最恰切的称呼，就是“师傅”，无论老中青，无论光鲜寒碜，一声师傅叫过去，谁都有可能回过身，本能地向着声音的来处投过视线，以为自己就是那“师傅”，以为声音的发出者对自己有一种质询和需要。或者就一简单的问候，一个招呼，相当于“嗨”或“哈罗”，没具体所指，谁接着算谁的。大厂人之间几乎没有太陌生的，叫不出名字兴许可能，而混得脸儿熟几乎是必然的，以致路遇了，扬扬手互致个问候，一声“师傅”足矣，通吃。

较之对文化人多以“老师”谓之的统称，“师傅”中的语音语义变化太多，但恭敬的成分不差，还多了平视的亲和及不分彼此的融洽。曾几何时，那差不多就是一个全民称谓，不管你是男的女的老的少的干哪行的以及有技术没技术的，见了面、问个路、买件东西，都统一口径喊师傅。到派出所报个案，不再是警察同志，而是警察师傅了。一声“师傅”相当于解放区里的一声“同志”，试探着喊出，握手，对上暗号般，立刻归属到同一阵营，那是不是工人阶级领导一切的衍生物呢？

一度“老板”统领一切了，言必称老板让人倍儿有面子，如同面对雌性人群一律“美女”的照拂。想起来不过是价值观顺应了时代的潮流，与时俱进了。

泛尊称是在最广泛的场合下，社会成员普遍使用的带有一定敬意的称呼语，它最能集中体现人们在特定社会时期的整体价值倾向和当下社会心态的变化。

到了今天，被人喊作师傅的有很多，街路旁修表修车修家电的，工地上砌墙码砖搞水电焊的，食府里红白案掌勺的，驾校里教开车的，都是。在获得更多技能的同时，必然就会有更多的师傅涌现。而师傅不会永远是师傅，徒弟也不会永远是徒弟。师傅作为称呼不会消失，但不断变化的社会政治经济文化因素，使它具有不同于以往任何一个时代的新内涵。

只是在大厂，师傅一词还姿色犹存着，依然活化石一样生发着作用。

狭义的师傅是和徒弟配对出现的那个尊者，传递技艺技能技巧，没有“一日为师终身为父”那么严苛，却也被如父兄如师长一样敬畏并敬重着，那是大工业发展壮大的产物，出产着大工匠以及类似的业务骨干，因为代言过觉悟觉醒的工人阶级，便以领导者形象一下子跃居于其他阶层之上。

那时的师傅绝对有着傲骄的资本，赤手空拳打世界，经验和本领一点点蓄积，在不乏劳其筋骨耗损意志乃至付出屈辱的代价下，修得一身好本事，在自己的那个领域里雄霸一方，仰人鼻息的事做不来，虽没有“天子呼来不上船”的狂妄，却也有权势不可轻易摧毁的尊严和体面。差不多是同恃才傲物的固执伴生的，被上上下下宠溺着，益发眼睛长在额头上，靠手艺吃饭。副作用是机灵劲儿差点儿，多少浑不吝儿，若没有一个心理强大的领导哄着罩着必要时降制着，或许就被掀下宝座，从高处一头栽下来，空有一身本事被日日冷落，直至心灰意冷，那才是比死更难受的事情。

“师傅”就是老大，仅凭年长资深还不行，还得有真功夫，大敌当前，所有人束手无策之时，一人施施然拨开众人从容而出，几步跨越到舞台正中，在无数双眼睛制造的追光里，在所有绷紧的神经的弹压下，从容不迫有条不紊丝丝入扣游刃有余，气氛紧张反衬着面色松弛，最后自然完美谢幕，在一干人众的惊羡目光中收获着人生的大满足。

在我爸爸那里，在我自己的师傅身上，在众多的超凡脱俗的工人技师的身手中，我体会到了技能一等一的师傅所招致的崇拜，进而影响了我对劳动者的认知。

那是对每一行当里的佼佼者给予的褒奖，那也是对胜出者曾经的付出给予的肯定。

看那样的师傅操作，如同欣赏艺术家倾情表演，招招式式里都写满不同凡响，实在是帅爆。

当然，那是对人中之龙的认可，小概率事件，大多数人都是混进人群即不见了的路人甲乙，所谓芸芸众生。这也没什么不好意思的，有塔尖上的精英，就有塔座上更多垫底的；有令人瞩目的，就有负责掌声的。师傅们一身工装在身，多的是资质平平人，守土有责地在自己的工位上勤勤恳恳。因为更适宜劳作，松松垮垮的造型，不太整洁的衣着，是标配。专注于自己的工作时，少有嬉笑，闲下来时才个性显现：一根小烟噙着，在哗哗的水龙头下洗去油污，然后找个地方坐下，舒服地仰了后身倚靠着什么，将烟长吸进去再轻吐出来，于轻烟缭绕中，一任劳乏舒缓地掸去。其中也不乏个别滑头懒人，小丑样负责搞笑，时刻备出技不如人的谦卑，承受被调笑取闹的靶子。

年轻时，谁都没跟过几个师傅；年龄渐长后，谁还没带过几个徒弟。那带着明显师傅烙印的小标识，就是师徒一场的印记。我师傅是左撇子，我师傅教我干活时的动作我学得不敢走样，以致学成后，干起活来也是左手吃劲，自己浑然不觉，是被别人看出的门道。

这都是小意思。

师徒情深的，胜过父子兄弟，传承技艺的同时，还司着人生导师之职，气质气度格局涵养都一并输出了。缘浅的也不是没有，一别两宽，互相不认，只是类似于这样彼此如冤家的，少，少之又少，哪那么多良心被狗吃了的人。

师傅有一桶水倒给你半桶，那是造化。师傅只有半桶水也折出一大半给你，那是缘分。你自己后天发力，越过师傅，攒足了满桶，那也是当初师傅给你垫好了底，打好了样。胆敢欺师灭祖，那是要遭报应的，也是为人所不齿的，德行没了，从此在地面上还咋混？

大能耐如高工梁钧、资深药师志璞两口子，把式练得绝对拿得出手的曲师傅，以及后来居上的小梁工利头，等等，哪个不是凭本事吃饭？什么时候都腰杆子硬硬的，老了，不在了，也依然把传说留在“江湖”。

大工业生产少有单打独斗的，更多讲究各司其职相互配合缺一不可，那这样的职工群像就更生动一些，每个人的面庞上都凝聚着一丝不苟，各展技艺，在流畅的默契的劳作中呈现出各自的价值。

我眼中的大厂，有着那么阔大的厂房，厂房之上有高窗，有漏下的阳光，有在太阳的光束里舞蹈着的尘埃和钢铁之灰，人渺小得如蝼蚁，爬进爬出，却以一己的能量成全着大机器的有效啮合。有一种声音不由分说，有一种味道不由分说，那是轰鸣的马达和机油味儿共同制造的效果，严重时会被气浪冲个趔趄，不得不掩了耳鼻行走。还有更多更细小的声音，还有更多种说不清道不明的味道，丛生着，交织着，在一个略显暗淡的时空中萦绕。无声的默然，有声的锵然，仓灰与银亮，轻薄与厚重，并立相映，高蹈清虚，成就了大厂特有的背景和质地。

写至此，忽然心有所动，不由笔顿：没错，我靠自己的理解和感受强化了一些事物，有条件地设置，放大了一些什么又缩小了一些什么。

怎会不知道，同样是靠能力获得尊重，大工匠与大艺术家不可比，受尊重的程度有着天壤之别，具体体现在将那份尊重放在价值的天平上衡量，会产生惊天的差异。

各级各类的青工岗位大比武少见了，热热闹闹沸沸扬扬的竞技也鲜有了，年轻的一代工人不再把技艺的掌握当作个人价值的唯一体现，老一辈曾经的荣光不再有着磁石般的引力，那么制造业的活力和修造业的前景会不会因此受到影响?

如同田地越来越留不住农村里的青壮劳力，企业里，尤其是老国企中，也越来越积压着木讷的表情。一切，正在发生，还将继续。曾经的繁茂不会再现，但回眸不是为了绝望，有审视反省更有企盼。

只能说我自身的局限和狭隘导致的限定，令我无能为力着。但我不想假装高深，也不想貌似洞察，我一一地呈现，相信这里面一定会有意义。

网上，老国企职工的现状幻灯片般一帧帧回放，他们的以往浓缩在一张证件一幅合照一张奖状上，他们的现在蜷缩在老公房中，武汉，沈阳，那是中国工业的重镇，那里差不多就微缩着所有大厂和大厂员工们的写实近景。

这是一个空前的大变革时代，打破旧秩序建立新秩序的开始，一方面欣欣向荣生机无限，一方面旧有的痕迹还没完全清除或消散，保障的加强，后续的跟上，尚留有空间。

全球第二大经济体、世界代工厂、经济增速排名遥遥领先，等等殊荣，与中国企业的躬耕密不可分，是“中国制造”的门面担当，也是，无数被淘汰被牺牲的部分，奠着基底，完成着托举。

高高的烟囱直插青云，活泼的恣肆的吞吐不再，一代一代的人老了，没了，一代一代的人离开了，奔向高处，一代一代的人还在坚守，依然如故，支撑着中国工业的负重前行。

乡村中国已被纳入视野，乡村生态正逐渐为更多的人所熟识，由此而生的思考和改良或许正在路上。那么大厂中国、大厂生态呢？我的那些从脚跟到发梢到身上每一丝纤维都渗着工厂味道的父老兄弟呢？

回到大厂，回到特定场景，回到张王李赵师傅面前，一张张面容下是具体可触的真实，不是大厂光荣榜上一个个披红戴花的大头照，不是穿着工装在上下班时汹涌在厂街上的形形色色，不是夜晚灯下那晃动在无数楼窗上的身影，甚至不是大厂档案室里封存着的各式姓名……不是也是。

师傅们的匠心独运得以流传，那比他们的生命更长远些，或者说他们的生命正以另一种方式流转。

2

大厂的阶层分化并不泾渭分明，史上算起，工人与干部的比例一直相差悬殊，于是草根居多的人群，文明与文化的普及相对弱，这样反而显得烟火气更浓些，俚俗中的家长里短，普通人为了过日子而养成的生存智慧，低收入叠上高生育率被迫养成的狡黠和小家子气，麻花一样扭绞，再兑入产业工人的觉悟，军工企业的员工自小培养出的莫名的自豪感，诸如此类油水不分地混于一处，令人说不上是好还是不好。这些构成了大厂人才有的，别处鲜见的气味和习惯，胎记般扣在每个人的皮里肉外。

男女关系总是被极大地应用于口头调侃，潜伏着智慧，工件里的公差配合，轴与孔的关系，活塞运动，几大冲程，以及中间找齐之类带有性暗示的语言，被促狭地一再夹带，有会心的有不解的有装傻充愣故意无视的，痛快痛快嘴皮子而已。有不信邪的会上下其手地操练下，揩油吃豆腐，之后又假意地落荒而逃，打情骂俏的意思都在里面了，构成了车间工段休息间里的某个经典剧目，屡屡上演。倒是不用太见怪，会叫的狗不咬。饮食男女的勾当，多是人届中年的师傅们的戏码，男兵多的女将或女兵多的男将，一般较比地受优待，时间长了也容易被同化，越发地雌雄莫辨了。

一些有关工厂背景的影视剧，总见着倜傥的男师傅与自己漂亮的女徒弟有一手的雷同剧情，真是狗血，那编剧很可能就属于闭着眼睛瞎掰，或许一天工装都没穿过，绝对体会不出男女青工封闭在一个固定区域日复一日年复一年的感觉，在满眼的机械、遍布零件、机油味充斥的工作间里，人其实是较比渺小较比脆弱的，大工业大场景下的逼仄，不仅有来自于空间上的挤兑，还有来自心理上的自我暗示：人绝对不是这里的主宰，人只是这里有机的一部分，相互是啮合的关系，是依傍和互生的共同体。如此，爱情的滋生显得奢侈，如果说“他帮着我我帮着他，做一对革命夫妻立业成家”曾作为一种革命浪漫主义宣言让人心生遐想，那么在大厂，在车间工段，在这特定的时空背景下，你侬我侬的厮磨总感觉怪怪的，有舞台剧的意思，主要为表演预备的。心性高的人是不屑于一辈子窝在这里的，自然对外面的世界青睐有加，怎可为身边暗潜的柔情先失了进取的锐气；心性低的人相对简单些，但却是奔着更加实际的婚嫁去的，门当户对旗鼓相当是必需，如果可行就不缺行动力，如果不可行基本也不继续耽误，贻误终身犯不上。所以，依剧情需要的事，恋得热火朝天惊心动魄九曲回肠之类，即便有，比例也会很小，却被误读为普遍，哪有那么多的故事成天上演，又不是戏班子？

日久生情倒难免，暗生情愫也属正常，明里暗里多多关照，揣着一怀小暧昧你知我知。大厂说小不小说大不大，反正低头不见抬头见，想要越个雷池玩个出轨很容易露兜坏事，比较起来成本太高，精于算计的很容易就此收手，怕得不偿失。也有不信邪的，就顶风上了，这边吃着锅里的，那边还开着小灶，闹得不可收手时索性半公开地站在一起，反而用行动堵了别人的嘴，起码让人迎面撞见不好再说什么了，背后嚼舌头根子人家听不着也不在乎，死猪不怕开水烫，爱咋咋地。该说不说，这样的胆色后面，一般都藏着外人不可知的酸涩，否则里子面子光面麻面只有自己说得清。至于色胆包天，是另一回事，不具备普遍意义，略下不表。

作为一个行政级别委实不低的单位——大厂，当年一把手的荣耀也不是一般人能轻易设想的。那不仅是一方土地，一个父母官，也是经管着亿万资产的大总管，是不穿军装的解放军，人前人后很是显赫。但风水轮流转，退下来那天也难免失落，一个堂堂的厂党委书记，个子不高不怒自威的范儿十足，兢兢业业多半辈子攒下的威望和功名垫起了他的人生高度，却在退休令下后不久，一下子因失重和不适闪得病倒了，然后在不到半年的时光里骤然作古。人们在唏嘘感叹的同时，也觉得这位大人可真是没享清福的命，注定是个劳碌的身子。

走在街面上的老人里，也有气度不凡的身影，厂级领导也不乏，头上扣着贝雷帽，斑白的发露一些在外，背着手徐走在 90 年代初的时光里，历练过战争的洗礼令那一张面容看上去除了平和还是平和，细读才显出张弛有度，只是时不时的，有太多老爷爷的慈祥泄露，让人心生亲近，不时还与迎面而来的恭顺的目光交接，点头颔首微笑应答，时而站下来聊上几句，说些四个儿子竟给他生出四个孙女的嗔怨，竟也让围一块的几个老人咧着嘴笑起来，心下甚是安慰，为自己家中那个没用的东西毕竟还生了个胖小子给自家续了香火，壮了门面。

也有一些被排挤出的精英，含羞带愤地远别大厂择枝而栖，反而因少了枝蔓牵扯的羁绊，一心一意求发展，竟渐渐平步青云，火到官拜省部级，须仰视才见。

其实能被人在茶余饭后津津乐道的大厂人物，大多还是寻常普通又别具一格的人，自有别人不及的一面，类似于今天的平民选秀推出的一夜成名者，让人既能平视也能仰视，偶或还可俯视，望过去的视线很是调度得当，心理上也不必因反差而失衡。

小徐子算一个。

他是小伙子时也不算是漂亮耐看的，老成小老头后就更加其貌不扬，甚至多少有些猥琐，只是年轻时和年老时的走法步态没怎么走样，依然爱弓着腰，身子一蹿一蹿往前走，不过是由疾变缓些而已。肯定也是家境不好的原因，奔日子奔得辛苦，加之总在底层劳碌，弄得呈现人前的形象总是谦卑而慌张，说话时语速很快，发音却不清晰，乌突突的，听众总替他着急替他紧张，想放松都不能。

因为娶的是邻近大厂的村姑，所以他婚后相当一段时间只能租村民的房子度日。在大厂四周，有一些村落，作为一种必要的接济，是与大厂共生的，重要一点就是为大厂一些屌丝青工提供了老婆和暂住房，但孩子们的户口肯定都随了母亲，以致一家两制，市民和农民的待遇上，受着太多影响，一人上班养着全家的负担更是不同。好在小徐子的老婆长得还不错，靠着自己的能干，小家也料理得井井有条。后来条件稍稍改善了些，他们搬到了小镇边的自建房里，尽管位于家属区一隅，好歹也算有了自己的窝。再然后享受了一项政策，老婆孩子终于农转非，被分配进了公房，虽也是平房，却是标有门牌号码成建制的那种，算是入了籍进了港自此划为主流，多年的被边缘从此成为历史。那时他差不多已是四十挂零的中年人了。

让小徐子脱颖于人前的其实不是这略显寒碜的背景色，而是基于这灰暗的背景色下的超凡脱俗——每年大年期间，厂子自各车间临时拨出一队人马作为秧歌队供大厂人自娱自乐，届时，几十上百号的表演者，拢着成百上千口子的拥趸，随人流涌动，一程又一程。锣鼓镲唢呐热烈地奏响，欢快谐趣而颠浪的曲调中，著名的“哏又俏，稳又浪”的东北大秧歌，粉墨登场。

二人一小组，一个“上装”，一个“下装”，合为一副架。四人一大组合为两副架，谓“一棒鼓”。在秧歌队中“头棒鼓”“二棒鼓”“三棒鼓”排列有序，每人都有固定的位置。“头棒鼓”是全队技艺最高的，“二棒鼓”次之，

"三棒鼓"更次之。上装是舞队中的女性角色，扮相俏丽，梳大辫扎彩球，身着彩衣、长裙，手持扇子手帕。下装是舞队中的男性角色，穿水袖短衣，长裤，腰扎彩带。双方或为渔翁渔女，或为白蛇许仙等戏曲打扮，互相扭逗，双人对舞。蝶舞花飞，极尽能事。

小徐子就是头棒鼓中的上装，永远的主角，浓妆下，一张脸风华绝代，艳压群芳。不消说，功课肯定做到了家，因陋就简也使劲地往戏曲妆容上靠，涂脸、吊眉，贴片子、贴鬓，罩网子，插头面等一一来过后，一个怂汉子俨然变成妙女郎，再经由身段舞步及激情浪漫的倾情出演，一个非比寻常的伶人被凌空再造，那柄扇那方帕硬是有魂灵附着般，在小徐子的手中幻化成飞鸟流萤，令人眼花缭乱，正所谓：挥手间已历百岁千载，投足处又越万水千山。

在他过于简朴的家中，他有一个属于自己的并不上锁的木箱子，里面有他经年累积的宝贝，被时光染旧染黄的一些戏曲唱本和戏曲行头，奢侈着一个普通工人的生活追求。

在我还是小姑娘的时候，在那里看过《王二姐思夫》《二大妈看病》《回杯记》唱本，那是任何文字都奇缺的20世纪70年代，能拿到手里的每一个汉字都珍贵无比，以至于悠悠四十个年头过去了，犹记得其中"想二哥我一天在墙上划一道，两天道儿就成双，划了东墙划西墙，划满南墙划北墙。划满墙那个不算数呢，我蹬着梯子上了房梁，要不是爹娘管得紧，我顺着大道划到沈阳……"

3

大时代下的人们，大人物有大人物的光鲜和促狭，小人物有小人物的卑微和良善，难说谁比谁更有宏大叙事的本钱，谁比谁有更耐摩擦的糙皮厚肉。至暗时刻考量本性，日复一日的柴米油盐，许多看似的精妙，都被很好地掩藏了。

在大厂，经年养蓄的日子，来来往往的人们，生生死死的遭际，怎么会缺了有故事的人？

他叫江大焕，哪三个字不知，发音就是这三个，从小就听见别人这么喊他，主要是小孩子们喊，久之，对这个名字熟悉到张口就来。

他有老婆有孩子，寻常的一家五口。要说不寻常，就是他们一家都好像智商不是很高的样子，不是傻，是与众不同，哪不同，得想一会儿。

觉没觉得身边有些人其实挺耐品的：你说他缺心眼吧，可明明在一些言语行为上比精明人不差，甚至略胜一筹；但若说他就是寻常你我，可又偏偏不是，异类一样，对话不在一个频道，从内到外散发着迥然、怪异。

样貌上，他光头，常年戴一顶帽子，真的跟如今的本山大叔戴法差不多，帽檐揪得又卷又低。只在热了时，从头上抹下来草草地扇扇，再戴上。惹人的，是身上总是挂着提溜琐碎的东西，水壶挎包等等的，有条毛巾系在挎包带上，看不出原色。这好几样都往身上招呼，还左右肩斜挎，人被勒得像被五花大绑。走路还快，一应的东西磕出各种声响。

他家住在远离家属区的大窑地。他回家总是撒开长腿走得飞快，而且差不多得穿越半个生活区。他，及他带着全家匆忙赶路的样子，被太多双眼看到。许是特别，被很多孩子老远地盯上，在后面大声喊他的名字。他似乎并不真生气，好脾气的样子，有时还搭上几句话。还露出很多牙地笑，有些明亮，有些讨好。

他没必要对小孩子这么当回事。

他们一家的面目，尤其衣着，不是很利落干净，女孩们的发型跟她们的妈妈差不多，没有发辫，理得短，贴着耳朵，不很齐。望着人时，眼神怯怯，一个和另一个，都倚着父亲的腿，不言语。

一家人的个子都不低，都瘦，只是看不出挺拔。

大厂的职工每天的三顿饭都在家吃，没家的人才去往食堂。这也搞得每天厂街上，上下班时间，即每天厂广播站的大喇叭一响，所有人都步着激昂的乐曲，汹涌如洪水拍岸。好在来得快泄得也快，不到二十分钟全都流干淌净，各回各家。

他是不是大厂的正式职工不知道，当然他老婆是不是也不知道。

他是以什么方式进入到大厂，又在哪个岗位从事什么工作，无从知晓。反正我们散学后，只要不是太忘事，都能看到江大焕，看到他的疾行。左肩右挎的，是在工厂汽锅里蒸的米饭吧，装在大饭盒子里？那是一家人维持活着的必需品，日复一日。饭盒腾空时，里面会荡着勺子，哗啷啷响。

宁愿他的女儿们，不会被同学欺负。

他的收入不至于全家吃不饱。

他的老婆，能担好主妇之责。

或者，很难。

如今，他也不在了。现在若还在，也有七八十岁的样子了。

他是让人至今能清晰地记住全名、又很不了解的人，良善而谦卑。

还有一个人，从小到大，都听人“小杨媳妇”“小杨媳妇”地叫她，她老公姓杨，从她老公这边叫，叫久了，更是将她的本姓本名忽略得一点不剩。她其实姓邹，是大厂周边的乡村女子，邹姓还是这个村的大姓。只是知道这些的人，不多。

小杨是从部队复员到大厂的，家在外地，光棍一个，没钱，也没上佳长相，能自个儿在本地张罗成个媳妇挺不错。虽然找的是农家姑娘，没工作，没红粮本，但人长得不错，眉眼周正心眼好，两个人站一块，还般配，就扯证结婚了。没房，租村上一对老夫妻的一间房，不大，一间房半间炕。

东北民居南北炕，中间栅上板障间壁墙，安两个门，就是俩屋。

其实原本格局是东西两间屋，中间是灶间。人从外面进门，第一眼就是灶间，然后才能进东屋或跨西屋。老夫妻如此拆分，一下就变成了四个小屋。东西南北各踞一隅，是最早的掰间。

老夫妻自住一间，另三间出租。

灶间配四个灶，各烧各的简单饭食，同时烘炕。

这是大厂“赋予”邻村的“福利”，村里人靠老屋收点租金，大厂的无房小青工也草草地有个家。

这是20世纪70年代初的事儿。小杨媳妇在这里给小杨生儿育女，几年的光景俩小子了。

后来有了点积蓄，买了大厂边缘的一间草房，又添了个闺女，一家五口。日子过得简朴而实在。这没什么可表的，收入略低，不能和双职工比，但两口子勤俭，小日子还过得去。屋前房后的小园里，几样菜也被侍弄得很精神。

邻里邻居有事，知会一声小杨媳妇会上前帮忙。

夏秋傍晚，小杨端着碗出得门来，和左右的男主人聊着吃着，开着玩笑。

很仁义的两口子。

再后来，孩子渐大，他们俩也人到中年，大厂解决了一批像他们这样的“半边户”（单职工家庭，一方农村户口的）。将家属户口迁入，工作安置，虽也不过是给个临时工之类的活干着，胜过过往。主要的，还给分配了公房，是已迁到楼里的人腾退的平房。

这应该是对这一家子十余年的辛劳给予的最好补偿了。

但，事就在这不该出的时候出了。平房做饭可以用煤油炉，小杨媳妇不得要领，在感觉煤油炉缺油时，举起油桶开始添油，却忘了炉盘上正燃着火苗，霎时火油相接把她吞了……

她命大，活着。全好了以后，脸部疤痕遍布，五官残缺又被扭曲拉扯。那时她也不过三十几岁的样子。

她包着脸，分季节，用各式薄厚围巾，紧紧罩住。

邻家曾厮混得那么熟的小孩，把她当婶婶一样亲昵着的，见了她不敢说话，不敢多看。她也就慢慢不再与谁搭话，在路上也行色匆匆。把自己整个地封印在一幅织物之下。

过了若干年，她才试着解绑，露出朝天的鼻孔和挛缩的酱色的脸。

又过了些年，大家看到她，和她看到大家，都不再有什么特别。除非是外来的不明所以的人，或是小小孩子，会盯着她看看。她早已不介怀。见到以往熟识的会主动打个招呼，提篮买菜什么，与平常大妈没什么不同。

她的大儿子还是厂级劳模呢，大照片挂在厂门口办公楼前的宣传栏上。

第六章　向学

1

作为大厂地标，厂图书馆太不显眼太不著名，但是显然又忽视不得，那是大厂之所以为大厂、大厂人之所以为大厂人最迷人的地方，在文化生活相对匮乏的年代，大厂人的精神生活有很大一部分依附于此，那是职工们于工余乐意徜徉的地方。

热闹时，一拨拨的人进进出出，人头攒动，却无鼎沸人声。或结伴端着几本书昂昂然来去，或一律埋首于报刊中久久沉湎，灯光亮晃晃地指证着这处文化与文明装点的馆舍，简朴，令旁人不可小觑。在大厂，它被特别地强调，被有意无意地圈点，只是因为它容留思想抑或梦想，让地远天偏的部分大厂人，偏安一隅不再成为借口，也不再为区区一介草民的身份而汗颜。

读几本书，阅几份报，闲适归了闲适，灵魂存一份寄托，这样的生活方式，已经不止于温饱层面了，形而上地补偿了精神饥渴。

大厂人之所以为大厂人，必须得有这样的装点，体面而从容地将内在的气质点点凸显。那是大厂精气神的一部分，能够陶然内敛的底气。

图书馆始建于何时不可知，俱乐部的耳房却是同俱乐部一起修建的，只是不知当时是否就辟给图书馆。总觉得20世纪五六十年代，大厂轰轰烈烈立于世人面前时，职工的业余文化生活应该不会那么快跟上。可甭管怎么说，大厂的地界有图书馆这事，听起来就提气，像现如今衡量一个城市是否有品位，一定得有像样的大剧院体育场一样，关乎声名也关乎人文素养。

20个世纪70年代正是自己开蒙的时候，所以记忆便在这里开始，截取了那时到如今的这么一段叙事，难免跳跃地叙事。

浸润其中的很多时光，都是和时代同步的。在这里，感受时代脉搏的律动。70年代中后期，一书难求，敬惜字纸几成本能。80年代的全民阅读和报纸杂志的井喷式增长，互相成就。90年代之后，读点什么已成一种习惯。直至世纪末，顺腿进去，沉浸一会儿，看点什么，纯粹是一种自然而然的下意识。

都是些记忆碎片，缀补织补与这个小小的职工图书馆的缘分。

印象中，总有常客乐此不疲地选这儿挨时光，尽管少言语，见了面点点头擦肩而过，胜似素常寒暄，有同道雅好的默契在，整别的反而多余。

那总在报栏看报的几个白发老先生，或许只是名普通的退休老工人，没什么背景才艺，谈不上资历学历，从前所司的工种跟阅读书报没什么瓜葛，单纯就是喜欢。于是每每晚饭后踅踅摸摸至此，一待几个钟头，或许被老伴在身后埋怨，却也不妨固定时间固定出现。

还有如我等，一些个不算年老资深但也逐渐逐渐取下“年轻”标签的人，一日日混迹在此。工余，乐得将这里当作第二个工位，安静随和地在一个位置长坐，随时光滴答，寻独属自己的安恬。偶翻书页的声响，和着头顶日光灯镇流器的低频声响，人很容易沉浸。间或抬头望望窗外，暗黑的夜色什么也瞧不见，窗玻璃清晰如镜，正好装得下伏案读书的这个身影，这张脸。

谈不上多么高雅高深，不过是寻常期刊大路报纸，专业性系统性统统谈不上，抓过来也就是寻个心理安慰，让自己的心略略泊下来，将张向世界的脸孔不加掩饰地贴附上去。谁规定这样的喜欢就一定得设个门槛呢？！

我的好时光，直至混沌中年，就在这样的日子里湮没。

后来图书馆已萎缩为图书室，成册图书彻底没了，报刊和杂志也所余不多，进到里面的人益发寥寥。最后的落脚点是子弟小学旧教学楼一楼的几间老教室。子弟小学扩建了新教学楼，层高只二层的老旧的小红楼便让了出来，分给不好排在厂办公大楼里的行政单位，其中之一是“退休办”。对，图书室真是老古董一枚了，与时俱进地归进了“退休办”的行列。

对幸福的定义，每个人都不尽相同，具体到，每个人在不同的时期不同的环境下，都有不同的幸福欲求，在这点上，人可真是贪婪啊！

五岁的时候，我的理想是做一个卖冰棍的，用自行车驮个箱子载着满满的冰棍，不卖，全自己吃。再大点，希望是商店里卖小人书的，理由同上，不为卖，只为个人拥有。

理所当然地认为，出卖这些宝贝的人，是拥有宝贝太多以至满溢，是个人享用不完后，才会以出卖的形式发散需求，简直不要太富裕，多么遭嫉。

所以曾有一天，理想前所未有地具体而丰满，便是当一个图书管理员，坐拥天下好书，大看特看，昏天黑地，不挪窝地，看完这本再换一本，没人争抢，没人干预，在文字堆砌的世界里，恣意飞升，完全沉浸……

对字纸的热爱，始于童年。

……半个世纪之后，当泛滥的信息不再以字纸的形式塞入眼帘时，也就是手机人手一只，随时随地便可迅捷阅读时，怎么忽然感觉，那种对阅读的莫名渴切被稀释得渣都不剩。迎面而来的，不是扑鼻书香，是八卦和各种琐碎的大杂烩，还津津乐道，美其名曰科技进步的享有者。充其量，是无聊谈资的传播者罢了，人们借此无偿贩卖，故作高深，不过人云亦云。倒也无须过脑，这耳进那耳出。

最早的关于图书馆的记忆反而日渐清晰。记住的都是从前，孩提时。蓬勃的记忆总和蓬勃的生命重合。

那时进出图书馆，需有一张巴掌大的图书借阅证，白地黑字，印制素朴而粗糙，内里含几张页码，能记载某年月某书目借出及归还的日期。

阅览室得有工作证作凭证，阅览书目时，将证押到管理员那里，离开时将书交上将证换回。

这般设置的门槛就挡住了太多人，想入其门而不得的便很介意，同时对那张证件也就是身份证明，生出太多艳羡。好在，大厂人每家至少有一名职工能拥有此证，便会有一些人，假冒正主登堂入室，虽不合规，也但借不妨，心下多少感觉不仗义，不自在。好在愿望相对容易得逞，便很快释然。

每周二或周四凭证借阅图书的日子，一次能借两三本。大厂图书馆，地处俱乐部南耳房的一处所在，不那么显山露水，不过分招摇的大厂一隅，几大间收藏图书的馆舍，高高的成排的大书架上数目不详的藏书……微尘下，那本本包着牛皮纸的书，那书脊下方用红色口取纸写着编码的显著印记，那扉页上“中国人民解放军第某某工厂图书馆”的红色印章……免不了让人心生惦念。尽管藏书有点旧，被翻的次数太多，书页显厚显膨显得黯淡。

图书馆内里，是一大间屋子被一面墙隔成两间，一头是人员纷涌的借阅者，一头是只有一两个管理员的藏书间。

借阅口，即那面墙上挖的洞，高度刚刚及成人的头面部，大小相当于头面部的两倍。要是孩子站在那孔洞下有点费劲，踮着腿脚也只露个眼睛。费力地张望，艰难地取舍，回头再将求救的眼神投向家长，站在后面的家长便讪讪地跟孔洞里的人员套瓷，期盼整个借阅过程顺利。孩子没有借书资格，便一次次央着家里大人至此。半大孩子刚好对学校外的图书有生猛需求，能有书看，堪称幸福。

有意思的是，借阅者在借阅之前，是看不到书的，书的真身被封在管理员所处的藏书间，几大架图书先是以书目条的形式，出现在人们视线里。

借阅室的三面墙上，高挂着书目，用好看的毛笔字将书名誊上，再编上号，一条条地密密排列上墙。有大致的索引，分几类图书供选择。尽管那个时代鲜少有好书面世，一个为职工提供业余文化生活的工厂图书馆，又不可能很地道地提供出所谓精品。

随机一册在握，摩挲着，就觉得有一个曲折动人的故事在召唤，忙不迭地让人跳入。

至于好不好看基本不做评价，那时候，但凡印有铅字的书页都玄幻得让人手不释卷，哪有挑剔的道理。

记忆里，我只对文学感兴趣，各种小说什么的。在故事里沉浸，为书中人物着迷。小说之中，不是现如今耳熟能详、足可传世的那些名著，那个年代面世这些名著不现实，曾经面世的，也都被藏匿或焚毁了，市面上允许并大力彰显的，形态单一，整齐划一地单一，好歹被故事架构，也能产生趣味，遂沉进去，在别个地方的人物场景中出没，代入并扮演，或悲或喜。

站在人堆中，仰着脸一次次在各面墙的书目前权衡选择，有些，只能从书名中揣测书的内容和好看程度了。那些个书名藏匿着太多的想象，宛如一面遮着纱的窗，让人在不明所以中，凭几个汉字的任意排列，即将其从浩渺文字中随机择出，请将下来。

《钢铁是怎样炼成的》之类励志书占大部，《西沙之战》竟然是分行的，后来才知那是诗报告，诗体报告。一部叫《晋阳秋》的小说曾被随机选中，看了有些费劲。《虹南作战史》竟然不是打仗的，被书名诓了……

再后来，淘弄来一本《活着，可要记住》，记忆深刻，并影响至今。那薄薄的一册，苏联表现卫国战争的作品，让自己惊诧于人与人性、本能、怯懦，并存于心的诸种，叫作丰富，还叫作真实。

被书籍支持得异想天开，洞开并变得丰满的认知。时光在文字里悄然溜走了。也或许，读，不加选择也无从选择，囫囵下咽地读，被填充和填埋，以如此形式，获心理的满足。

2

20世纪80年代的向学精神，直到今天仍被津津乐道。尽管那个年代能考上大学接受系统教育的人是少之又少，算得上凤毛麟角。好在，普遍的“知识改变命运”的共识，让全民对文化知识的重视程度空前高涨，各级各类培训班、学习班遍地开花，各种知识竞赛、各种读书演讲、各种对于人生命运的讨论，将80年代的那池活水搅动得煞是欢腾。同时，没有围墙的大学兴起，刊授函授、电大夜大，令太多被高考门槛挡在外面的年轻人，也有机会端起高校的书籍，参与到一种叫成人高考的学业中。

对知识的渴望发自内心，反而把功利目的压缩到最小，尽管若干年后，这其中的绝大多数的人还是被知识惠及，成了跃升阶层的部分幸运者。

小学校园在八小时之外依然灯火通明，子弟中学的各科老师在这里重新开课，是为夜校。开的科目为数理化，语文、政治。这是厂里的教育部门免费为青工们开设的。老师们的讲课费用，厂里给掏。想学的，只要愿意，都可坐进教室听讲。大环境给铺垫得妥妥的，大厂历来对学习重视，由此也可见一斑。

所有这些科目曾在中学课堂学过，可离开校门后，很快就还给了老师。学习目的不明确，学习兴趣自然不高，不可能上心。可上班后就不一样了，渐悟到傻吃茶睡实在对不起大好年华，改变命运的渴望，也多少让人开始活动心眼，想寻机谋个更好的活计。最主要的是学习成了时下热门，成为一种必需的生活方式，赶形势随大溜，也得挤进去凑个热闹。再说，里面还有众多可供眉来眼去的异性，借此多瞄几下也蛮养眼。只是容易表错情会错意，把一般的搭讪当成了“撩”，尴尬。

晚饭后，小到十七八、大到三十出头的一批男女青工，重新坐回教室，在略显逼仄的小孩子的座位上，毕恭毕敬地仰起脸，潜心受教。

夏天天热，开着窗户，小飞虫在灯下团团地绕，年龄参差、老大不小的学生们规规矩矩，老师油汗一脸旁征博引。彼时这样一幅画面很真实地固定了20世纪80年代的某处场景，不唯大厂，神州各地，哪儿哪儿都是，不鲜见。

应该说，一开始大家单纯觉得，进教室学习这件事情，形式大于内容，态度强于效果。甭管动机是什么，每天每天，天近黄昏，抱着书本拿着纸笔，急忙忙往教室奔，这情形本身就能感动自己。学不学得进去，学进去多少，倒在其次。像不像做比成样，单单把好青年的人设立住，起码就成了一半。尤其看见别人雷打不动地坚持，心底更是不敢打退堂鼓，有着理亏的潜意识，催促着。

这都是学习氛围闹的。

一时人满为患。

下课时的讨论也很热烈。间或，还讪笑着递老师一支烟，老师颔首致谢，师生其乐融融，拉近了距离。没有各科考试在腰后如顶门杠一样逼迫，这样的学习简直不要太轻松。

唯一的目标，就是各成人高校的入门考试，还有系统内的技校内招，考上后分脱产和不脱产学习，分自费和公费形式，等等。

年年有招，年年有考上走人的。胸前别一枚校徽，甭管什么成色，都挺傲娇。

教语文的老师有意思，把文言文讲得说书一样，俏皮灵动，人员的官职对应到现今官场，各种行为方式也转接到现代人身上，让人听着听着哄堂一笑，原本的佶屈聱牙变得生动有趣。知识点顺势落入脑中。

曾经在校时不太清晰的内容，这回仿佛透亮了，像有只手轻轻一点拨，包裹知识的厚重硬壳被一触即破，不过如此哈，一手抚额，醍醐灌顶般省悟。

下次上课就很积极。

这时大厂的青工分几部分，技校毕业分配来的，厂子弟顶替父母接班的，当兵后复员的，少部分下乡抽调回来的，还有相当一部分是三产（第三产业）就业的，也就是传说中的二等公民。最后一种差在所有制形式上，属于大集体和小集体，而不是全民，有矮人一头的感觉，改变命运的愿望相对强烈些。

有坚持修成正果的，最后圆了继续求学的梦；有大部分陪跑的，对自己当了分母、贡献出陪衬人的角色倒也没长时间纠结。最终这些熬不住放弃的，两小口互相将就成全，在两家大人张罗下，热热闹闹结婚了，转年抱出一个娃，自己觉得也挺圆满。如今，他们是厂子弟中最早一批当了祖父母的人。

一部分考出去又回来了，继续效力大厂，也都在适当时候，因了这张文凭，被委以重任，从工人改为干部身份，当上了科员或技术人员。

一部分考到了外地，便借此远离大厂，毕业后即开始了新的轨迹，后来有混得好的，有一般的，实属正常。北大出来还有卖猪肉的呢！

有一部分对自我要求不高，只是通过考试，进入技工学校学习，将原所有制形式改换，成为大厂一名正式工，即全民的职工。也挺满足，总算是对自我有要求的人。只是人算不如天算，多少年后，退休都归到社保，所有制形式在这里拉齐，没任何区别。

文凭修到了，工作也安排妥了，婚嫁就排上了日程。男工还好些，出去读书也不误事，女工不行，两三年或三四年学成，自身硬件上来了，岁数也不小了，过于挑拣肯定不中，七大姑八大姨一顿撺掇，好事即成。相较同龄人，娃子小上几岁，不算太耽误。个别的，还有从此在独身的路上一直坚持，无婚无嫁。这就怪不到读书了，个人选择的生活方式，没必要另眼相看。

利头总是被大家拿出来笑话的一段就出在这会儿。

利头媳妇先于利头考上外地的部办大学，主修财务，利头当时尚未觉得继续学习深造的必要，但媳妇想学那是必须支持滴。一个人在家边工作边当奶爸带娃。小夫妻感情好，春宵夜短。媳妇学制三年，虽有寒暑假团聚，也依然觉得聚少离多。打熬不住，趁着休假，一张火车票把自己和孩子邮到媳妇身边，美其名曰：孩子想娘了。其实是自己想媳妇了，在校外还租了个房，三口的临时小家被拾掇得有模有样。

在利头面前，同学们一说起“孩子想娘了”，就忍不住引来一通爆笑，利头也赔着笑，细眯着眼睛笑得恬不知耻的。

一把钥匙开一把锁，或者说一物降一物。媳妇比他上进，也很要强，别人可能会觉得压抑，利头倒觉得蛮好，媳妇对他咋样他自己心里清楚，关别人屁事。他喜欢甚至享受媳妇在他面前颐指气使的样子，他唯唯诺诺地服从，心里颇受用，厨房里抡着大勺上下颠得飞起。媳妇被他惯得十指不沾阳春水的样儿，每每要出远门，不能给老婆大人做饭了，必得在冰箱里留出足够的食物半成品，备着他不在家的日子不至于饿着。

因此厨艺练得很是了得。

面吧？还面得理直气壮的。

后来，也觉得总当工人不是事儿，趁机也修了个大专文凭，完事又不够用，还念了个本科，正经地凑够了足够的本钱，受益匪浅。媳妇是催他不停上进的动力，将一个本来没什么宏图大志的小伙儿，硬逼成独一无二的业务尖子。相当长脸。

这不知是不是跟利头家的风气有关，普遍的女人当家。

一不小心，咱也赶上行市，于80年代中期考上一所成人高校，三年学成，得一大专文凭。专业没选明白，工企自动化，主电。妈呀，字面上看着挺高大上，奔着电气工程师的路数瞄的，一入门才知道，不一般难懂，勉强毕业，期间挂了两次科，经补考才过。

谢天谢地，后来只用了那张文凭的皮，没用瓤。那时候对专业对口这块要求不太严格，对第一学历是不是全日制，甄别得也不彻底，于是得以混迹。

去它的“电”，去它的“工企自动化”，毕业答辩一完，立刻换脑筋，再不受折磨。

但现在比较爱显摆：是工科生里文字玩得溜的，是玩文字的人里有工科背景的。

嘿嘿，浅薄。

对，就属于那种自此别了大厂一去不归的人了。不是没想回去，是求而不得，索性另辟蹊径。原来外面的世界天高地阔，这才是想要的生活吧，够劲道。

高尔基有《我的大学》，谁的生命里没有一所“我的大学”。

它可以是一所有形的学校，也大可是一种无形的学校，主修的是社会学，是生命科学，是专业知识的必修，也是非专业知识的辅修，成绩不是老师和学校给打的，是几十年奋斗过后，社会这所大学给予的综合评定。至于什么等级，已经不重要。重要的是，结结实实地走过，一步不退地行过，腹有诗书气自华。

那一路磕磕绊绊的行迹，自有当初被知识陶冶后的气质培养。

来不及完成的职业规划，被潮流推搡，终究还是挤入奔赴“罗马”的路上。

拥有学习的能力才是至关重要的。学习是贯穿一生的行为，学习不仅是为稻粮谋的一个途径，终生学习终生受用，在学习的路上，功利心会渐渐脱去，仅仅出于喜欢，仅仅乐于享受学习的快感，也仅仅是把海绵一样汲求的过程，当作对生命广度的拓展。

有意思地活着，有质量的人生，怎么说都很赚。至于因此而拥有一个有趣的灵魂，岂不更赚？！

3

有机会进入高校熏上几年，再划算不过。先不说学什么专业、是否名牌院校、师从何人，单就说做回学生，就很令人向往，这里特指进入社会跑几年又返厂大修的那一伙。从学校到学校，顺风顺水一路升学过来的人，体会不明显。

在大厂的纪年史上，20世纪的80年代，有点活泛心思的，都少不了走考学之路，文凭作为人生通行证的功用，从来没像那一刻那么具体实在，就算跟自己较劲的，也在后来乖乖地着了道入了港，发奋为一纸文凭折腰。至于过五关斩六将地坐进教室，才发觉做个学生太好了，又单纯又减龄，教室食堂宿舍三点一线的生活都布着满满的朝气。最有意义的，是在对付学业之余，能意外收获太多内容，比如读书，大量闲书；比如思考，天马行空；比如交际，敞开视听；比如享受，体会人生的多种可能。这时候会感觉，夹进这种生活这群人中，所有的感观是开放的，所有的吸收是贪婪的，人不是为了行走而活着，是为了跳起来，随着灵魂一起跃到半空；是为了舒展通透，将身心打开，让自由浸润全身的每一个毛孔；是为了在孤独的夜晚，流着泪，倾听内心的回声。这样的活，形而上，有诗和远方，深度抚慰，即便未来的苟且、中年的油腻一定会到来，也感念曾经。

回到大厂，回到80年代，想说，那样一个时代背景，那样一个环境，有被禁锢太久的释放，有自主意识的复苏，才有发自内心的对知识的渴望，以及相伴一生的改写命运的企图。

更多的铺垫，是围绕那个时间节点，大厂同全社会一起兴起的读书热，以不同形式、若干年景，文火慢炖出的一个空前热潮，时至今日频频回望，始知方兴未艾何解。

报纸上整版整版地刊发知识竞赛试题，所涉内容只有想不到没有做不到，青工们工间纷纷翻各种书籍材料寻找答案，一个空一个空地填充，老农点种一样认真得不行，为答案的似是而非，也争论得不亦乐乎。现在来看，那种方式获取的知识没多大含金量，无非是涉古今中外的什么什么第一，什么什么唯一，之类，有蛊惑性，诱导深入，其实没啥营养，嚼嚼就吐了，过后也记不住。

同时，还有场内分组竞技，一队若干人。有必答抢答环节，抢答答错扣分。气氛渲染得很强，张力十足，媲美现如今电视里的好多综艺节目。

厂团委主办，各车间团总支助力参与，一些奖项分布在后，荣誉感爆棚。

读书演讲兼具表演性质。读书快感可以分享，但是分享得“无比到位”的，当属行读书之名而起的演讲。先不说，读书是一种很个体很私密很有倾向性的行为，如一餐一饭一样有各自所需的摄取，不是什么东西都必须拿到庭堂之上公然示众，虽然不怕示众，可还是觉得有唱诺之名，我读书我快乐我有所得有所感，我的励志我贩卖成功我俨然是读书运动的佼佼者。在聚光灯下人五人六地聒噪，口角生津地聒噪，把自己感动得一塌糊涂，傻不傻呀！再说，谁认定你的读书就一定有传播意义、你的读书故事就有启示性、你的人生就有被别人复制的必要？

不能忍受的，是站在堂前的慷慨激昂，还辅以各种肢体语言来强化现场效果，用得好的，能加分；用得不好的，就是翻车现场，出乖露丑的，不忍卒读。

为配合形势，市面上还因此催生出一个相当有市场的杂志，与演讲关联着，老挣钱了，鼎盛时月发行量达一百多万册，一骑红尘，碾轧所有做杂志的同道，少有能够匹敌的。

好像会说话、说明白话，从未像那一刻那么重要，全国的市场需求都集中在一张嘴的表达上，杂志社赚得盆满钵满的背后，是国人骤然暴涨的表达欲望。厚黑学的一个分支吗？不晓得。反正打鸡血似的蛊惑很容易让人热血沸腾，后来的后来，好像老鼠会的传销组织深得其精髓。

不是毒舌，是自黑行不？因为这把戏咱都来过呀，全套，一个不落，所以倍儿有发言权，所以在自黑的路上可以快马加鞭。

甭管现在怎么评价，怎么调侃，那一页逐一翻过，始知曼妙，种因得果。

想起 1984 年早春，时年十九岁的自己，代表厂子青工去北京复兴路 14 号航空大院参加读书演讲，那是隶属于空军工程部的活动，将分布于全国各地的系统内的有志青年网罗一起，有二十来人，其中不乏现役军人。我们分享自己的读书体会，代入各自的人生经历人生感悟，高潮迭起音调激昂，缓缓道来诚挚恳切。因为相信，所以懂得，自顾自进入角色扮演，并久久沉浸。

带着各个地域的特色口音。大家年龄参差，还好，基本都可归于青年之列。

我们一一登场。第一排听众是着军装的老军人，那时候统一的红领章红帽徽看不出级别，但多年军旅修出的姿态仪表，令人肃然起敬：一脸的不怒自威，挺拔的腰身，一丝不苟的风纪扣……快四十年了，看当年那张合影，还有凛然，颤颤的，随即有人生高光时的欣然慨然，一并绽现，倍感光荣。那些人呀，仅凭猜测，也能脑补出金戈铁马当年的威武，被战火硝烟洗礼过的大气磅礴。益发惴惴。

没发挥好，怯场，仅获个末等奖，也挺不易。一个没见过什么世面的丫头自天远地偏处赶来，被选中本身即是大奖咧！难受了好一会儿，还是调整出展颜笑容，及时布上。

在会后的座谈中，气氛明显松下来，听到首长们多少带着调侃，历数我们东北这家工厂概貌，如亲昵地道起自家鼻涕娃的成长历程。

眼里生长于斯的大厂，第一次被自上而下地评价，听着听着，就仿佛也拥有了一个特殊视角，尝试着体会，暗暗地打量，没那么高的站位，不可能有，还是挺高兴，有机会跳出固有思维，回看大厂，反省自身。

跳出去，站高点，就不再是井底那只可怜的蛤蟆。

过后掏出个小本本，讨了很多人的亲笔签名、联络方式。上印有毛主席纪念堂标识的小小通讯录，留了很多年，上面的一些人也有过短暂的通信联络，终归还是疏淡了来往。

在航空大院里观看了李雪健参演的话剧，他饰演的角色是林彪。

回单位上班后，应车间团总支之邀，向全体青工做了北京一行的汇报。的确是值得分享的一次经历。让十九岁的年龄有了分量，肩头有了沉甸甸的添加。得意是后来才敢点点显露，最初只觉不真实。不得不收着点儿。面对一张张脸，面对着专注的倾听，全程不太抬头，径直举着自撰的稿哗哗念。没互动，少眼神交流，怕人神共愤，怕自己是贪心人，偷摘了大家的果子让别人流口水。

那是一个馅饼砸到头上的小概率，是太大的奖赏，捧在手里惊喜又无措的那种。

后来又有几次类似的经历，终于推波助澜，将一个原本对未来没什么设计的傻孩子，逼上了求新求变之路，渐生的不安分，就是助燃剂。

量变至质变。

1986年春夏之交，我坐进考场，参加那一年的成人高考。我面向我报考的学校，默默叨念着能被录取多好。待两个月后真的拿到了录取通知书，我有一种喜悦之水漫过头顶的感觉。

我的大学，今天来看，多么不起眼啊，甚至羞于示人的那种，可那的确住着我真实的大学时光，那才是没辜负没错过的青春，那才是青春应该呈现的波光浪影。好歹不是空白，幸好有此历练。

而之前的种种铺垫，无一不起着应有的作用，再被几十年后的自己嘲弄、挖苦、贬损，都无法改变它的意义。

谁的心里不住着一个总是出糗的过往呢？

只是落下一后遗症：初识便口若悬河滔滔不绝表现力巨佳的人，本能的反应是警觉警惕，像即将出洞立起耳朵观察的小野兔，怕上当，怕对方有什么企图，怕被忽悠喽，怕被人卖了还帮着数钱，不信任不托底不踏实，总之是不放心。反而略略木讷沉稳听得多说得少的人，交往起来舒服些。想来过于锋芒外露也不是啥好事，容易跑单。

看来，经过训练的外向，结果也可能适得其反。南辕北辙呢！

曲师傅俺爸那几年比较难，老大我工作了五年后，通过自考上了成人高校，自费。老二俺妹应届高中毕业参加高考，也去了个全日制大学。这一下子家里就得供俩学生，学费生活费不是小数目。在乐呵呵地跟左邻右舍炫耀一阵子后，曲师傅工余开始找各种有进项的零工做，累病了都不知自惜。

想想都觉得自己挺混蛋的，立事太晚，早点明白早点考出去是不是就不会让爸背负这么大压力。

还不算完。

也是那几年，老大老二没等毕业，老三也念完了高中，看小伙伴们都去读了个也需自费的护士班，自己只把这想法在脑子里过了过便放弃了，家里供不起。早早地奔向附近正招工的另一家工厂，当了个合同工。直到后来单位破产，从此学着自己打食吃。为此，全家都觉得亏欠她。

第七章　永远的色香味儿

1

职工食堂是一处几近消失的所在了，因为早已过了辉煌期的大厂不再有熙熙攘攘的就餐人群，不再有热闹非凡人声鼎沸的场面和气氛，不再有被需要的理由，甚至不再有留存的必要——大厂仍在，大厂进的新人寥寥，在食堂宿舍解决食宿的人更加寥寥，大厂外缘的美食店日侵，解决即食问题，容易到只需动动手指。

可身为大厂人，大厂子弟，亲历大厂鼎盛期的基本见证人，这一处所在却怎么也割舍不掉，不仅因为年轻岁月对食物色香味的过多企盼。

那是一处绝对空阔的所在，大而无当似的，大到，怎么说呢，目力所及一片片延展开去，全是简单的千篇一律的忠于职守的士兵一样排列着的木桌椅，四个腿顶个面的那种，圆面，大圆面，小圆面，葵花向阳般聚拢。几十上百张成一个阵仗铺排，目光扫过去，画面里的一切呈放射状散开，造型感极强。这是站在地面的，四周墙上的风景还没算呢！

除了迎门的多半面北墙，密布着数十个打饭口，其余几面墙上及人肩颈高的地方，全是用钉子挂着的毛巾包，各式各样大同小异，一个个挨挤着又均匀散开，有在其他地方很难见到的阵式，简陋得理直气壮，如同那个远去的时代里一群被称为领导阶级的工人们，齐齐地并立，远远看去，竟因为之众多之类似之不管不顾地铺陈，而显得颇为壮观，其实里面装着的不过是个人的餐具，那毛巾饭兜的做法也再简单不过，无非是将一条毛巾对折后缝上边穿上带，再用力收束即可。当然每根钉子上方都是标有号码的，每个包对应的是一个或一家人，需要时，人马撒开去，都直扑自己的那一处，绝不会错。

大厂建成时当有千余人在此，浩浩荡荡的职工家属还未来得及进驻，所有人都在一处吃饭，那百余张桌上人头攒动的场景想必是极有气势的。与如今的大型婚宴场面不可比的，是那时的一切呈黑白照片般单纯，人们的衣着包括咀嚼在口中的内容，都打着那个时代的烙印，简洁而深刻。

皇帝的“千叟宴”应该也是这个容量吧，内容当然不可同日而语，上千老头拢在一处，牙口不行，美食美味打了折扣，况且皇恩浩荡怎敢饕餮？

小静最初对厂里的大食堂有印象，还是上小学的时候，学校组织全体小学生在这里开赛诗会，这里还充任着仅次于文化宫的大型集会场所，不到饭口显然安静着，一股股食堂特有的主副食味儿油腻味儿以及泔水味儿，幽幽复悠悠地游荡在空气中。

70年代中期，记得自己还在大食堂当众朗诵了自创的“诗作”，无非是押韵的顺口溜，应和着那个时候的时事，小学生也被裹挟进去、弄进全民皆诗的所谓“赛诗会”。看似滑稽的行为，实则被无比认真地执行。

于自己，因为被老师夸了，大大露脸了，小小的心脏因为紧张兴奋而怦怦地跳着，随即溢满了从未有过的满足，甚至还牢牢记住了这么一处所在，一处倍感新奇迫不及待要展开想象的地方。

至于食堂的实际功用，和彼时的音效，反而没那么强烈地占据身心了。只知那里也不是谁都能去的，似乎得是集体户口且不能独自开伙的人，特权小青年之类，而且粗粮票和细粮票有定量，有钱也买不来许多，何况没钱，大家都没钱，穷人和富人区别不大。

不太大的时候，孩子们少有机会涉足那里，都是吃自家的饭，就觉得世上最好吃的东西都来自于自家之外。依稀记得大食堂自创的一种玉米面面食叫“烤糕”的，很是香——粗粮细做的典范，许是自家做不来，市面上可选择的东西太少，本身又很少吃的缘故，被视为当然的美食——曲师傅偶尔才捎回几块给孩子们解馋。而它三分钱一块的亲民价格，32 开书的大小及形状，飘散着玉米被烘焙后散发出的香味和诱惑，都被无数大厂人藏进记忆深处，不时拿出品咂。

最金贵的当数粮票，分粗粮票和细粮票。购买食物时，钱票、粮票缺一不可，且粗细粮票断不可弄混，因为价值不同，应用时所付的价码也不同。真正的“两两计较”，而非斤斤计较。

家附近一个邻居就是食堂的大师傅，果然长出全天下食堂师傅都有的仪容，胖胖的和善的有着艺不压身、荒年饿不死厨子的怡然。他家房后有他养的一株夹竹桃，粉艳粉艳地娇羞着，抖着被主人宠溺的小机灵，那是我见过的最有品位最热爱生活的厨师形象，经典得无人可比。想象着他掂着权威的勺子，一张胖白的面容在白衣白裤白帽的衬托下，很有章法地操作，就不由得浮上一层谄媚，指望碗底盆中有他很爽地一扣，隔着打饭的小窗口领情地笑笑，收获着一众旁人的羡慕嫉妒恨，昂然走开。

在工厂幼儿园工作的时候，小静常常要到伙房帮厨包饺子，见识了那里一个高而壮的中年师傅擀面的手艺。他用的擀面杖真是一把独门兵器，中间粗两头细，类于纺锤形，擀面皮时可同时擀两个，只见擀面杖下左右各放一面饼，掌心运动不见路数转瞬间成品已出，那速度那眼花缭乱配上貌似不经意的表情，怎么看都兼具表演的性质，学不来。

调到电表车间工作后，偶尔因赶任务晚上要加班至夜深，夜宵就去大食堂解决。那里与车间隔着条街，几步远的路迈步就到了。里面因阒寂无声而更显空旷。坐在空荡的食堂一隅，几个小姊妹就着清粥小菜吃着金黄的烤馒头，低低的吸溜声，间或低低的絮语，胃温暖地充盈。印象里那只是一份一两毛钱的夜餐，相当实惠，80年代初的事儿，钱挣得少但钱很值钱。值班的大师傅做完后贴心地站在一旁，看着我们进食，我们从碗中抬起头，娇嗔地笑应。

他们应该算是工厂职工序列里的一支，技师一类的，不知分不分级，倒是有些名姓在职工们的口碑里鲜活着，乐天知命地年复一年。

道听途说个故事，说是子弟中学有个画画得极好的美术老师，自己手绘食堂饭票，几可乱真，属艺高人胆大，白蹭很多顿，若干顿，具体不知。但终究有东窗事发的那天，污了一名教师的清誉。该男性老师当时单身一枚，还算年轻有为，气质是有的，艺术范儿的那种，头发飒然飘扬着。外地来的，或是毕业分配来的吧，记不清了。应不是很缺钱，不是买不起饭票的，出此策，权当行为艺术吧，适当检验一下自己的创作水准，结果出糗了。

后来当不当老师了呢，还真不知道。

当段子听着吧。

大食堂还让我们记住另一个画面：厂团委组织市内好多家企业青工在这里联谊，大家分单位团坐在四周，空下中间的场子听领导讲话，看各自团队精英们的表演，最后是舞会，在圆舞曲中一对对地滑翔……那时大厂在周边还挺有说服力的，无论是工厂级别规模还是职工收入情况，抑或是青工的衣饰打扮和举手投足间散发的气质。

2

大厂有着自己的色香味，别于其他。

大厂积聚了东西南北各地的人，真正是从五湖四海为了一个共同的革命目标走到一起来的，于是各自携带着与生俱来的饮食习惯和饮食风格，后来的后来，随着在这一处生活年限的增长，以往食材的断档，又不得不完成了对当地饮食文化的融合和再造，贡献出糅合着各地风格的特殊风味，当然，基本基于有限的花样翻新上，毕竟大家都是从饿着肚子的年代一同滚过来的，吃饱从来都大于吃好。

胃也是有阶级的，它对油水的辨认程度要比测谎仪更真实些。捏着鼻子吃忆苦饭的年代，人们为了表现进步可能会有意控制表情，但胃不一定会给予很好的配合，一不留神就被它给出卖了，快速的神经反应令人猝不及防，伪装不好很容易露馅。

胃也是有记忆的，任多少年的时光翻过，某种滋味仍会奇迹般地封存，一旦与以往一道中意的佳肴狭路相逢，那幽幽而至的色香味，立刻通过味蕾把人带到从前，于是过去的一切也不可遏制地一并掀开，种种温暖的惬意的生动的碎片，齐齐聚到眼前。

大厂曾是系统里的龙头老大，在计划经济年代，吸纳过不少的人才，也输出过更多的骨干，在系统里分流，遍及全国各地，以致这分期分批的吞吐，如活水一般将大厂的血液滤得氧饱和度极高，相当新鲜。大厂人的习性也捎带着一改再改，也总有改不去的诸种，潜伏在记忆深处，轻易不去动。

某年某月，不知什么人通过什么途径将一卡车从外地调运来的南方蔬菜拉进厂区，甫一开卖，立刻就围拢上来一群南方籍贯的主妇，莴笋茭白莲藕榨菜之类，好像菜已不是菜，乡情乡音全浓缩在里面了，搞得北方人也忍不住加入其中，一通抢购后，拿到手中的一些青绿黄白，却不知怎么做出成品菜肴，着实是稀罕物呢。那一个晚上，大厂的主妇们各自在厨房亮出绝活，炒勺翻飞，上下颠动，油火欢跃，滋拉声里是满满的欢喜，感染得不怎么在行的厨娘也生龙活虎地加入，权当一场有意思的竞技了。至于菜品样式，由着各自发挥，传帮带是必需的——这应是20世纪70年代末80年代初的事了，不然不会那么紧俏，而有了紧俏，才会有相关内容发生发展的可能。

大厂里的家属楼在设计上主要考虑了怎么能尽量纳入更多的人口，于是在厨卫方面则能简陋就简陋，要多节省有多节省，于是常常是几家各出一二人在同一厨房里忙活，葱花爆锅的鲜香和辣椒炝锅的辛香交融，急时你递我一个酱油瓶子我挖你一勺盐，很有相亲相爱大家庭的意思，包了饺子也不忘送过去一碗尝鲜，芳邻们下次一定也会回敬一盘好吃的，彼此都能从中咂出其乐融融的滋味。至于小孩子，就是觉得别人家的饭菜比自家的香，于是忍不住总垂涎别人家的盘碗，吃到嘴的是好的，吃不到嘴的是更好的。公共厨房私密性差，彼此总是擦身而过，基本无遮无拦，这样的近距离也容易生出嫌隙，小来小去不好说出口的一些芝麻绿豆般的琐事，悄悄酵成一缸醋，酸酸的倒牙。好在这些闲气怄过一阵后，又自然而然地消弭，谈不上伤筋动骨。

那时人们都不太富裕，各家的菜品基本上大同小异，偶有些富贵的人家，总有荤腥撩惹人的嗅觉乃至味觉和视觉，不得不偷偷摸摸鬼鬼祟祟做贼一样，以免馋得别人难受。公共厨房其实也藏不住隐私，太穷太富都得藏着掖着，不然会伤着人家的自尊。

那时有一景，在每天早晨上班的人群中，能看到许多人都用网兜拎个铝饭盒往厂大门里走，那不是带的中午饭。大厂还是不够大，中午没必要在单位吃，都回家现做，所带的饭盒是为了到厂里蒸饭。饭盒一块砖大小，里面装着生米，到厂里后用水淘好将其放到专门的汽锅里蒸，下班时带回家满满的一盒熟饭，热热的，省时省力还省能源，便捷得很呢，尤其蒸很是费火的苞米楂子饭更是合算，那东西在家想煮得烂熟也不容易，没几个小时都不行。图省事的，连带着将菜也蒸上，蒸蛋蒸茄子土豆蒸地瓜南瓜什么的。蒸土豆片时，将生土豆切片码好，放上油盐葱花一些水，若另加些蒜片口感更好，统统放到汽锅里蒸，单等到了时间取出打开，一样喷香可口：土豆糯软，汤水有滋有味。

一盒饭一盒菜热腾腾地摆上，再佐上一些爽口小菜，很是经济便捷实惠的一餐饭。百姓人家，寻常的光景，细水长流的生活，日子的千姿百态在精打细算中一点点铺平展开，地道也淳厚，源远流长。

多少年后的今天，家里老人在收拾旧家底时，看到大大小小的铝饭盒，劳苦功高地记载着过往岁月里有关汤汤水水的具体情节，烟火气十足的一切便很亲近地推送到眼前，由不得人不心生感慨。

大厂唯其大，有着自己的农场，农场员工由没有固定工作的大厂家属担当，算是大厂里的农民和菜民，且女工远多于男工，多为人近中年的棒劳力。在几年一届的大厂运动会上，农场女队的拔河项目，总是稳居第一。体力耐力的养成赖于素日的积累，与大厂职工相比，他们算是第三世界了，比不上有车间厂房上班的综合厂家属工，风吹雨淋的，看似没啥技术含量，都是下蛮力的活儿。他们种水稻种玉米种蔬菜也养鸡养鱼，泥水一身的吃辛苦。好在劳动不白付出，逢上一些日子，农场的车将他们摘下的瓜果蔬菜，宰杀的畜禽，一样样拉到固有的店面出售，他们的价值也就很是显明了，在20世纪的七八十年代，这绝对是不可小觑的供应，大大地弥补着市面上副食品的供应不足，杯水车薪也是意义，面子大于里子，很是让大厂人追捧。民以食为天，谁都不能免俗。再后来这种关于吃食的紧缺和不足成为历史，农场的使命基本终结，但依然有鱼塘鸡舍保存着，节假日时，鸡鱼蛋类充当了工厂的福利发放。于是就存下这样一幅场景印在大厂的大事记中：在邻近国庆节的某天，汹涌的下班路上，差不多人手一份，均提着两条两三斤重的大鱼一路腥味弥漫地穿街过巷，让厂外的人很是羡慕，那是大厂葆有不多的优越性了。尽管这东西也不值几个钱，农贸市场上称上一些算是小菜一碟。

时光流转，餐桌上的内容益发丰富，恰值饭口，若在临街的哪座楼前经过，锅碗瓢勺的交响辅以各种火爆的音效，鼻子自会捕捉“油焖大虾”“干煸茧蛹”“孜然牛肉”“红烧大排”等等味厚香浓的硬菜，免不了地口角生津，腹饥难耐，于是脚下步伐随之加快，忙不迭地往家赶，是惦着自家餐桌上的一份上好嚼裹呢。家，原本就是吃和睡的地方，解决着食色所需。

不是说留住男人的胃便留住男人的心了吗？可见男人从骨子里说也就是个吃货，被女人饲养好了也就相当于套上了笼头，任由牵着骑着驱使着。

主妇们年复一年地围着锅台转，苦劳大于功劳。一餐一饭里有经济实惠有营养搭配有省时省力省银子，有浑不吝的模范饲养的意思，是粗放式的。即便有心心念念的什么“妈妈菜”，那也是良家妇女般，低眉顺眼中规中矩不出大格不登大雅之堂的那种。当家的若是着了道，才会将小小的餐台当舞台，当秀场，票友一般客串个大角，走的是不鸣则已一鸣惊人的路数。

大厂信奉“工完、料净、场地清”，多年养成的素质，知道外科医生的良好习惯吗，就是做好手术一定得检查手术器具什么的，多一样少一样都不行。咱大厂里的军工所从事的产品装配工作也如此，干完活讲究的也是“一样不能多一样不能少”的严格规矩，否则到时吃瘪事小，真弄成战场上哑弹臭子废物点心，是要人命的，犯的可是该枪毙的罪。这一套严谨搬到家中，兴之所至在厨房里操起十八般兵器，还不是闹着玩似的。爱心洋溢时，八级工匠的粗手大脚琢磨起女孩们爱吃的酸甜口味的菜式，“锅爆肉”“糖醋排骨”之类，每一道工序都是考验都有陷阱，差之毫厘，谬以千里，好歹到了最后一个步骤：摆盘传菜上桌，极具仪式感的招式里，洋溢的是老爸的爱意老公的情意老家伙偶尔为之的显摆铺排自鸣得意。

拔得头筹的当属心灵手巧的钳工，那就是一双绣花姑娘的化腐朽为神奇的妙手，自已弄模具打制出的小巧银耳饰，不比首饰店里卖的经典样式差，掂对油盐酱醋茶还不跟玩儿一样，当然，手艺好孬是一回事，用不用心思是另一回事。

饮食文化也是文化，与地域相关，有传统有传承；饮食文化还体现着文明和开明，里面注满了老饕们为了口腹积攒的各式经典，不乏立足于色香味基础上的钻研和求真。那一道道哪怕是家常的菜式，历过多少年时光的修正、多少个胃口的检验，才得以炉火纯青，借以流传。就说大厂，当年开的第一家知青商店就叫“广灵”，第一家知青饭店就叫“远芳”，多么有文化！如今商店已转为网吧，而“远芳”还一直迎门纳客，招牌菜较比留人，也算是有些历练的老店面了，不过经营者倒了多少手已不详。

近几年，大厂的地面上雨过春笋般冒出许多小馆子小铺面，以处于大厂中央地带、原国营商店国营饭店的旧址处的夜市一条街最是火爆，白天相对地吃客寥寥，黄昏过后才开始粉墨登场。老商店老饭店的房舍，原本的功能结束了，残破地立于原地，被撑了几十年了，破败是显然的，但小店店主们极尽能事地在牌匾上下功夫，又饰以灯光音响，多少使得门面光鲜些，就又再生利用了。毕竟那里占有地利之先，而且，出租这些屋舍多少还为当年国营饭店国营商店里退休老职工的供养出些力，几锭银子不多也聊胜于无，好歹蚂蚱也是肉。甭管怎么说，店主们明火旺油地颠动翻炒，肢体显现着表演般地夸张，另配上足够火辣的招徕，以及让人老远就能嗅出的辛辣鲜香四下迸散一路蜿蜒，人造的红火里满是小康日子里的小知足大满意，弄得大小爷们们在家里吃过了也情不自禁地坐到这里的小桌前，吱吱地来上几杯，喝上几瓶，就着烤串香锅、爆炒海鲜、家常小吃、清水涮，小镇大厂的夜生活算是就此拉开序幕。水嫩的妞们的身影也不乏，间杂其间，遂成风景。暗香缥缈，游来荡去。远远望去，油烟蒸腾，热气氤氲，人影浮动，人声嘈杂，大排档的活色生香令厂区夜色生动无比，星月都黯淡无光似的。那是在家里没有的气氛，是生活必要的补充和补偿，现如今谁还为吃饱动心思？一应的工作生活之外，想有属于自己的交际，简单的吃喝中，有雅好有知足有闲情逸致，有释放有舒解有痛浇块垒，世道人心里埋着社会转型的焦虑和焦灼，几人小坐在露天的路边小店里，于廉价吃食的大快朵颐中，体会直接的通泰和间接的满足，不也是种乐子？

而店主与吃客的身份像是被故意忽略了似的。其实怎可忽略？或许不久之前还同为工友呢，这一刻就主顾同欢地互敬起来……下岗分流闹的，福祸相倚。

这一景，这一份热闹，作为不可或缺的画面，有必要被录进大厂发展史，并成为编年史上的重要一页。

只有吃，才精彩地诠释：活着或者活过。

3

大厂人有一种嗜好，种地。

大厂人的家里总能见到一两样农具，在杂物间里显眼地堆放着，锹锄镐镰之类的。大厂人总能在不经意的地方发现新大陆，然后精细拾掇一番点上种子，那星星点点的试验田一小块一小块的，遍布厂区四周的各个角落——厂生活区是不许乱挖的，种花种草也有规范，如此返璞归真地事了农桑，多选择在小镇的外围、城乡接合部，甚至在人家整块地的边角处，道路的路肩旁，小的不及一张双人床，大的也比不过乒乓球案子，只是零碎的地块很难规则，呈多边形，里面打好的一小垄一小垄，顺着地块的短轴，袖珍到更具观赏价值。从事劳作的，多是老人，被大厂的文化浸润了多半辈子的资深大厂人，晃着一头经典的灰白头发，躬耕在春风拂面的季节里。有的可能早先有过种田的经历，如今再来活动活动筋骨；有的竟从未实打实地侍奉过土地，有限的农业知识都来自于当年动不动就开展的农业劳动，此番放下身段卷起裤腿，更像是秀一下农技。

固然可以省下几枚菜金，但也像是钓鱼的贪图个钓趣，把耕作和收获的享受，当作了生儿育女。当嫩绿的叶子菜水分很足地仰起小脸儿，那小生菜小白菜小菠菜小香菜小萝卜菜的生鲜，煞是诱人呢！

高秆的庄稼不外乎是玉米，玉米秆上盘缠着豆角藤蔓，低矮些是大豆，个别种绿豆红小豆，花式多产量低不太普及。菜种得多些，除了叶子菜，茄子辣椒西红柿黄瓜大小葱啥的，都有。

菜花儿盛开时节，惹来蜜蜂儿一朵啄一下、另一朵吸一下地逗趣。也有小孩子趁人不备光顾打秋风，能扭几个小黄瓜拔几个小萝卜了不起了，裤腿上蹭蹭迅速塞到嘴里。

种黄豆的，秋里收了，在家门前的柏油路上，将带着豆荚的豆棵散铺开来，有车经过，辗轧出的豆粒儿四下滚动，趁机收了，拣了老大便宜似的。

八十高龄的人也乐此不疲地劳作，很有精神头的样子。

一次闲逛，分明在一块田间地角，看到一对老夫妇在起地里的胡萝卜，不知是地力不行还是种子差劲，收获出的小胡萝卜像成人的手指一般大小，颜色倒还纯正，呈着鲜艳的橙黄。一位过路的三四岁的小娃子感到新鲜，迈动小腿跑去帮忙，奶奶给了好几根，兴奋地捧着，小脸蛋的橙红和小萝卜的橙黄相映成趣。

农事如诗。

看看现在城里人在小区里乐颠地买了个一楼被赠个不大点儿的花园，还不是支上架子扣上大棚乐此不疲地做起了农民。收获是按个论棵以“两”算的，自诩为纯绿色无污染，不够塞牙缝的，还发图文四处显摆，以为格调。

异曲同工。

殊途同归。

那时候，种地像是本分似的，各行各业都可能以各种名目在需要的时候，将人马撒进广袤的农田，连小学生都有自己的校田地进行农业实践，而城里的机关事业单位也一卡车一卡车地载了人奔赴乡野，同现在盛行的采摘节休闲游完全不一样，是实打实的劳动果实，真正地出力流汗，收获季，金黄橙红的往家搬，不带含糊的。

只是这些土地归属情况不太明了，似乎是隶属本单位的农场，至于这农场怎么划分来的，以什么由头以及后来的归属，就一概不知了，好像也是一定时期的产物，现在土地这么金贵，应该没有余富给城里人业余耕种、过躬耕的瘾了。

大厂人不穷，曾经，收入比邻近几家地方企业高好几成呢，但就是贪好这口，没办法。

种西红柿多了吃不了，还可以将其一瓣瓣切开顺到装葡萄糖的瓶子里，敞着口立在蒸锅中煮，熟了再塞紧胶盖收好，冬天就可以吃到新鲜的西红柿炒蛋了。在20世纪的八九十年代，副食品供应远不及现在，任何季节都能吃到新鲜的蔬菜不敢想，所以就逼出了各种各样有关吃的智慧。

贮菜晒菜也蔚为壮观。

大厂人生生把自己搞成种菜的行家里手，同时，各种新兴技能也一一操练起来。

七八十年代东北城镇职工放白菜假的了解一下：那是公假，专门应用于在秋贮白菜的当口，集体放假，就为了迅速高效地将长在地里的活白菜修剪成一般大的精壮秀美的净菜，收拾得规规矩矩不戗茬不支棱不放肆不再耀武扬威，像襁褓中裹着的嫩宝一枚，或码在窖里或垛在楼道或渍进缸里或挂在外墙上风干（小部分还可以做成韩式的味美泡菜），备着漫长的冬季或炖或炒或凉拌，或者剁成馅儿包饺子蒸包子不一而足。总之把白菜——也就是后方的重要给养——安顿明白之后，也就自然地提高了生产力，只待一心投入心无旁骛再无后顾之忧地收心工作。

上升到集体放假收购贮制，看得出这白菜在“民生”中的地位，也看出当地以行政命令的干预，着实是高效有序人性而妥帖。

现在物质如此丰盈，这样的假日早进了历史，年轻些的大抵听都没听过。

白菜跟土豆一样，都是跟啥都能炖一块的大路菜，且典型的物美价廉。不会几样白菜土豆的拿手做法，都不配称自己是地道的东北人。

晒菜就更不在话下，南方来的，试着晒腊鱼腊肉，因着气候的因素，不成功。

卤泡菜还可以，也不及发源地出产的地道。

晒各种蔬菜还行，茄子条土豆干黄瓜钱豆角丝，还有粗细萝卜条等等，天气晴好时，一帘帘地晒出来，大太阳下，很快地脱水收缩成干菜该有的模样。

屋前楼后的，很成规模，再饰以红灯笼干红辣椒串什么的，把一个本来挺有城里味道的大厂生活区，弄得乡风浩荡，素朴绵延。

也许这才构成了大厂生活的特色，极尽所能，兼收南北东西各地特色为我用，不在乎也不计较外在是否符合形制，入乡随俗，加以有效合理改良，即成我型我秀的原创，甘之如饴。

最初是因为没有冰箱不好收储，因此在地冻天寒的东北，老百姓们被动地培养出晒制各种干菜的技能，不期然变成地域特色。如今新鲜蔬菜四季都能买到，冰箱冰柜也能冷鲜或速冻一些，但晒干菜的传统还保留着，被一部分念旧的人继续铺排，为的是那份风味，无可代替。

看过纪录片《舌尖上的中国》就知道，中国人总是将吃的智慧发挥到极致，口腹之欲的满足同幸福指数挂钩，只是寻常百姓如你我，食不厌精的格调跟不上，小打小闹地将现有的水平、触手可及的食材，运用发挥足够，已算了不起，凝着苦心孤诣的经营和对现世生活的热爱。

总琢磨吃的人，命不会太差。

在家庭里执掌厨房霸权的人，活得一定明白。

第八章　足球场

1

大厂生活区内，有两处大的广场，两处广场就成了全厂职工及家属们的信息集散中心，每每于闲暇之时，譬如晚饭后天黑前，自然而然形成论坛，聚堆长聊，论争纷纷，抱着膀夹着烟趿拉着拖鞋一站能站老半天，嘴里侃着的全是激扬慷慨的国际国内，意见领袖们不乏其人。

大厂人从来就不缺忧患意识，大厂的文化积淀也决定了大厂对国家大事的热心关心，大厂图书阅览室里，常有戴着花镜的老工人举着一叠国内知名大报看得聚精会神。大厂的知识阶层、领导阶层倒没有亲力亲为地引领，这样的热衷原就属于闲来无聊的谈资的一部分，甭管什么身份，总有些愿意掌握话语权的，愿意充当核心，愿意被众星捧月般地拥戴，就自然而然地先做足功课，读书看报是一个重要途径。

网络普及后，年轻人喜好网上看资讯，岁数大的还是相信白纸黑字。只是什么东西都涨价，就收破烂的不涨价。眼看着各级各类的报纸杂志越来越少越来越金贵，看书报的人也越来越少越来越金贵。但，再金贵也不会绝迹，有求才有供，有供就有求。个别潮人网络应用了得着呢，短时间内脱盲，边买边卖，倒腾得乐此不疲，自然招惹更多的人圈成一个大圈，听其口角生津地嘚啵嘚啵嘚。

原本，聚拢人气最旺的算是俱乐部广场，俱乐部的功能弱化之后，俱乐部广场也随之式微了，如此，“信息集散中心”的所在就被更大更空阔的足球场取代。说是足球场，却比标准的足球场还大上很多，因此不踢球的时候，这里就是一个现成的大广场。呈东西向，各有一个球门支在场上，有比赛时才套上球网，平时只是个空门，鼻涕孩们在里钻来钻去当单杠玩。场地四周有树，几十年的老柳，根根相触，枝枝交握，织一片好大的阴凉。夏天从下边走过，冷不防还掉脖子里一两滴水珠，那是树上浸下的，地下已濡湿好大一片了，不知树得了啥病。

这里与俱乐部广场不同的还不只是大，还因为在场地北边，立有一个带顶篷的主席台，戏台子一样蹲踞坐北朝南处，两旁有十数阶台阶通下。这一制高点就使得这个广场有了点儿与众不同的味道，站在上面环视，四周尽是住宅楼的窗口，人像处于山间盆地一样，抑或，像坐在一巨大井口里的蛙，举目望去，天空是被切割得四四方方的一大块。

“戏台子”的主要功用只有一个，几年一度的大厂职工运动会，这里是主席台，上面坐着大厂的头面人物，以及应邀的行政上、业务上主管大厂的上级领导。厂领导们平时都是在办公楼里公干，或者下到各主管的基层，这会儿移师其上，聚集一堂，高高在上的感觉，将尊贵和尊严体现得全面具体。

如果说大厂是条船，这里历届的领导就是行船的舵手，时运苍生寄于其上，个人功德一并绑定，壮怀激烈的，壮志未酬的，被念着好的，被指脊梁骨的，都不乏其人。平心而论，每一届上台，都被寄予厚望，每一个成为大厂的灵魂人物，都预备着干一番事业，只是有的能得遂愿，有的不尽人意，也有的差强人意……不一而足。大厂的主事者不好干，行政级别不低，责任重大，下养几千口子人，上对不容半点差错的航空建设，功败一瞬间，白头搔更短。责权利下，是隐形的压力围堵，经济形势经济环境任务指标业绩以及民生，各种纾困解难，大局观下，被问候问候娘老子反而是小事了，顶多属口嗨。

有这样一类小人物，倚小卖小，恭恭敬敬谦卑怯懦于其前，直呼其名指手画脚于其后，以一己之心揣度，蝇营狗苟，跳跳蹿蹿，格局上差了去了。

工人们大多是顺应潮流者，以底层者的仰望，寄托自己的期盼企盼，理解并尊重各种现实境遇下的诸种呈现，诚心站位于尽可能的高度去体会、判断并分析，兢兢业业于本职，望企业有前程，家里有粮，心下不慌。素朴厚诚而沉静若水。

那是大厂历年沉积下的个人觉悟和文化积淀之果，与盲从无涉。

戏台子的功用有限，运动会一散，所有的庄重也都散了。平时则充当了孩子们的天堂，跑上跑下的不厌其烦。行人临时避个雨雪的也上去过，空荡荡的，缺滋少味。但却是不能铲平的，内里有容。

台子的下面，背向广场的一方，有门，厚厚的铁门，不大，被一大锁锁着，锈蚀着的门及锁都让这里不再引人注意，其实，这还是一处洞口，在人防工程很盛行的那些年，大厂的地下全被挖成纵横连贯的坑道，父辈们年轻时曾被专门抽调出来在这里挖挖挖的，一车车新土被从下面提升出来，带着不见天日的潮湿。只是，时过经年，不知现在这大铁门里还有没有意想不到的玄机，怕是早变了模样了吧？止于想象。未知着，始终。

洞口应该还不只这一处，但这一处是比较显眼的，别处都被时光淘洗掉了，谁还会刻意记着这些。

一群老太太在足球场边甩着手一圈圈地绕，无论冬夏。过时的廉价的衣着，裹着臃肿的腰身。聊的内容不详，有时忽然扯起高声，那是耳背的在隔空喊话呢！天好时，这里还有放风筝的，当然也是老者，坐在一张自制的小马扎上，气定神闲地抖着筝线，小线轴在另一只手上欣快地旋着，发出哗哗的轻响。

行走在大厂的地面，总能迎面逢上太多的大厂老人，从容而坦然，时光沉淀下的气质，衣着不很光鲜，无意讲究，有经济原因，也有低头不见抬头见没必要收拾得那么正式的普遍想法，在厂街厂路上，背着手踱。或者，倚凭着手下拐杖助力。一些人还喜欢穿着旧式的工装，发白褪色了还不舍，葆有岗位上的一些痕迹。留恋既往的努力，不过是人手一份的青春年少好时光，没啥非富即贵的片断，但大厂的各个角落里都不乏他们的皮屑，那是几十年的磨合耗损遗落的，混在尘埃里被视若无睹。现在蹒跚着，用无限苍茫的背影撑起一幅画面。

那是一个逝去年代的活化石，时光镂刻出的作品，面容萧索，纹络纵横，眼神里浓缩着几十年的风风雨雨，只是再怎么足的戏码也随了风去了，如今一律细软的苍发贴伏着，当年意气风发的影子已遍寻不见，还都是些大厂的奠基者呢！

是梁钧志璞们、曲老师曲师傅们，是他们本尊，也是与其并过肩的同僚。是越见越少的，越淬越不硬的家伙，事了拂衣去，藏了功名收了利禄心，大隐小隐都入隐门，任渺渺无闻于世，任时光滴答。被已不再年轻的儿女们，被已渐成社会中坚的孙辈们，视为孩子般，嗔怨着哄劝着，往时间深处游走。

按说这足球场，正经应该是年轻人的天下，可奇怪的是这里的面孔不是太老就是太嫩，生龙活虎的小伙子踢足球的场面少见了，但凡年轻人都少见，偶有几个也走得匆匆的，迎面走过来，扬手打了下招呼就各行各路，弯转几个路口后，人就隐没在楼群中不见了。

年轻人才是活跃气氛的主流，但年轻人咋就偏好了“宅”，宁愿窝着自娱自乐？大厂子弟的子女们也鲜少回流，见识了外面世界的精彩，就更加不易回头。

平时，上班的上学的都颗粒归仓，招人去的，只有菜市场。主顾都差不多是固定的，低头不见抬头见，一般来说，买的人还没有卖的人多，货物琳琅。

下得班来，四五六十岁的主流们才聚回到路上，摩肩接踵地匆匆，四时更迭，一件工装在身，背影上不分伯仲，成片地流过。

中国的工业前景也大都掌握在这样一些人手中，躬背弯腰，目露精芒，掌中有茧，心里有光。纵然知道个人价值有限，但以一个螺丝钉的角色楔进大国制造的剧目中，岁岁年年。正是这素常难见个性的群体，在推动整个国家政治经济文化发展的进程中，发挥着积极作用。

工余的闲适得在饭后，黄昏。

星期礼拜节假日的，也难得，以个人特色汇入人堆。

大厂人就是大厂人，单从身形气质上，不可让外人小觑，谈吐上也不露怯。一口在当地人中少见的普通话还算标准。扬手打着招呼，面容上，一露厂房里居久了而难见的宽展。

私聚是难免的，弄上几杯助兴。

也有奔了孩子去的，一家子拖着拽着拉扯着去玩去逛去闲遛。在家辅导作业的，免不了地鸡飞狗跳。奔了老人的，更是大有人在，陪着吃喝玩闹，尽享乐呵。这是对能动的老人。面对不能动、不方便动的，床前侍奉，一样样，耐心周到，很见功夫。

受自己能力所限，教育和医疗的支出加码，托教托老机构接棒。不唯大厂，市面上最活跃的场所，都在挣老人和孩子钱，屡试不爽。

“少儿舞蹈班”的字样贴在玻璃上招徕。

法律援助代为诉讼什么的牌子，立于生活区某栋楼角。

大厂周边的洗浴足疗歌厅网吧大小苍蝇馆子串店，移动电话厅银行储蓄所，比比皆是，引逗着人们前去消费。可不敢漫天要价，天天窝在一处过活，即便不认识，混得脸熟也太容易了，买卖还得仁义地做。

穿戴齐整去城里转悠的也有，交通方便，来来回回用不了多少时间。搅的是个人气，好多东西可网购，足不出户能达到目的，出去转转体会的是市井人声是与时尚并行的恣意，以及郊外大厂人对外面世界的同声相和。

剩下的，也有去麻将局里赌输赢的，赌的是五毛一块的小码子，玩个意思。谁指望这块云彩下雨，如同总是买彩票做一夜暴富梦的，不过是个消遣。

还有公干的，不休，仍穿着工作服去加班，手里握一把加班条却少有机会调休。

关键部门的关键部位，我命由天不由我，天气晴好便是最好理由，比如利头的试飞站，天晴是飞机试飞的好时机。再就是年底了，任务堆赶到最后时限，加班加点，脚打后脑勺地忙，一个萝卜一个坑地顶上。

主妇们洗洗涮涮小半天就过去了，时间过得更快。

小静的大部分同学，就隐在这样一群人中间，不很老，也不年轻，算是准老人的那茬，承上启下地劳碌着，奔忙着。不及小不敢老，谨慎得体地应对着。加入论坛也不激进，自稳着阵脚。

当然，在足球场上的论坛里，如农民指望土地、关心自己的收成一样，大家普遍关心的还是收入，指望着自己的劳动能兑现成相应的票子，大厂前景挂着大家的饭碗。啥是大事，嘴巴是大事，衣食住行是大事，民生是大事。

与俱乐部遥遥相对，担负着大厂文体两项重要职能的足球场，多少年多少届的厂体育运动大会的必然场地，那么多潮热的画面，那么劲猛的擂鼓声声，那么阳光欢快的团体操表演，那么媚眼如丝抛来抛去的情怀和场景，还有应时而至的小贩子，高一声低一声地招徕……

曲师傅过世后的第二年，工厂开运动会，那每几年一届的运动会，因算是大型活动，属企业文化的一部分，被相当重视。差不多是工厂的大事，动用了很多资源，家属区都翻腾起来，孩子们和小贩最是活跃。这会常常一天开不完，还会延及次日。

那个傍晚，小静牵着小儿的手来到运动场。场地四周，各个车间被划好的地段里，搭着遮阳篷，摆着尚未撤出的座椅，用钢索链着。场地里，白色的跑道线等必要的标识还未被踏乱。有游玩的大人孩子，零散地布在场中。小静拽着儿子的小手，来到标有“11车间”的地方，那是曲师傅效力四十年的所在。那里没人，只有几条长椅，一条横幅。她把孩子举到长椅上，又把他抱下，流连了一小会儿后，离开了。曲师傅曾经的单位，曲师傅退休后就不归那儿管了，曲师傅走了以后，那里与他们就更没一点关系。可是，他们，她和她的孩子，替曲师傅重温了一下那个集体的气场，老曲头的灵魂或许就在天上俯瞰着。

大厂掌舵的一茬茬地换，主管的上级也更迭着，反正是从军工企业划出去了，不再冠以“中国人民解放军”的字样，这令大厂腰板都不那么挺拔了。令腰板不挺拔的事多了去了，桩桩件件的，现在大厂人基本被磨炼得不那么大惊小怪了，皮实了。

大厂子弟继承了父母对孩子的包办能耐，一般都跑到教育环境更好的市区租房陪读，在孩子读高中的三年里，每天通勤上班下班，厂区一个家，市里一个家，两边开伙，油盐酱醋茶。好在厂三代们逢上了大学扩招，再不济也能考个三本或大专，余下的就是他们的爹妈，加上爷爷奶奶姥姥姥爷全家总动员，为学子的学费操心。

事实却是大厂工人真的不富裕，一度上班的工资比退休拿的劳保还少，所以都捏着手指算计着还有几年退休，退休后能比现在多挣多少。

大厂的低迷从周边商铺的景气程度上就能看出，大厂的购买力也就是消费能力着实受限，都不及大厂周边的被占了地的村民富裕。与大厂的不景气相映成趣的是，大厂周边的环境在一日千里地剧变，原本大厂就是嵌入各个村庄农田里的一块，几十年一贯制地相处下来，大厂人的滋润是被培养得脚趾缝里都往外冒优越感。谁知忽如一夜春风来，最不习惯的倒置发生了——国家级开发区的帽子一戴，周边的田畴村舍全都被圈成一块块的预备厂区了，行动快的已立上个某某公司的牌子，有了像模像样的项目，原料产品被一车车地运进运出，很有欣欣向荣的景象；行动慢的才支个房架子，蒿草长出多高了，荒芜，但好像不大操心卖相，圈起的就是块肥肉。占地村民虽失了家园腰包却鼓了起来，人总是难免腰一粗气就壮，在大厂人及占地村民共有的农贸市场里，他们买东西不砍价要多少给多少，把个一旁锱铢必较的大厂人比得不一般的来气，翻白眼也没用。

如今这些城不城乡不乡的老邻居，一律被迁到大厂边上建起的楼房里，被一个新社区管理着，彼此做起了货真价实的近邻。近邻们一日日靠卖地的钱经营日子，那是动辄几十万、上百万的大荷包，大厂普通人几辈子都不挣不来的大户头。但花一块少一块，地里不再长出，劳保也没份。人生最痛苦的是人活着钱没了，老了就知日子的艰难了，瞧着吧！

他们的居住形态改变了，生产生活形态却难以改变。新的居住模式与传统的小农生产方式不相适应 ，生活成本还逐级上升。面上看到的是，人上楼了，鸡鸭猪牛上不了楼，自留地上不了楼，接地气的走东家串西家的社交方式上不了楼。

焉知非福。有个人揣一大包现钱正赶上在北京当北漂的儿子没房，就全部支援了儿子。人算不如天算，恰赶上北京的房价过山车般猛涨的势头，他们家还歪打正着地投对了资，一下子翻了好几番不止，赚大发了，只是不是谁都这么幸运。基本上是花一个少一个，最坏的结果是人还在钱没了。反正也不劳工人大哥操心，荷包里满着，细水长流，也好过对明天的不可预见。

目前看，起码这里的小城镇建设，令城乡差距不是消弭了，而是逆转了。老革命遇上了新问题。

历史的原因，叠上现实的原因，竟以邻为壑，互相间不约而同地瞧不起。都是经济基础闹的，其实各有悲哀，被大时代的潮水裹挟着，无能为力。

大厂不怎么招人待见，大厂的基建倒没停止，还变成了新的经济增长点。宿舍楼这几年来一直没歇气地盖，说是私产但没大照，房价喊得不高也涨到一两千一平方米了，还仅限于本厂职工内部销售，别人有钱也不卖。楼栋号已经排到九十几栋了！

这一块，是以改善民生的名义弄的，只是大厂人衣袋里不多的钱又被掏空了，有的还不小心成了“负翁”。

扯远了，说回足球场。

中国的老百姓总是对广场之类的地方感兴趣，尤其是中老年群众，不好好地利用一下都对不起自己。时兴的“广场舞”，就是把健体强身纯娱乐性质的舞蹈，弥漫成全民热衷整齐划一的律动，而且还一定在宽展开阔的地方，在有可能被关注凝望的场地，在我行我素放松到一定程度的心理背景下。

于是，在高亢嘹亮的舞曲里，大爷大妈们内心里残留的艺术细胞得以激活。曲子一响，人立马进入状态，所有鸡毛蒜皮的日常都被置之脑后，专注地投入到肢体的舞动中，形体的外在差异不见了，脸上的褶皱眼中的浑浊也不见了，只有旋转小跳伸展的肢体狂欢，浪得恣肆。

大厂人概莫能外，足球场是现成的广场舞场地。

有时有点扰民。不，是十分地扰民。但又奈何不得。

冬天的足球场还年年地被浇上水冻成冰场，外沿的是速滑者的地盘，内里是孩子们的天堂，当速滑者优雅地背着手踩在冰刀上，在铲出冰屑的速度与激情中大秀技艺时，娃子们在冰场中间，玩个冰车打个爬犁抽个陀螺什么的，也是不亦乐乎。

……足球场被杂芜的荒草侵袭得面目全非的现在，都不知让人该说什么了，大厂人对此已熟视无睹，唯故人至此，念兹在兹，竟至酸楚：咋闹的嘛，拾掇一下那么难？

自作多情了。

2

大厂的地理位置决定了大厂人品性中的骄傲封闭和自以为是，但大厂人却因此锁定了少为外界风尚影响的格调，我行我素浑然天成。

大厂人的生活方式也别具一格，那是先天固有加之后天养蓄共同培植出的一套，有文明社会惯有的悠然淡定及偏执，也不乏农耕文化的拙朴天然和狡黠。

体现在一些习性上，很见特色。特到，别的地方绝难看到。

大厂人喜欢散步，胜于串门子聊大天。二者有时有同一功用，都是工作之余，吹灯睡觉之前的一种闲适的运动，真要说到区别，那就是运动的部位、途径不同，运动的功能、效果不同，运动产生的滋润和享乐不同——运动腿脚和运动嘴皮子，根本就是两个阶级的行为，不视同水火就不错了。

东北地广天寒，人与人之间的重要交际常局限在屋里炕上，男人与女人之间，男人与男人之间，女人和女人之间，被共同的感兴趣的事情拴在一起，就有了不同的热闹，就拽出不同的话题，就培养出不同的文化。大厂人原本是由不同流向的小河后来汇就一处的，入乡随俗地融入当地传统的交际并不需要多劳神，况且大厂人里原住民还是多些，血脉相传的习惯，有扎进骨透进肉的深厚，就将这厚朴和实诚发扬光大，在卷裹了更多身不由己的外乡人后，一并愉快地陷落了。男人间就着点烟酒，女人间就着点女红杂活儿，气氛更酽些。

可依然有人不肯沦落，不肯把自己混沌地交出去，说穿了是不肯辱没自己的品性，就上上下下里里外外将自己拾掇得板板正正利利索索地，很有尊严很闲适地行走在黄昏的厂区小路上，犹如走在去歌剧院听歌剧的大马路上。

生活向好，衣食住行吃喝拉撒不再是问题之后，散步这种吃饱了撑的没事干的休闲，终于成了一个风景，一点点蔓延扩展，以至于人们忽然有一天发现，那些无须能量和理由的行走，竟招惹了太多的加入，沙漏一样，翻过来掉过去地流动，所谓风水轮流转，这回是不约而同地打开房门，一路三三两两地，沿街徐行。

没什么东风压倒西风的强迫，也谈不上外来文化对本土文化的入侵，生活方式嘛，无非体现着一种精神气质，高高地建立在物欲的基础之上。这让大厂人的体面和自尊以及恰到好处的矜持，微妙地显现出来，并生出一种只有局外人才能体会到的优越和倨傲。即使落败，也依然坚持，可能，多了些无所事事的惰怠，任尔东南西北风的不屑一顾，还有随波逐流的不甘。

大厂厂区是一个光滑的蛋，人们的行走更愿意开展在厂区之外，在城镇与乡村的接合处。因为是公路，郊野的公路，张向田野纵深处的折线，其实不太适合悠然，灰尘被疾驶的车辆一次次搅扰又一次次扑向路人的颜面，频频地闪躲徒增了这悠然的滑稽，但大厂人如无处洄游的鱼，仍然锲而不舍，不过是门儿清地将不同的区域视作疾行与徐行的相互转换，在跳跃中实现难得的悠然。

曲师傅的命就是在这样的悠然中终结的，显然，他为这样的悠然付出了太大的代价。但时光倒流，曲师傅也许依然会选择这样的行走，那一晚如果不发生点什么，就和任何一个黄昏没什么不同。在没什么不同的日子里，选择一个自己喜欢的方式实现悠然，何错之有？起码他在闭上眼睛前的那一刻，知道自己是在哪里，是在干什么。只是会有不解吧，不解自己何以触怒了上天，将他惶然带走。

还有一些生命倒在悠游的路上，这确实沉重，多少阻了悠游的情趣，但在可见的范围内，依然不绝于缕，蝼蚁一样不屈不挠。这就改变行走的性质了，总不至于同某种动物一样死心眼地赴死也不更改前行的路径，仍前仆后继地无谓牺牲？这么看来有宿命的意味，像是不可逆转似的。

不走干什么呢？

不在这儿走又能到哪里呢？

死亡不是游戏，但好像游戏一样被轻描淡写了。

很多人都热衷过如此行走，还被那过程中的快感臣服，一剂毒药一样，上瘾了就顾及不了毒性。不过就是一个散步，何以就要了人命呢？太过分了。

如果行走演化成一种必需，一种自我的强制，一种中了蛊般的不得不为，会怎么样？像是同初衷背道而驰了，原本就是为了调适神经、调剂生活的，最后反而集体患了强迫症般。

走，成为生命中除了吃住之外的重要一环。刹不住闸般地被惯性带着，继续。

现在又加入微信计步了，每日排名，排在前面的，有莫名的成就感，跟酒量好一样地自我陶醉。好在，客观上成为一种督促和监管。

几番沉重的铺垫之后，行走的半径显然收缩了，人们缓缓地收束脚步，开始在大厂内的生活区划圈。一圈不够两圈，两圈不够三圈。还分出了顺时针逆时针，里圈和外圈。大厂也有了自己的内环中环外环，那是由无数的脚步蹚出来的。

那个场面就像是奥运会各国运动员的进场，层层叠叠一波一涌地连绵着，神龙无首也无尾，环环相扣，以自己的节拍律动。同运动员们进场不同的是，这里没有荷尔蒙过剩的那种欲望的彰显，每张脸无惊无喜，每个身躯不紧不慢，间或有低声交谈，大多是神情平静地默然徐行，在晚饭后天黑前的时段里最为汹涌，之后势头渐次减弱，面目不清了仍然人影幢幢，有时绵延到夜静更深。

3

2006 年 2 月，有关曲师傅的交通肇事案在法院执行完毕，十万赔偿款打进他女儿小静的银行卡。这事在法律层面上，算是告一段落了。

默默地把这钱取出，小静用妈妈的名字存上，然后把存单交到妈妈手里。收好后，妈妈抑着自己的情绪，对孩子们说，这是你爸的命钱，都是眼泪，我不会动。

事情发生在 2005 年的 6 月，6 月 18 日，星期六，晚 8 时许。

厂驻街的双吉街道一辆白色本田小汽车将在厂区外一条路上遛弯的曲师傅撞上。酒后肇事，被送到医院后的曲师傅，宣告不治。

肇事司机将人送医后跑了，吓毛了。处理事故的交警放出话说，再不归案将按逃逸算，心思慌乱地半夜去投了案。后测酒精含量还属醉酒，被定责百分之百。

交警部门安排过调解，想通过肇事方的主动赔偿结束此案，没谈拢。按规定，即当年城区人口的最低工资，按曲师傅过世时的年龄，赔偿款应为十四万多，却只肯付十万。

如今距曲师傅走的那个日子，十五年了。

当年十四个月的外孙，已长成将近一米九的少年。曲师傅不再于家人的梦里期期艾艾。那是家人幻化中的他。他走远了，于家人，甚至鲜少入梦。当年，曲师傅随身的三百元现金，曲师傅拴在腰上的一大串钥匙，被当作遗物递到小静手里后，她收藏在自家一个谁也看不见的角落。

那个叫“涛”的司机小静后来见过，他被羁押大半年后释放，没判实刑也就没丢工作，又回了单位上班。

涛见了小静，低头叫了声姐。小静不再心怀怨恨，不管他本质如何，这件事都是他一生难忘的，自行消化吧。

曾经，曲老师将自己存有几万块养老钱的存单放在弟弟曲师傅处，备着万一自己不行了不至于连“过河”钱都被儿子啃了。没想到自己常常复发的心脏病等心脑病症反而放过了他，看似好端端的弟弟却走在了他的前面。

曲师傅的家人将存单默默地还给曲老师，也把曲老师的托付一并还回了。

曲师傅没了，曲师傅的家还在，他的老婆孩子的凝聚力还黏合着小家里的十来口子人。

曲老师差些，大儿子病逝了，唯一的骨肉被孩子娘改姓带走了。小儿子长荒了，工作也搞没了，落魄非常，结婚离婚再结婚的，一晃儿也快五十岁的人，连个子嗣都没有。

老爷子长寿倒是长寿，但长寿得一点不宽展，老伴去世后形单影只，八十多岁的时候想为自己再寻一伴的想法被儿子立马打消，接下来的日子便是推着往前走了，能走多久算多久。预设的命运埋伏在生命的某个节点处，没人能够未卜先知。

小静感谢每一位在艰难时陪在身边的人，也理解心怀戚戚为自己打算的“施害方”，不耿耿于怀人情凉薄，也希望放过自己不再心生执念。

与父亲的四十年牵绊，就此别过。

爱是永恒主题，爱也能完成救赎。爱，是进化的馈赠。

父亲的意外，却加速了小静的快速成长，原本四十岁的年纪该有的觉悟，反倒在至亲之人的别去之后才得以呈现。只是这样的馈赠，听起来滋味万千，却也是实打实地没有折扣。曾经的任性率真不加收束的情绪，反而被忽然地置于一个振荡器中，任由过滤沉淀再析分出来。

她总结拆分着自己及自己的过往，也反思打量起亲情的含量，对于迁怒于父亲的教育方式和教育方法的诸种，也渐渐完成和解：与过世的父亲和解，与自己和解，与往日和解，与所有关系和解。

她竟然于那一刻才百感交集地发现，自己深爱着父亲，深爱他的给予和影响，深深感激那个不甚完美的男人倾其全力完成的养育，在某个时刻，甚至微微羞愧地发出没人听得见的低呼：爸爸，抱抱我！

不仅缘于亲情的呼唤，更是对一个有血有肉的人的体察和洞见，是赞美和宽宥，是放不下的渴求，是人性的复苏，是善念的永续，是浮动在心田里时刻加强的惦念。

这何尝不是，对于父亲一样的大厂的情感？！对于大厂的父亲一样的痴缠？！

藕断丝连的，是她的少时伙伴。她依然前往大厂，即来即走，少有长时间逗留。都是些不得不迁就的由头，或因婚丧嫁娶之名，或承挚友诚邀之意。在他们那里，大厂的讯息，大厂人的状况，断断续续入耳。沉浸在自己的情绪里无法自拔的时候，陪伴弥足珍贵，渐参与到自我疗愈。

其实无论生死，作为一个平凡的小人物，服务于大厂的众多部件的一枚，曲师傅何尝不是适时消逝的泡沫之一，被替换被更新被淘汰早就命中注定，哪怕寿终正寝也不过如此，一个普通工人的价码无须标定，存在过、消失了，在长长的进化史中，可不就是一片叶子一滴下落的水珠。

谁也逃不脱那张网的捕获。

高低贵贱在死亡面前一律平等。

每一个，都是沧海一粟。

每一个，终究会被剥下功名一切归零，落入寻常。

但历史文化的进程，恰恰就是由他们，无数个汲汲无名者推动着的，历千万载而恢宏于世，历无数扩充补充填充而垫高托起。

个体可能被湮没，但个体的创造和奉献应该被铭记，人类文明文化的进步成果被留存，被记挂，被应用，被拓展……放眼于宇宙，会觉得，所谓生物物种的生命长度，真的太过短暂，以至于短到完全可以忽略不计的程度。如此，还有什么不能释怀？

来来往往中，蓦然发现，大厂，安置着她的太多过往，那里是她脱不去的壳。出身不由自主，经历不可重来，哺育更不可能无视。

假装忘记，都是一种打捞哦。

第九章　浴室里的成人礼

1

你知道干葱叶是什么味道吗？

我替羊知道了。

羊不说，我说。

爸爸说，羊喜欢吃这个，比干草有滋味儿。

我用舌头在嘴唇上扫半圈抿一下，咂咂，仿佛也替羊体会出了味道之间的差异。想，草的涩苦，脱水的干白菜的嚼劲，佐以大葱独有的葱香气，辅之秋末冬初场场霜冻的处理后的柔韧，及大自然搬运来的一薄层泥沙，如此而生那不可或缺的土腥味儿，种种混同，就该是干葱叶的味道了吧。

这样想着，几年，十几年，几十年了，每每在厨房里剥掉干葱叶时，都会替羊品味一回，就好像自己已经拥有了羊的大脑羊的口腔羊的唇齿间的唾液羊的咀嚼行为。

……衔起来入口，然后抬起头，以草食动物独有的漫不经心，一下下地运动着口腔，顺势抬眼溜一圈眼前，秋后的田野闲置出的空旷和舒朗，被风梳理出的从容，依次呈进眼底，波澜不惊。

小的时候，家住大厂边缘的自建房，为补贴家用，爸爸淘弄回几只绵羊，定期剪羊毛卖。有资源有途径，都打听好了的。爸在房前的小菜园里搭一个羊圈，羊由一两只逐渐繁衍出一小群，母生子子生孙，两辈六七只的样子。我负责在课余将早上放出去的羊经管回来。

也就是秋末冬初，或冬末春初时节吧，田野放空了，晨起把羊圈门打开，带它们到家附近乡村的闲置地上找食吃。大半天下来，也能对付个肚儿圆。关键是还能自由地走走停停，羊们应该是相对满足的。不用专人看管，养羊的人也算相对轻省的。

其余时节，羊们没法拥有这份自由，羊就圈在圈里，喂打回的草。夏天是青的鲜草，冬天是枯的干草。

无论什么吃食，羊就那么有一搭无一搭地咀嚼，带着食草家畜应有的良善和温和。不像猪，饿急时忍不住地叫，没完没了地叫，吃相可怖。

那时的大厂与周边的乡村是相楔的，我们家所处的地界便是两地的接合部，抬一眼是大厂的高高烟囱、壮硕厂房及布在视线之里的幢幢宿舍楼，再抬一眼就是乡间的田野延向远方的村路、渐次而排的电线杆还有远处疏淡的村舍及笼在其上的炊烟。

暮秋或春初，东北的乡野是被衰枝败草统占着，灰蒙蒙的不见生机，收割后的田野会余有些被弃的干菜叶子，漫生于田垄间倒伏着的荒草杂草，一律灰褐黄棕色系，但天还蓝，风尚凛，空气里有微呛的沙土气。下午散学后的我，放下书包，赶往田野深处，寻羊。再把它们带回。它们咩咩地跟着我回家时，我就是羊司令。心里挺受用，又终归不愿被同学看到。

大厂人专事农桑的不少，闲时褪下工装，拎了几样农具便寻大厂周边垦荒，种地种得几无闲散地片，有个空场就能刨出几根垄点上些种子。一场春雨润过，绿意茸茸萌出，惬意。

但像爸爸，直接养了这么几个活物的没谁。顶多有几只鸡或一二猫狗什么的。

爸爸说，羊爱吃干葱叶。

这句普通的话，我竟记到如今。

爸爸不是羊，羊的口味和嗜好他怎么知道？他只是个工人。是“业余牧民”，在生命的某一时段内。

他收入低为补贴家用想到了“养羊”，他在厂区与乡野接合部盖的简易住房和房前不大的小园令他的副业得以实现。但还是挺出格的，好像，没谁这么干吗！真是标新立异，当时。

还把我也绑上了。

谁家女孩干这活儿啊？！

都不敢说。好像也没想说。家里的老大，都是爸妈的持家助手，当着半个家呢。基本上，每家都这样，立事早。

别小看这笔收入，当时挺解决问题的。爸爸的脑子活络，看到别处有个叫“铁拐李”的朋友这么干了后他也就痛快下手了，那个拐子李叔帮他给羊配种，还帮他剪羊毛并回收。这物比猪还好侍弄，吃的简单。为此爸还学会了给羊接生，赶上冬天，还直接将刚产仔的母羊及羊羔放到了家里的外间屋地上。

爸爸是农家子弟出身，爸爸会砌墙盘炕，会种菜打粮……扯线接灯是专业，不在话下。所以做爸爸的孩子，也一样能干，必须能干。

大厂子弟有太多的得天独厚，“懂事早”算是标签之一。学业之余，帮父母做些家事天经地义，有时还乐在其中。

小小的人儿，跟家里大人去煤场买煤，有时赶上排队，披星戴月的。作为帮手，大的在前面拉，小的在后面推。使的劲有限，聊胜于无。大人说，过个坎时借点力就比不借强。透着一丝欣慰一丝苦涩。而小的也不过十来岁，至多十四五。家里，留下的是女人和更小的娃。

挖菜窖贮秋菜，脱煤坯晒煤球。都有一个或几个半大孩子，围着大人一起劳作。一张稚气未脱花里胡哨的脸，一直有模有样亦步亦趋地相跟着。

女孩们结伴去拣煤核，胳膊上挽着个筐，筐里放着一把铁丝缠成的小耙子。在职工医院后身，在倾倒锅炉煤渣的大坑旁，在冒着火星和热气的煤渣车后奔跑着，蹲下身子低下头一个个小脏手飞快地翻拣，一块块一颗颗一粒粒，历经煅冶，呈着不完全燃尽的黝黑、炭化后的略微圆润，加之上面被火焰皴搓出的纹络，令小东西煞是可爱。关键是耐烧，不起烟，稳稳的苗子燎着锅灶，实实惠惠的。

……一顿忙活，待那黑黑的煤核铺进筐底，叠至筐半，聚成小丘。回到家，哗地往灶旁一倒，满满的成就感。

几十年后的今天，偶然间路遇一小块这东西，心里都会伸出一个小手来，被指挥着运动起身段，忙不迭地弯腰拾起落袋，心满意足地拍拍袋口揣着带走。对，这一气呵成的动作，是我虚拟的。在这虚拟的程式里，像是完成着一种必需的仪式，埋伏着理所当然的结局。

如今这东西已不多见，益发珍贵，仅供凭吊了。

还去过几里外的一个叫莲花泡的五七干校附近的小河汊子里摸老头鱼，去机场外的大荒地拍蛤蟆，挖野菜。

拍蛤蟆用的拍子黑橡胶材质，中间扎了些孔洞，透气。看到在草丛中倏然跳跃过来的青蛙，一拍子下去，蛙便蹬腿不动了。没死，只是晕过去了。然后抬手拣起扔到布袋里，拉住袋口的绳子封住扎紧。到家后将其盛放到一个不用的小缸中，这时蛙们又活了过来，欢实地上下直蹦。信手抓出几只扔到空地上，赶过来的鸡一口一个，吃得凶猛。不吃素的鸡，肉蛋品质上佳呗。

有人家还将蛙肢解了，将剥了皮的两条白白蛙腿，一串串地穿起来，或晾晒或盐渍。反正看着瘆，够残忍。咱家没整过，美味也不行。

副食品短缺，记忆里，好像买什么都抢，青菜豆腐，肉鱼蛋，米面油，连腐乳臭豆腐都不能幸免。

抑或挤在比自己高很多也大很多的大哥哥大姐姐中，手中高高举着散钞，那有力的蛮横的不管不顾的倾轧挤压，那令人喘不过气的手臂肩背的推搡揉搓，泪往上飞呢，咬牙挺着，倔倔地不肯服软。直到将满满的收获弄回家里，一逞英雄状。

大人们要上班的，家里的孩子甭管大小都得派上用场，大一些的孩子有蛮力讨巧些，小一点儿的，就得硬挺着充大不得不隐忍着压迫，直到一年年拔节出挑成高秆庄稼。

买鱼肉蛋用副食券，是按家里的人头分得的，几口人有几份；买白糖什么的要用户券，每户仅一份。还有各种花样繁多的票证，大大小小印制粗糙却权威霸气的纸片子，都被家里最大的孩子掌管，并负责调度购买。家里大人可没工夫插手这些琐碎，正经事还忙不过来呢！这样的好处是，孩子们早早地进入理家持家的角色，统筹、勤俭的意识，顾及长幼的安排，杂糅着颐指气使的做派，集于一身。有样学样，少年老成。

邻里邻居的把不住风，家里有羊的事还是被有的同学知道了，身后“放羊娃”“放羊娃”地追着叫，气得我抹眼泪哭。曾经领羊归家的那个羊司令的丁点儿荣耀，都只剩羞愧难过了。而羊们偏这时遭遇了大劫，被大食堂的狗给掏了。

那天中午刚过，老羊自己先回来了，以往拖儿带女的，如今只单个一只回来，还不到每天归家的时间。很是奇怪。更奇怪的是，它明显焦灼地有事在身的样子，不回圈，就是想法子引领着主人往东、往田野更深处带。

它的身体指向它来时的方向，它站住不动或前行几步又停下等人。它的眼神不再是温和无害的，它的焦灼里，有明显的央告和求助的意思。

还说什么，跟着看个究竟吧。

老羊看人跟上来，便一心带路，头也不回地往前赶。

走了一会儿了，走到了羊们每日里觅食的区域，远远地，看到有两只小羊蜷卧在地，蓦然心惊。跑过去看到小羊的身体血肉模糊，肚肠处的伤口还流着血。痛苦地低声咩咩，附着皮的羊毛一块块一团团和着血散在边上，几只狗被轰撵开去仍一脸敌意地回望……

老羊明显不敌，只好回家搬兵。那急切求助的样子，那母爱无力抵达的样子，让人有太多心疼。

我都快吓傻了。飞也似的找大人。

临走，没忘回头看一眼躲向远处尚平安的老羊的另一孩子，那家伙带着自己的一对崽没事样吃食，全然不顾这边已然受难的弟妹，以及无措的母亲。

当晚，我和爸爸去大食堂找人，让他们为自己养的狗的残暴负责，想为自家的老羊和它受难的儿女讨个公道。爸带着我，很是生气地上门，很是大声地要说法，在大食堂气雾蒸腾的后厨，人家人多势广强词夺理，比我们更具架势，我和爸爸显然不是对手。好像也说了些我们“职工养羊原本不该”的话，爸爸的维权只好告一段落，悻悻地离开。后来爸爸就把羊处理了，家里一下子清静下来。

没人再有理由和兴趣叫我“放羊娃”了。

2

十岁的儿子买了套外国漫画书，里面提到一个小男孩在公共浴室里的惊悚，的确是惊悚，因为那已经让孩子感觉到了心灵的震撼。他在公共浴室里看到的，不过是一些男人在一丝不挂地冲淋浴。男孩第一次经过时心灵就蒙上了巨大的阴影，而后发誓，永远不再踏足那个地方，并认为那是个比恐怖电影可怕一千倍的地方。书上配有简单的漫画，放大的无非是男人的体毛和壮硕。我不是那孩子，我的女性性别终将无缘那孩子眼中的画面，我的中年阅历也告诉自己对什么都不必惊慌和惊异，所以那个小男孩的独特视角和独特感受，作用给我的是，那只是个例不具备普适性，并不是所有的男孩都如此“过敏”，但他的感受值得重视并尊重，那无疑透露出一线天机，让我们窥见了关于人的心智和身体共同发育的一些秘密。而且，那几乎就是被成人无视的——我们何尝不是被如此地无视过，或者如今，仍在无情地重复着这种无视。

那是一个孩子的世界所不能容纳的有关身体的羞愧和惊恐，那也是我们每个人在不可避免地与未来的自己相遇时，表现出的猝不及防。没有人能给我们一些暗示来缓冲不适，成长只是摸着石头过河、心照不宣、自顾自地水到渠成。

什么时候开始我们才试着关注成长并关注身体呢？

始终，我们像原罪一样对待自己的欲望和发育——思想跟不上发育的速度，内心对自己的细微变化恐惧又陌生，青春期乃至青春前期懵懂得像一具泥胎一般不更人事，但人事还是不期而遇，初潮了，胸膨了，变声了，遗精了，然后就是傻傻地小心地抑制不住地甚至反其道地对异性产生兴趣……大同小异吧，在我们这代人的身上体悟到并经历过的，这一切？

下一代，下下一代呢？或许好些，时代进步，文化昌明，对自我的认知与对待下一代的教育也一并贯通了，神秘原本与神无涉，与秘相关，但不绝对。

网上关于“我从哪里来的”漫画版已令成人莞尔，对于身体的详解已普及到低幼，真的是超萌。

那是孩子的福音了。

起码，不会那么久久地受困惑所囿，拒绝成为拔节的庄稼。

我的童年期生成在大厂，在我对自己及他人身体有了最初的感觉的地方，就是大厂的公共浴室。

中国的、20世纪中后期的、北方的、大厂，绝对是一个值得注重的社会形态，那围绕大厂展开的生产生活，是大厂人人格形成和世界观建立的基础，是由此铺开的大厂人封闭的局限的机械的也自然狭隘的特性之所在。

我在这里成长，也在这里耳濡目染着，习得了小地方的人的小来小去小打小闹，以及自成一统后的洁身自好。各种痕迹矛盾地集于一体，相互冲撞相互抵消。由不得喜欢不喜欢了，这是命中注定的事。

如今我应该算是走出了大厂，偏独对大厂浴室产生兴趣还真是没办法的事。大厂有着太多让人挂怀的地方，印象深刻的也不少，但偏就扎进澡堂子里浓重地书写，多少显得矫情。其实，令大厂浴室如此凸显于其他，个人的主观的因素占先，作用在自己长长的成长史上，不过薄薄一页。可是，那里的一切声光效，以及画面，以及搅动出的关于成长关于身体关于性别认知的涟漪，在我，硬是有着不一般的意义，以致成为不可忽略的、一个痛到极处的蜕，如那男孩的惊悚？

大厂的公共浴室是大厂的一部分，它的分量如此之轻，轻到它不过是大厂的一处极其微弱的所在，占地不大，气势不大，外形敦厚，不太显山露水，最主要的还是它没体现到吃喝拉撒的重要，没产生生活必需的紧迫，不算可有可无，也绝对跻身不到非比寻常，非同小可。

这浴室的分量又如此之重，在于大厂向大厂人及大厂周边宣示着一种舍我其谁的优越，鹤立鸡群的优越，井底之蛙的优越。洗浴是晾晒私欲的一部分，它的展示，有着文明进步的意思，有着生活方式的内容，还有一种昂然而立雄视天下的膨胀，乖乖，不可小觑。看着大厂的女人们着彩色薄衫三三两两地抱着脸盆散着湿发施施然于黄昏的厂街上时，那真的是一道风景。面庞的润和前额的洁，是被不经意地托衬出的。风中流淌着的香波的味道和蜿蜒而行的娇俏气息，是渐行渐远的，意味深长的。

那几乎就是大厂独有的气息，看似内敛实则喧嚣，霸气外露又漫不经心。

很容易激人想象，关于胴体的诸种，以至于对浴室的内里，满是热腾腾的铺排。

大厂的浴室是不对外的，仅向职工家属开放，也难免不混进几个周遭的乡亲，如混进队伍里的鬼子，相当地警觉也相当地畏葸，匆匆进行然后匆匆离去，那神情姿态的异样很容易让眼尖的大厂人发觉，目光相对，迅速闪避，洗个澡竟如做贼一样难堪，不知以后还会不会继续为此冒险而付代价。

大厂浴室向我们洞开时，我们还是一块青涩的璞，身条细细窄窄的，不谙世事地穿行在大人之间，以嬉戏为乐。手臂高高地举起，在蓬蓬头下面迎过一注水，与众多的粗壮的手臂争夺，也总处于劣势，有时还被壮硕的身形撞歪到一边。

我们是一群湿淋淋的小鸭子，我们没有大人陪同，就几个伴结在一起隔三岔五地于傍晚来到这里。大厂的作息是下午 5 点下班，浴室就雷打不动地于五点半到八点半营业，票价是象征性的，几分几角的样子，向大人讨来并不费事。

我们就在小小的年纪里学会了相互搓澡，手缠着毛巾在同伴的左脊右脊自下而上地点点推进，又在她的手臂上一旋二旋三旋后利落地完活。别小看这程式，长大后到另一个城市生活，周围尽是精英的外来移民，才发现搓澡里还隐藏着一些讯息，在不小心遭遇到笨拙的同类时，立马有一种文化上的优越，那是她们的家乡无法培养出来的。

浴室里蒸气腾腾，一种外面没有的水汽味直冲肺腑，那混合着人的体味的气体连同挨挨挤挤的身体，连同水流哗哗的声响和嗡嗡的人声，构成了大厂公共浴室永远的风景。我们对一具具肥白的身体印象没那么深刻，对自己的身形也没多少在意。所有的凹凸当然地竖在那里，是我们的母亲我们的祖母的翻版，是结下我们这种果实的树，有我们熟悉到闭着眼都能洞悉的关于母体的绵软和起伏。忽然地睁开蒙昧的眼，是来自于自己的惊醒还是他人的提示呢？真不知道。

只知自己的身体有了变化后才学会悉心观察，才发现那束着文胸的姐姐们的身体是那么引人遐想并心向往之，还有，那举手投足间的韵味和对身体发肤的细心呵护，竟流畅着一种我们从未有过的艳羡，我们丑小鸭一样地比照着自己，对自己隐隐的鼓突很是羞愧不安，又很是自惭形秽。

我们的偷窥竟然从浴室里跟踪到换衣间，好吧我们承认我们更喜欢看那些姐姐们将身体一层层包裹起来的样子，内衣不像我们皱巴巴大咧咧地套上，而是有条不紊地细致细心地摆弄，然后用毛巾掸干长发，傲然地挺胸摆臂走人。那里面简直有对青涩的不屑和镇压，让人愤愤。

重新回到水流之中冲洗，心底便泛上几缕说不清的什么。成长的烦恼糅合着成长的祈盼来回辗轧着，内心感受着从未有过的新奇。有时，感觉另一个自己正脱体而出，飞到半空中，看着下面那个小小的身体像个发芽的豆子一样充满了不可知的力量，就无耻地笑笑，兀自游移一会儿再淘学的孩子一样溜回体内。

一柱红线猝不及防地顺腿蜿蜒，人立刻傻了似的惊慌起来，立马蹲下身尽可量地收缩自己，恨不得微缩成一枚果核。自欺欺人不当事，又旋即跳起身兔子一样奔逃出去欲穿衣走人，那弓着的腰并着的腿撇拉撇拉的姿势难看极了。

大厂浴室的笑声追了过去。

3

青春季最躲不开绕不过的，当属情感之惑。用长长的一生比对，那时候的伤怀充其量是成长的附庸，是插曲，是流着流着便干涸的小溪，是漫长人生中或可忽略掉的无数“意难平”之一。

可也知道，那时候的痛觉神经真是发达，揪扯着心的难过，无所适从的茫然，不知解决之道的混沌和黑暗，足以把人压榨得失去生的勇气，如今想来，仍有疼痛自骨缝爬出，伤心和难过汇成的情绪流，久久不散。说好的中年觉悟呢？竟兀地爬上一滴酸楚，期期艾艾地落下。

青春祭。青春之祭。未曾情伤不青春啊！

多少的故事被事故镇压，多少的纯粹付出，带着少年自有的节奏。纯美得不受物欲干扰的真空爱情，从来都被礼赞，恰恰出于那一份干净得不容亵渎的在意，仅仅是在意。

大厂青年，也是小镇青年，温吞吞暖洋洋的在这一隅生长，成长之惑随季节而至，这是不受控制的拔节，是一代碾轧一代的象征，热血沸腾，力比多本能，多巴胺分泌，生理的心理的解释，物理的化学的概念，人的成长哪管文明程度和文化水准的参差，仅凭本能，便可轻易摘下这份生命赋予的礼物哦。

月盈月半，潮落潮涨。

与校园爱情不同，青工们没有书本图书馆阶梯教室，没有小夜曲流星雨，缺少足够浪漫的道具和背景板，以及必要的知识储备，常过于直接笼统。可青春的底色相近，对美好感情的向往不分层次，时机尚可，青年男女的相互吸引和暗恋便如春风野草蓬勃疯长，恨不得一夜绿出个春天。

在车间，哪个与哪个心有灵犀地多看几眼多聊几句哪怕有意无意地多打几个照面，都可能引出一番试探起底的追逐。

有道是“美食和美色不可辜负”。

真相是：成长之初，初逢心事缠身，被谈不上美的“色”袭扰，只有悸动，更多不安，夹杂不该有的罪恶感。适时而至的春心萌动，因原生家庭缺席开解、人生导师又匮乏引领、私密昵友再补位不到，内心盘桓的心事，很难轻易托付，与初潮相似，种种的惊慌和不洁之感来袭，竟至“痛恨”成长。

不解风情，不会温情呵护，只受荷尔蒙干扰，心下暗求亲昵亲密，但少年不懂含蓄，追求的过程懵懂莽撞，只管以没来由的尾随追赶拦截表白，美感全无，浪漫更无从谈起。青梅涩酸，难以匹配内心向往，至自生自灭，正常。

个别的，先是闯过头关，两两陷落，牵手。但闯关的路哪能不掉血？掉血也可能丢命。满血复活重启再来，又可能遭逢短暂意乱，后迅速跳开，被“烫”着了似的，不明白自己得到了什么，失去了什么，想要的又是什么。如此，滋味没待品出，已被告出局。敢情有的插曲，与“爱”字一点不搭界，顶多是些躁动而已。

关关是坎，关关有玄机，关关埋伏着不确定的大招，通关之路难矣。

大了些，成熟稳重些，经验积累了些，成功率也上来了，可此时恋着的爱，浪漫不再是必选项，精打细算谈婚论嫁列入日程，爱就嫁娶，爱就在一起地久天长。这也算长情表白。

也或者，仅仅被认为合适，也可以走下去。人生何处不将就，别人眼中的般配，未必不妥；生死相许的倾情，也难保证终生不背叛。随缘呗。

只是恋爱从来不是两个人相爱这么简单，它与社会人生的诸多因素扭结到一起，与个人遭际命运抉择道路规划混同，那也是长长一生中，最关键的节点，需要将自己立足盘稳夯实，方有心有力，再涉其他。

这不是精致的利己，是真实地为自己和对方着想，霸道总裁职场小白不惜将折腾进行到底的矫情，都是作品中才有的情节，不可比拟，也无从比拟。挑角色去扮演，戏精们才在行。没有经济和精神的独立，妄谈结局。

至于人性中埋伏着的暗黑，私欲利益的盘算计较比对度量，关键时刻显露，纵是神仙美眷，也有面对考验时的犹疑和不确定。

真能修成正果的，怎么说都值得庆祝，值得被祝福。那是恋爱篇的落幕，婚姻篇的开场，一样的缭乱不一样的质感，另当别论。

又想到自己，在打拼一个社会位置的路上跌跌撞撞，与爱的人相容时难免代入情绪。谁都是独立的个体，没有人有义务必须承重另一人的人生，于是期待落空，进入单打独斗模式。这时的卿卿我我多么奢侈，分道扬镳，是必然结局。

如今，笑言“谢当年不娶之恩”。可死去活来的往昔，仍需自己隔空去抱抱，为终究的错付。

讲个故事吧，是一个叫雪的女孩的。

我们同届不同班，高中毕业时同样没考上大学，在大厂工作的父母，同样不放心孩子就这么闲下去，就找了同一家的、大厂之外的某中学，补习。

那是一家地处乡镇的中学，收的多是附近住的农家子弟。没贬义，只是道个差异。同学和我们有太多不同，相融费点儿劲，在此补习的七八个大厂去的孩子，自然没事时拢在一起，来去抱团。

只是路远，每天通勤的路途长，通勤的时间也长，渐渐接触多。她长得漂亮也是罪过，眼见放学时，她和我们一同走出校门，却被不知哪路的一群霸道小子拦住，故意地挤撞，她闪躲也闪躲不开，吃了不少亏，却硬着头皮突围。我们一同的，暗着急，明知她被欺负又使不上劲，顶多紧拉着她的臂在人缝中穿插，不时也挨几下撞，好歹冲出去。

没等参加高考，我们就提前结束补习了，大厂幼儿园要招一批保育员，在我们这一届的女学生中。于是我们草草结束这半年多的学习，工作了。又在一个单位。

大厂幼儿园大，依孩子年龄大小分各种班级，在每周例会和全员大会上，我们偶有碰到，平时鲜见。只知这个时候也依然有当初对她有意的那些人，来找过她。结果不知，算是兴起的水花。好看的招人惦记，不好看的，看个风景旁观热闹。

一年半后，又因为同样的原因，我们又一同转到其他车间，当工人。

幼儿园婆婆妈妈的事多，不适合小姑娘干。车间不一样，同龄人多，同龄异性也多，自然有意思些。

一路同事做下来，应该近些，但没，只泛泛之交，没更多深入。

这么多铺垫有点啰唆，想说的是，彼此心路相近，不紧不密，也不疏不淡，还好。下面才真正进入故事。

她人长得漂亮，但性格不外向，私交深的朋友应该不多，最后选中我，情非得已。当然，一段过后，之间交情又恢复到一般，现在早泯然无交集。

是因为一件事，情事。

她交了个男朋友。她二十岁了，交个男朋友不出格。出格的是他们那个了，这按理说也正常。但车间里觉得不正常，以某位领导为首的，收拾她，让她写检讨。检讨吧，还得要求写上两个人在一起的诸种，否则不深刻，通不过。她自然一遍遍用心修改争取过关，可苦恼的是总过不去。

实在没辙找到我，可能觉得我的文字能力多少能帮到她。

我就看了她的“检讨”。

我比她不如太多，雏儿一个，顶多在各种书里丰富一下想象。但这“检讨”也让我看乐了，她就一琼瑶呀，满世界都追捧的言情小说大家。直觉告诉自己，她这文不过审是有理由的。她风花雪月的文青气质，写情述景状物，唯独没有深刻地认识错误，变态领导要看细节，她给的是梦中花水里月……

这忙真帮不了，谁也不好帮。事主的内容唯个人知，领导要的深刻，也得自己体会。窥私隐是道德范畴，假公济私的头儿，有点让人恶心。又正义化身地要人低头，做小伏低，这头咋个低法？这小咋个伏法？

片刻的交心，我爱莫能助，又差不点成相害帮凶，她还搭上秘密。看着她那双漂亮的眼睛那张漂亮的脸，我都能感觉到她内心的起伏和失落。

后来好像也尽了点义务，出了点主意，好不好用不知道，好歹对得起良心。

我们是一同离开车间、离开大厂的。她考上了电大，我考上了职大。自此别过。

她最后嫁了谁不知道。与她分享过的这一段，无论如何也算不上什么。我们都长大了，走远了，时空上，距离那段日子已遥不可及。

第十章　大时代里的大厂人

1

罗大佑的《恋曲 1990》拉开了 20 世纪 90 年代的序幕：

轻飘飘的旧时光，就这么溜走，转头回去看看时，已匆匆数年；

苍茫茫的天涯路，是你的漂泊，寻寻觅觅长相守，是我的脚步……

平缓清淡的一首歌，勾起人无限遐想与感伤。

而相较于个人情感叙事，20 世纪 90 年代最火的两个词却透着无限感伤，无力遐想。一个叫“下海”，一个叫“下岗”。都是对现有秩序的破坏，都是充满未知的清零后再开始，只有一个动词能准确形容，那就是“出发”！

一个中年男人的沧桑歌声里，唱：

昨天所有的荣誉，已变成遥远的回忆，辛辛苦苦已度过半生，今夜重又走入风雨。

我不能随波浮沉，为了我挚爱的亲人，再苦再难也要坚强，只为那些期待眼神。

心若在梦就在，天地之间还有真爱，看成败人生豪迈，只不过是从头再来……

伴着淅沥夜雨的出发，自打鸡血的悲壮与无奈，这样的豪迈里是透入骨髓的自我审视自我评判和自我置疑。而东北，工业基础雄厚的共和国长子，率先承受了转型的阵痛；东北的工人阶级，率先被时代洪流裹卷入懵懂的未知中。

在20世纪50年代占全国工业总产值一大半的东北，曾经有多么热烈，之后就有多么岑寂，在破产兼并下岗分流等等一系列的剥离重组，东北，东北重工业完成着艰难的转身。凭保留下来并被壮大的企业，凭一路打杀出来的血路，完成着同道者的未酬之志——

总有克制不住的缅怀，在被岁月之水淹没后，一些气泡试探着冒出来，微小且执着，一串串地向上升起。宏阔壮观的大水，可以略过泡泡们的存在，但介意与否，它都在哪里，它就在那里。比如，以一个老工人的身份，对大地上的老厂房的介怀……看电影《钢的琴》时，那一帧帧老厂房画面，那开动起来溅着火星的机床，那被拉倒爆破的大烟囱……

谁会记起那里曾经发生的忙碌，曾经出现的拥挤，机件和产品堆垛，曾经的机声人声，曾经的一阵阵打鼻子的机油味儿熏就的空间，还有产值效益，还有奋战的标语口号，等等等等。一只被丢弃一角的手套，萎靡着，落满了时间的灰。那也曾经被一只手温暖地充盈、被各式工具豪放地摩挲哦。

十年后的2000年，二十年后的2010年，乃至三十年后的2020年，中国社会的巨大变迁，得益于这份牺牲这份沉淀和这种积累，但是一代人茫然四顾的怅惘，还是定格在了“中国·1990”的记忆中。没错，现在来看，那样的超大魄力的削砍的确是大手笔，可谓目光长远，也可谓泽被后世，可当时所承受的和所担负的可想而知。

90年代，危机和机遇并存，有下海后自掘出第一桶金扶摇直上的；有卷入海水中不习水性奋力上岸的；有被打入大海深处混沌沉没的；有下岗后凭破釜沉舟的爆发硬挣出一条生路从此柳暗花明的；有自此沉沦浮沉于大时代的潮流中颠沛无着的；更有生命力顽强、不甘不愿就范于命运，反而活到了自己的高光时刻的———幕幕不及彩排的人生悲喜剧，从来也没像那一时刻那么荡气回肠，起伏跌宕。

有数据显示：1993年至2001年，中国共有7000万人从国企或集体企业下岗，以一家三口算，直接影响到2亿多人。

生活的惊变最为具体。

我掂对自己袋中银两，算计开支。那些年的中国首富排行榜“你方唱罢我登场”来来去去走马灯般，于寻常百姓而言，不过是不相干的谁谁。自己的切身利益更要紧，肉价菜价、就医求学，是本，是现实，是保障活着的一切。

大厂的低谷期来临，产品任务锐减，开工不足，“吃皇粮”的优越感渐失。以现有产能，开发民品欲杀入市场以缓冲企业压力，却力所不逮……一个个普通家庭，分解着这自上而下的变革之果。

曲老师家的境况跌落得较比彻底，曾经的优越变成了讽刺，行伍出身的曲老师宁愿自诩文化人，可在现实面前，文化人的文化、教化，竟不敌简单粗暴的强制命令起效，体现在家庭教育上，两儿一女的成长路径浸透了他的难过和难堪。

大儿参军入伍，复员后被安置回到大厂，行二的女儿成绩不错，技校毕业后也顺利进入大厂工作，最小的三儿顽劣了些，但靠着老父的提前退休，顶职接班，也有了大厂正式职工的身份。到20世纪80年代中末期，曲老师一家，尤其是子女安置这块，都是被羡的对象。

1990年夏初，不到三十岁的大儿病逝了，肝硬化，脾摘除，术后没挺过抗感染期，意想不到地撒手了。媳妇带着年幼的女儿回了娘家，后来改嫁了，把孩子的姓也改了，一点点地跟曲家渐行渐远。到二十几年后孩子出嫁时，也都是由妈妈一人亲力亲为操持，父亲及父系一族，仿佛不存在一样。也确实，没让尽到一点养育义务，要什么权利？没资格挑剔。

女儿倒是不错，进了厂后还赶上深造，在职修得一张值钱的文凭，被调到车间办公室负责财务。却不知是在哪个环节生事，被下岗分流，然后不知所终，很多年没有音信，不知道的，还以为人没了呢！被卷入传销放不出来而面临失踪也未可知。在厂时，曾有过一段短暂婚姻，未及生育就散伙了，这个，也成了她后来无牵无挂浪迹天涯的理由。很多年后，人倒是露面了，可依然是孑然一身，说是一直在南方某省会城市做家教。只是没见攒下什么，精神上似乎还出了点问题。如今在离家不远不近的地方，租房独住，社保上的养老金维持着还够用。

最添堵的是三儿，接了班有了工作挺好的事儿，却在感情上栽一跟头：跟厂里一小姑娘以谈恋爱之名，带着人家去了海南一周。回来时，被人家妈妈告发，以流氓罪被逮捕，后被判处八年徒刑，连大哥去世都没赶上。工作没了，人生毁了，出狱后找了个农村姑娘结婚也没长远，离了再找找了又离，没个好女人能受住。吃辛苦卖烤串养活自己也只是一阵子，找活干，出力气，也没有挑剔的本钱，收入可想而知，挣多少花多少，一晃大半辈子了。要不是爹的离休工资可观，爹的两室公房还能挤住，感觉他所尽的“赡养义务”也会打折扣。

难为被在人前一声声“曲老师”“曲老师”地叫着，曲老师心大，扛过了一次又一次的打压，老了老了不敢扬眉吐气，活得憋屈。连稍微想指望一下的兄弟，也先他而去，病怏怏的老伴也没靠过他，走了。临了，他只守着老房老儿，挨着过着。如今，父子俩加一起的年龄已近一百五十岁。

所谓关一扇门开一扇窗吧，老爷子平素没事去社区上班，自愿干点力所能及的事，抄抄写写的。老人的毛笔字正经不赖，在地面上有一号的。开门授徒也不是不可，一帮小孩子被爹妈带过来让他教字，他教过一阵子还是愿意散淡，便撤了教书案子，甘心去“社区”办公小楼上班，纯尽义务，在一间专门给他辟出的小屋里，写写画画。还被社区上报到区里市里，获评“吉林市好人·老有所为”奖。拿出大红证书奖牌给人显摆时，才发自内心地喜乐，眉毛胡子都跳舞了。

曲师傅没曲老师文化水平高，信奉棍棒之下出孝子，丫头们被管得敢怒不敢言的倒也没出大格，没生出儿子没人接了户口本略有遗憾，但他的教育手段和教育成果自认为比哥哥那一套管用，除了两个大的三十大几仍没嫁人让他气不顺外，还没什么太大闪失。

他的人生似乎处处是矛与盾的制衡，他自己没什么文化，便讨了个当教师的女人做老婆，又各种许诺激励让孩子尽可能地受到好的教育，以一己之力往上供。可供到一定程度，又发现受教育不仅使孩子眼界更开心胸更广对自我的要求也水涨船高，还念书念得十分有主意不听摆弄，便觉得平安顺遂也是福，女孩子家终究立业成家是王道，否则筛下来剩到家里也一样一样地让人闹心，便做主让最小的早早嫁人了。之后不再看谁都不顺眼，不再露出谁做他的姑爷都不够格的一脸凶相。他最大的外孙子竟是最小的女儿生的。第二个外孙子由另一女儿生出，竟与当哥的差了一轮，第三个外孙出生时，他已过世了。三个女儿换来三个外孙，加上仨女婿，过年时竟也扑啦啦地摆一屋子。

孩子们的成长自然也离不开时代大背景。

老大立事晚，上了几年班才想起念书，念了书回来便不再稀罕原来的泥饭碗，可90年代初正经的全日制大学毕业的都不大好分配了，“五大”毕业的证可不就是一张说轻不轻说重不重的纸。几经折腾，好歹又回到了体制内的某国营厂，不是生长于斯的大厂，是左近的另一家国企，只是挑剔不得，得从学徒工干起，三班倒，挡车工。活累钱少没前途，但似乎有个饭碗保障。只是被管到贼死累到虚脱时立誓换活法，竟还一步步遂了愿，后脱胎换骨地跃升到当初打死不敢想的位置做起了白领。

二女儿学“药学”进了医院的药房，却白白负了大学四年的努力，在门诊药房取药付药跟个卖酱油的没啥区别，看同行不少都去做了医药代表赚得盆满钵满，也一尥蹶子停薪留职去了一家药厂当制剂车间主任，薪酬不低，是原单位的几倍，关键还有排面。又起幺蛾子在网上看到一则招聘动了心，想去广州某小医院，也就是广告打得火热的生殖泌尿不孕不育那茬的“莆田系”，被老爹生生扯住没让去。后来兜兜转转又回了原单位上班，因为怀孕了也因为民办药厂风光不再，自觉还是做“单位人”稳妥。好在这时的单位也摆脱了不景气，一点点回暖。

老三没被父亲寄予厚望，本以为进了一家国企一劳永逸，找了一个看上去还不错的小伙嫁了也中，却没想一劳永逸“哗”地不存在了，看上去还不错的小伙跟闺女一起被一竿子打落入水，只好学着自己打食吃。十几二十几年下来，辛苦归辛苦，也依靠着一个小店面攒出了房和车和儿子上大学的一应开销，每年还自己缴上社保，着实比当初上着的那个班强些，只是个中甘苦自知。总觉没受过足够的教育是短板，岁数不小的人了，还一门心思念起了成人高考，得了文凭后又考了个执业药师证，如今在城里药店打工，也就是个卖药的店员，却撑着大半个文化人的体面。

姐妹几个在曲师傅的坟前一张张续烧着纸钱，也把自己这些年的过往在心里默数默念着最后一并捎给了父亲。

看似只是家庭因素的变革，也不妨说，是对时政经济文化大背景下的社会进行尝试性解读。

曲老师曲师傅各自的家庭折射着社会化进程的一小块影子，管窥，有以偏概全之嫌。或许不断累积的危机意识和因此逼迫出的学习能力起了向好的作用。或许“温水煮青蛙”的效应以及情商差异诸种，将所有的不适放大，最终覆水难收，成了反向的由头……或许吧。

统观 90 年代的飘摇风雨，让一代人不可预见地成长，并在调整自我、学着适应中，生命的韧性得以展现。

2

大厂的教育资源和教学环境越来越让家长们忧心，地处郊外的大厂，子弟中学初中部高中部都有，但是教师收入与大厂职工挂钩，曾经都往里跑的单位现在反向输出，“水往高处走”也是人之本能，老师只要课好，往好一点的学校跳槽并不难，况且，民办中学开始崛起，开出的价码也构成相当诱惑。如此，搞得子弟校的升学率弄得人无法直视，家长们被迫另起炉灶另想他辙。

利头闺女上高中，两口子在城里的学校旁租了个房，媳妇陪读。工作还不能耽误，每天孩子上学了，坐早班车赶回单位，晚下班再回城里给孩子做晚饭。一通勤就三年，风雨不误。利头工作情况特殊，上班加班的没个准点儿，也只能辛苦媳妇了。过意不去时，趁着难得的休班跑去城里给孩子做顿好吃的，再巴巴地看看孩子，讨个笑脸。

孩子也不是什么学霸，家里也没那么富裕，但苦谁也不能苦孩子，若不努力尽量给孩子创造个好点的学习环境，日后耽误了前程，当爹妈的会愧悔。更何况，在大厂，已有太多类似的家庭在做着同样的付出，不说攀比，可眼睁睁看着，心里终究不忍。

开销骤涨，租房费用是大头，高中生的学习费用也相当可观，生活费、通勤费什么的，反而算小头了。每天来回一百来公里坐郊线车往返，体力精力的付出，工作生活的两头顾及，加之孩子成绩的焦虑，凡此种种，都堆在心头。死扛。为了孩子，利头媳妇同所有当妈的一样坚忍坚韧。

这个叫梁月的小丫头，一岁刚刚断奶时，妈妈为了好不容易争取到的学习机会，扔下她就去上学，大连的部属职大，财会专业，一学三年。身处异地，母女相隔，没有如今便捷即时的通讯联系，每每在周末才能排着队轮着往回打个电话，一诉惦念。初为人母，万千不舍，也只好放下。三年学成，孩子已经四岁了，在孩子成长的重要时刻，当妈的是缺席的，是对孩子有所亏欠的，因而当面对孩子成长的又一重要关口，想都没想便做了决定，即便有虐，也当是补偿。

利头的老父母离开了岗位退休了。姥姥已于几年前病逝，八十四岁高龄，随闺女支边，老骨头也埋在了这里。

但退休的父母好像好日子还没怎么享受到，就卧于病榻，尤其志璞，那么爽利干脆的人，那么要强上进的人，偏瘫了。

晚上利头躺在妈妈的脚边，候着妈妈的吩咐，嗅着妈妈的味道，心里眼底全是与妈妈几十年厮磨的点滴。妈妈在医院药房工作，妈妈的味道更多是医院的味道，以及厨房的味道，只有深嗅再嗅，才能在众多味道当中拉出一缕独属妈妈自己的味道，那是幼年时贴伏在妈妈身上感受到的最安心的味道，那是身体的味道、头发的味道、护手油的味道，交织出来的，带着体温带着绵绵不自息的亲抚和爱抚。中年的利头蜷伏在妈妈的身边，仿佛又回到了小时候，夜晚独睡的想念一次又一次来袭。只是如今，妈妈成了他的孩子，弱小而无助，那时断时续的母亲的独特味道，又被疾病掠夺太多，无论怎么努力，那味道都被稀释得越来越淡，快要消失不见了。

天气晴好时，利头推着轮椅带妈妈出来晒太阳，阳光的味道冲撞得人想打喷嚏，利头忽然就想把下巴轻抵在妈妈的头发上，他被自己的想法鼓励着俯下身，就要触碰到妈妈头上时，忽然就清醒了，不好意思地用下巴摩挲一下就立起身。一个中年男人的情感表达，不得已半途而废了。

几年后妈妈还是走了。

眼见得父母老迈后的无助，自尊体面打了折扣，脸上布满“成了孩子拖累”的不安，利头就心疼，心疼得不行。更怕自己也有一天让孩子像自己一样。他开始有意识地锻炼，增强体能，他想，起码把成为孩子拖累的日子尽可能地往后拖，能给孩子些帮衬更好，若不能，那就别扯孩子后腿，现在孩子面临的压力更大，承受的责任更重。

他果然成了同学们当中体型保持最不错的，没有高高的啤酒肚，没有一身软塌塌一动乱晃的肥膘，人显得挺拔精干不少。当真脱衣亮相，几块腹肌排列着，晃了别人的眼呢！

每年的夏秋时节，中午吃完午饭，他会骑上自行车飞快地向厂外的田野深处急驰，在一个天然形成的河湾处扔下自行车，换上泳裤一猛子扎到水里，畅快地游上几圈。

这里没人，这是他自己发现的乐园，这是他在繁忙的工作生活之余，让自己最是放松的时刻，也是最惬意的时刻。温温的水，旷朗的风，一切都铺排得刚刚好，很好。逍遥也不过如此了。

半小时后赤膊肩搭着一件衣往回猛骑，再出现在工位上的梁工，又是一条好汉。

大厂没有健身房泳池，有也没闲没钱去消费。再者，多少钱能买到他的那份隐秘的满足？

秘而不宣的快乐。

很久很久以后，才想明白，这方小小的水域，之于利头的意义。这时候，利头已经是当了外公的人了。

利头的女儿梁月被拉回大厂的缘由很简单，大学毕业后有太多的选择等待着，有太多的未知和方向供参考着，犹豫不决中，利头媳妇劝丫头，那就回来吧，实习一下也好，娘是干这行的，多少能给一些提携。小家伙就别了各奔前程的同学们，又回到她自小长大的地方。这时候的孩子可没祖辈父辈从一而终的想法，只是单纯地觉得，可以一试，不行再说，天地大着呢！

大厂的磁力渐强，成为继有亲人相伴在侧外，留下的充足理由。

其实，要想做出点成绩，要想让自己的人生添彩，在哪里、做什么都不重要，重要的是，有没有那份必需的人生规划，有没有祖辈父辈那为了实现自我价值最大化所呈现的尝试和努力！

如此看来，留下，也只是第一步，接下来的路会更加充满考验。按照丫头预设的前景行进，委实任重道远。但相信几代的铺垫，几代的传承，那份耳濡目染和言传身教，将是最有力量的给予。

和曾经有过的孔雀东南飞相比，这算是逆行吗？在很多老一辈的大厂人眼里，他们可能更愿意把这看成是希望的回归。毕竟，年轻人总会选择希望，而年轻人的选择本身就是希望。

让父亲的同学同事感到时光如电的是，小姑娘上大学摆酒好像是不久前的事呢，怎么一眨眼，丫头结婚摆酒的宴席又排上了日程。老家伙们拍着利头的肩膀，看着利头细眯的小眼乐成一朵花，就觉得这小子一步赶一步地挺踩点啊，啥都不耽误。

志璞和妈妈。

志璞和梁钧。

利头和媳妇。

月月和老公。

月月抱出个娃娃。

六十多年的时光被压缩成薄薄的一片，多么壮阔又丰富的历程。

旧有的化作春泥碾作尘，新鲜的粉嫩的希望拱出土层。

大时代的沉浮作用于个体，唯生生不息的顽强，在大地上绵延。

没有什么能够阻挡历史的前进，大河之水以自洁功效，完成着必要的淘洗。

3

利头主厨，我打下手。

如开夫妻店的一对老家伙，勤勤恳恳，放下菜刀拎起大勺叮叮当当地忙活。主人身量小，我们俩翻找出两件围裙套上，有点箍。只是一件湖绿一件金橘，颜色上显跳，刚刚罩上时，互相望望忍俊不禁，二人转演员的即视感，凑合吧。

别人都奸，就把我俩扔厨房了，油烟一头腥膻满身的。

不时还有进来拍照的，拿着自拍杆，头呈四十五度仰角，笑。我们俩又成了背景板，时而也跟着龇个牙把头探进镜头配合一下。他们一拨拨来了又撤了，我们还得继续。油烟水蒸气混着饭菜香缭绕，生鲜鱼肉血腥气糊着身手，一顿掂弄，伸脖冲客厅里的众位闲杂人等喊：传菜——

也有人进来，临时“秀”了一两道拿手菜，然后就大呼小叫地端出去，一顿显摆一顿介绍一顿为博掌声而制造着掌声。

只我们俩老老实实地焊在这儿，直到所有的菜品全都上齐，又抹净了案板洗涮了锅碗瓢勺，才解下围裙坐进席间。

同学会热热闹闹地张罗起来，有台前打腰提气的，就有台后我们俩这种默默奉献的。我还好，多少装出点“本分”，显得家教良好眼里倍有眼力见儿。

利头可是没商量地给派进厨房，都知道这小子厨艺了得，也都知道派给他的活计他肯定没异议，只能干好必须干好。

三岁看老。几十年前还都是少年时，大家就知道利头的“面”、利头的“没脾气”、利头“咋安排咋是”。其实利头只是憨厚不计较，眯眼一笑，知道大家多少熊他，可也没多少恶意，乐得显显手艺。平时被谁话里话外挤兑一下占个便宜，也仗着发小的情谊，打个哈哈就过去了。有时还顺着别人的意思，自黑一下。所以，利头的好人缘也赚下了，很是被抬举，只是抬举方式不同，对有钱有财有权有地位，或有才有文化有排面的，人们的抬举里多少有谄媚的意思，稍微透着“虚”，对利头的抬举，则是“欺”和“昵”，胡噜一下脑袋搡一下背，捏着小盅陪他呷，还整不过他，利头酒量了得。

以前利头媳妇见了我们一帮子同学也嗔骂，说她家利头她自己欺负行，别人欺负她可不干。但一次也没硬挤进来讨嫌，知道分寸。

同学小辉把住在农村的岳父的三层小楼给暂时接管了，我们同学会是带着自己据点的，同吃同住同参加集体活动，有什么手身亮什么身手，不带藏奸耍滑的，一帮五十多岁的男男女女，把自己活成了“从前那个少年喂呀”，热闹时能把房盖儿掀开。

男一男二男三，女一女二女三，渐次登场，铺排着各种事项，下面还有高声补充着的，声音一浪浪旋过。这时候的利头只是个群演，兴奋地扬着一张脸，看同学们聊发少年狂。不时回以会心一笑，配合着气氛。

实到三十一个人，超过原来班级里总人数的三分之二还多，实在联系不上的除外，能来的都来了。

远道的，甘肃天水，安徽芜湖，河北石家庄，那是大厂分家出去的兄弟厂；还有海南三亚，陕西西安，宁夏中卫，四川成都，山东泰安，北京，上海，那是家伙们自己出去闯荡的目的地。要求制相册所需，远道而归的，都在出发地的车站或机场，拍一张带站名的照片，于是这些弟兄们拉着拉杆箱立于花哨辽阔的地名下拍下的片子，生是看出了大家伙的泪光盈盈：祖国好大啊，弟兄们好威武啊。

混得好的是真好，混得水的也稀烂，去掉最高分去掉最低分，都是中年之后老年之前的一个个小老头小老太太，鬓边的白、眼角的褶，均在每张脸上。有的已经三四十年没见了，还好，见了面眉眼依稀口音一点没变，双臂张开互相拥抱，异性间拥抱前略略迟疑下，怕唐突。

拿出当年的黑白合影重新按那个座次排好再照，发现有的空位已是永远的空位了，人英年早逝再也来不了了。

而同学会后大家又得知，那个抱病而来的黑脸的高个子，合影时总是站在最后一排最边的、似乎总想隐藏起自己的那个，不久也过世了。癌症晚期，活动量大的集体活动不好参加，加之心情不能过于激动，所以，来参加时也只带了半个自己，另半个已攥在死神手里。

还有揣着“定时炸弹”的，起爆时间因人而异，靠与那东西和平共处暂相安无事，靠达观向上靠乐天知命靠小心翼翼靠钱靠医药靠科学，让日子过成其该有的样子。

议论血糖血脂血压，议论大脑心脏肩颈腰，议论儿子孙子房价养老，议论肉菜价格人均消费，间夹着十几岁念书时被拿着笤帚满操场追撵的糗与尬，以及不想上课爬屋顶上将烟囱偷偷堵上弄得满屋子反烟不得不跑到外面一片咳呛声夸张响起。

最后一顿饭找了个大馆子，在金碧辉煌的大厅里，我们还搞起了红毯秀，一对对的，或牵着手，或挽着臂，男的绅士儒雅，女的仪态万方，边走边挥手致意，掌声微笑里，手机闪光灯配合着啪啪啪啪。音乐，音乐必须起呀！

酒过三巡菜过五味，一个搭一个肩膀舞起了长龙……脸上溢着道不尽的欢喜，小孩子样扭腰送胯极尽能事。

那一天，幺蛾子起的，爽。

什么出轨家暴离婚再婚，儿女婚房老人陪护，绩效报表指标标的下限，三高腹围瑜伽课培训班……阶层壁垒收支差距下，自有自的烦恼，那一刻，大家被这个营造出的幸福喜悦包围着，一地鸡毛的琐碎被放下，开心着大家的开心，忘我着所有人的忘我。

其实群像里的各位，五六十岁的人了，几十年东奔西走讨生活，谁还没遇到过几件糟心事儿，谁还没摊上几道差点就过不去的坎儿，谁还没背着人哭得稀里哗啦过，谁的坚硬下不埋着太多的柔软，谁的故事里不聚散离合百转千回寸断肝肠？

而在这一刻的“郎情妾意”红毯秀，满足的岂止是表面，是醉，沉醉，佯醉，似醉非醉，是醉里挑灯看剑，是醉卧沙场君莫笑，是“醉”酒当歌人生几何。

这样的一个欢乐场，短暂而又局限，可于长长的人生，不妨成为可供吮吸的露，可供滋养的精华，在每一个庸常不堪的日子里，供人回味，咀嚼，提取善意和美好，有力气对这个世界抱有足够的坚持，坚定坚强地走下去。想说呢，将平凡做到极致就是卓越。这是不是就拉低了卓越的下限，让人踮踮脚或许就够得着了呢？

余音绕梁不散，座下，一些个声音散乱活泼地扑棱着，左一耳朵右一耳朵地往里涌。

听说了吧，那谁谁，咱们届的，咋就不认识了呢，× 班的，跟谁谁一个楼的，哎呀，说你不知道，看照片肯定就想起来了，那女生也确实没啥特点，知道的人还不多，要不因为这事，都想不起来她。啥事？说没就没了呗！没的可真是奇了怪了，闲滴，拣蘑菇回家吃中毒了。哪儿拣不好，楼前楼后，唉，吃完就没救过来……真是可惜了了，身体本来挺好的，走得太不值——

下月初又得去随份子，那谁谁的儿子结婚，这不是嘛，二婚了，前一个，小两口没过下去，才一年多。唉，这老的老上火了，不张罗又不行，人家丫头是头婚，不给办人家娘家抹不开面。可张罗了又不好意思，张不开嘴告诉老哥们老姐们……行啦，这咱知道了也别等通知了，捧个场吧，老两口子也不易，谁也不愿意费这劲，都想好好滴——

看我微信运动没，天天均下来两三万步，磨膝盖？不怕，不爬山不上坡问题不大，走平地再不行也就完犊子了。多运动运动，当锻炼了，要不身子骨更僵。现在好哇，大家比着走，监督着走，都不肯落后。哪天看谁步子少了都得打听，是不是趴窝出毛病了。健身基本靠走，那就对喽，能走就说明还抗造——

唉，这姑娘生二胎了，让我过去帮呢，雇保姆啦，不放心，让我也得去。这时候了，都舍不得用婆婆，可着自己娘家妈使唤，有啥招？让去就去呗，当欠她的！说不管，到时都得管，要不瞅着也跟着着急上火，咋整？现在的孩子可败家了，坐月子上月子中心，伺候月子得用金牌月嫂，就是个烧钱，哪像我们那会儿那么能省，还皮实——

赶上延迟了，要不今年正好到点儿。别别，没啥好显摆的，这不是有政策嘛，就多干几年。反正回来也没啥事，让多干就多干吧，上下班忙惯了，冷不丁闲下来，还受不了，贱命。羡慕你们呢，再也不受管了，我这还得天天打卡刷脸刷手的呢，单位现在可不比当初，混不了了，不可能让混。真觉得你们想干啥干啥，想咋地咋地，自在。钱挣多少是多呀？想不开哈——

今年旅游又上哪去啊，走前想着点我啊，一定。这抱团旅游好，都是亲同学没隔阂，看你们上次拍的去盐湖的照片了，可真是好，羡慕啊。哎呀，别提了，去年没去不是忙，忙啥呀，借口呗，就是舍不得钱。这回好，舍不得花也没剩下，都霍霍出去了，连个响也没有，还不如跟你们出去好好溜达溜达看看大好河山呢，要不都对不起自己——

……

街筒子被风饱灌着，声音们从敞开的门中鱼贯而出，带着温热的气息，渐被吹冷后，七零八落地星散了。

谁的手机响了，微信语音的铃声，人急忙跑到道边调低了音量，捂着手机接听，里面依稀露出女人声，叨叨着什么，手机屏闪的微光打在人脸上显得有些诡异，更加诡异的是接听者的姿态，弓着腰背似乎是忙不迭地解释，极尽谄媚。

不远处，马路中间东倒西歪走的一群人，哄笑声远。

第十一章　大厂语系

1

喜见东北方言被各地竞相传诵，以为东北人都有演小品的潜质，一个对话“你瞅啥？”“瞅你咋地？”极尽噱头，仿佛是东北人的见面标配，都乌眼鸡一样先瞪视，报号，拿出用眼神掐死对方的凶猛架势。其实更像个梗，误读着我大东北纯朴鲁直的兄弟。

只是被推广得如此尽人皆知，对暗号一样，出上句对下句，流畅自如，还真有喜感。

在大厂，这般豪横的对话却不多，明了，懂，但不流通，属于自命不凡、不屑为之的那类。

大厂大厂，涵盖着五湖四海，流连着四野八荒，初建时，各地来人均拿出自家运用熟络的方言交流，肯定有不畅的地方，闹误会自是难免。十几年几十年一代代改良进化融合，始形成大厂的语言表达模式，个性被共性取代，有碍沟通的被削弱磨平煅冶再造，始成今日“在普通话基础上嵌入个别东北句式”的大厂语言系统。又土又生僻的方言，自动被剔除，甭管曾经多么高大上，也不行。

鸟叫似的温言软语，吵架似的粗声大嗓，搭配着各自的服饰配饰，大厂的嫂子们居家过日子，在柴米油盐中计量生活，巨大的差异化间离着彼此，最开始肯定有横竖不顺眼，互相看不惯。南方的精致精密以至小气，北方的粗蛮粗放以至不拘小节，都是造成互怼的理由。外向的，不吐不快，内向的，暗施心机。不妨有心眼儿好、心肠热的，差异被放下，齐齐地寻了将心比心的招法，长了便不再视同水火，遇难事见人心，久之更淡化举手投足间的异样，步调一致地相夫教子，日理家事，顾应着工作，协调着邻里。

大哥们也是。常见一发式讲究戴一副近视镜的南方技术男，穿着体面的半袖衬衫西式短裤，与平头赤膊摇着芭蕉扇的北方壮汉膀爷，对坐闲聊，斯文的负责斯文，憨憨的负责憨憨，聊的内容不知，看彼此肢体语言，有来有往地挺深入，蛮协调!

还有用联姻解决语言差异的，一般两口子间交流，没说的，用普通话，或者，用带着口音的普通话，互相听得懂没问题。但其中一方，与老乡交流，或与老家的人联络时，立马切换到旁人无法介入的语系，哇啦啦地旁若无人，其切换速度和切换频率，让人惊奇。

语言的屏障功能起效，不晓别人有被踢出圈的难受，只顾兀自沉浸。分分钟的跑神后，自动续航，开启出厂模式。

他们用一生都不肯放弃的语言，去打通与年少时的自己的联系，以血脉宗亲的名义，葆有对故乡的尊重。

菜式都可以混同着各自口味，何况语言？吃久了，自然喜好趋同，南甜北咸地共济，互相妥协让步，慢慢地，不仅食谱相对能接受，模样相貌也越来越靠，夫妻相了。

也有生生不吃能够融通这一套，立誓一定寻同样的人为伴，南南组合，或北北联袂，也求同存异，又明显同大于异。这样一来，和谐程度大多了，生厌的概率也小。安徽找一江苏的，也算知近。的确，因地域不同，行为观念和处事方法不同，交流沟通的成本也高，极为考验耐力、情商。保持这一渠道的畅通，更显必要。不然，整日地鸡同鸭讲，不仅白白浪费工夫，兴许造成更大伤害，比如一语不发的冷暴力。

大厂语系中少用方言这事，我们打小就知道，比如好多孩子不会说“嗯哪”。那应是每一个东北孩子长在嘴上的应答语气词，但大厂孩子羞于使用，也不惯使用，字典里没这个词。需要应答时，用“是”“好”“知道了”等等，都是“嗯哪”的意思，都代表了知晓的含义，但替换后的回答，自己觉得舒服多了，没有硬拗的勉强和用力。

也自动屏蔽了冷僻口语，比如“来且”。就是来“客”了。可“且”又不全是“客”，内涵外延不同。部分可替代，还有各自语义的差异。

再说，“且”字发音都会，你且说说，这“且”字的标准字是哪个，源自哪里，有何解释，是形声、象形还是会意？一脸蒙吧？

在对长辈的称谓上，我们也自成一体，一律谓“叔叔”“阿姨”，没大爷大妈婶子大娘的普遍叫法。简略得体，还洋气体面。只是出了大厂，习惯地如此称呼时，被哂笑了，戏谑道：“俺家老人听不懂呢。”看来还有个水土不服问题，大厂的语言，输出和外泄不得，桔枳之别。

谁笑话谁呀！话语权被谁支配，就乘势随了去。没压倒强制一说，没哪个更权威更普遍的概念，更像拥有一种趁手的家什，怎么方便怎么用，绰起就来，通晓即可。再难点，辅以手势也齐活。日常用语，也无非吃喝拉撒使用量大，人类皆通，没什么了不得的。

自家老爹的东北话却是谁也撼动不得，也就是一些字的顽固读法，比如“肉”读作“又”，比如“人”读作“银”……被学过汉语拼音的孩子笑话，笑话也改变不了什么，依然如故。出了大厂，这就是标配，再咬文嚼字地凸形象，翻你个白眼都是轻的。来真的，就只有“你瞅啥”“瞅你咋地”，然后拳头调教。

可惜人不在了，想交流都不可能。

大厂招待所常来常往穿军装的部队上的人，这些当兵的的确来自天南海北，语言花哨得令人莫名其妙，只知在说，不知说什么，一旁的大厂娃子听来费劲，全都定义为同一个地方来人——南方人。山海关以南，都是“南方人”。因为没出过远门，没有也不会比较，不知各地口音差别，反正都一股怪味儿，索性统统归为一类。这种简单粗暴的分法，也只有娃子们才干得。

这说起来也是早些年的事了。

现在可不这样，没听中央领导人说话都让人每句不落地听进耳朵，无障碍没差异，全接收。普通话被推广得极为成功，电视中各大卫视在各个城市的随机采访中，几乎每个路人甲都操一口标准普通话。一线二线城市里，路人相遇，同样一口普通话，让人感觉爽利。香港回归二十年，“港普”都有板有眼地进入国人语言接收系统，还有什么不能被同化的。

语言也得允许有个胎记啥的，让父母辨别身份。有点儿家乡的烙印纯属正常，故意存档保持的，也未可知。这较不得真，需宽容相待。犹如在统一制式服装里，微微动点心思，露出一丝不易被察觉的个性饰物。

不同场合有不同分寸掌控，语言这头狡猾的小豹子，不待主人驱动，自己就会出来亮相并跑出个好成绩，这点蔚为可观，着实如此，甚奇！

怪自己孤陋寡闻，没游历过广阔天地，体会不到各地人纯熟地操持口语的妙处。

小静长到快三十岁第一次出差去黑龙江呼兰，对，就是去萧红的呼兰。随大帮参观完后，又趁午休，独自一人去复习了下。完事，一个人穿街过巷回住处。走着遛着，竟感觉这就是家门口啊，一水亲切得无缝衔接，全仗一口无任何障碍的语言。心下宁静，讨价还价之后又拎了几兜菜，过足了与家起腻的瘾。

长成梁工的利头一段时间不出差自己都不习惯。到部队的各个机场“排故”，一住就是不少时日，听的各地方言杂了去了，尽管都是大意明了的湘普、川普、陕普等等，语音语调还是保留的，舌头上的舒卷、语气上的提顿、各地区多少年浸润打磨出的独特指代，名堂多了去了，都没被带偏可真是庆幸哦。终究，耳朵的记忆功能和过滤功能显灵，不会说那些话，不碍去听，去辨，去理解，去消化，沟通还是不成问题滴。

工作关系，同学飞哥长住西安，跟老陕们待久了，时不时会被传染，回到我们中间，一不留神，“美得恨（很）”等形容词儿顺嘴出溜出来，自己不觉异样，挺稀松平常。

年少时就随家迁去安徽芜湖的同学老培，几十年没见，同学会上抱在了一起，听她一张嘴，大伙乐了，嘿——，除了这张脸同大家一样毫无悬念地变老之外，口音一丁点没变，脾气秉性行为习惯依然，仍妥妥的当年那枚文委，文艺委员，直言快语依旧。

较之黑吉的几无差别的语言，辽宁就不好说，黑吉辽哥仨里，只有辽最东北，沈阳是东北中“东北”得比较彻底的，平翘舌不分还是次要的，满嘴的俚俗口语让你一下子想起，这是进了正宗的东北老营。至于尾音上挑，每句都往上悠一下子的读音，那基本和东北全境无关，是辽宁特产，具体说是沈阳锦州那俩溜的特产，不涉旁地。

出门在外，人家问你哪地，顺口回答：东北滴。哥仨共一个老家，只有东北人。

甭管东北人在全国同胞眼里是怎么一个形象，也甭管被普遍唱衰的东北经济，在日新月异的长三角珠三角的人的眼里，显得多么没存在感，俺们自己心里有数，都有数。最血性不过的，就数东北人，啥啥没有，还在冰天雪地里跟日本侵略者尅了十四年。还在中华人民共和国成立伊始，以替父母分忧的长子身份，撸起袖子加油干，吃的用的民生物质，还有率先发展的钢铁能源等重工业产品，东北制造多得是。东北人的爽是有基础的，有情怀跟着的。

不过，好汉不提当年。

好汉终究是好汉，给我点阳光，我还你灿烂。

在大厂，语言是最有趣的集合体，微小差异并不鲜见，过着过着就弥合了，到了下一代，下下一代，已完全建立起新的语系，依然是不说或少说当地掉渣的土语，那是“尊严”，是对大厂“纯正”语系的卫护，是继承。但也不说各地的方言，上了岁数的父母之间用方言交流，小辈能听懂也理解，但不会说回去。就如在中国长大的外国孩子，一张嘴说话就让人完全忘记了他金发碧眼的外貌。

大厂里的体面，当属一口还地道的普通话。

2

大厂有两处招待所，简称“一所”“二所”。

“一所”的建成时间早，设施环境条件差些，因早早出现在大厂地面，担负着大厂迎来送往的接待作用，因此这座不太显眼的二层小楼还是挺让人在意，在意的是它与大厂相携相持走过的年岁。它坐落在厂俱乐部对面，隔条马路相望，像两个豁了牙齿的老人对视。

如今这建筑还在，只是早不做招待用了，被辟给一行政部门做了办公室。因年头久远，楼的外观和内里难免现出破败之相，但老古董的作用就是颤巍巍地给你讲逝水流年，讲历经的一切有趣，本身的存在，传奇一样吸引着人，它的以往被太多故事段子及回忆的片段包裹，很有肌理。

它用过何种规格接待过何等职级的人物，何年何月这里有过何样可供流传的故事，大数据里，这里历年接待过的人次数量、职业分析、重复频次，去向汇总，等等，还有何时被替代、结束接待使命，何时又被委以他用，何时被修缮续航、最长服务年限，等等。老建筑承载的不只是回味，还是比肩相拥的年华，年华里的自恋。还多少关注着，是不是有被拆改的可能，因为，着实老到可以寿终正寝。

记忆里，这里总是庄重严肃，出出入入的，着军装的人多，穿酷帅飞行夹克的飞行员也曾三五成行地进出，余下的就是航空地面勤务人员，也许不比部队，他们在这里的工作略略轻松活泼，多少引逗大厂女子的眼风，飞来飞去。

没有比零散来到地方的年轻军人，更吸引眼球的，尤其暂时脱离部队约束的他们，身上威武兼慵散的气质，自有一种魅力。可能，会有一些最初不确定的姻缘，被最终成全了。

作为大厂的窗口单位，这里是大厂之外的来人在此短暂驻足的地方，也是大厂人以此向外窥伺张望的出口。

入住的人中，有一部分是从本系统分流出去的，再因故、因事回来公干，免不了被打探外面的情况，相互间交换各自需要的信息。在通讯不那么发达的年份，这份寒暄和互访，人情味儿浓浓的。

吃货眼里，只有两种东西，吃得到的和吃不到的。

曾被深深打动过的，是“一所”边角有一个不大的小店，原本是服务于到此的公出人员，但店有两个门，一门开在楼里，方便客人，一门开在楼外，对着街面，也兼顾大厂职工。在副食品普遍匮乏的年代，能在那个小店里淘点好吃的，简直是念想，是生活美好的象征。那里面售卖的，无非是小零食小甜点，兼及一些必需的日常生活用品，不大值钱却逗引着人的购买欲，尤其是孩子。让人盼望着盼望着，哪怕就是去柜台下、橱窗旁，扫描几圈，也很满足。

小的时候，每天能去商店逛逛是保留节目，穷逛，买不买不重要，重要的是逡巡，是在满目的商品间打量观察类比，再反映到相应的反射区，产生各种嗅觉味觉视觉触觉的联想。如此一来，那被满足的过程，竟比单单到手还享用，成倍数滋润。

“一所”是在有了“二所”后，才被命名的，原来就叫招待所。一提招待所，第一反应就是这老所，二层小楼，上下几十个房间。

娃子们不配进到招待所里面，也没那个需求，就只对这个小店感兴趣，着迷。它是对百货商店货品的补充，许是进货渠道不同，这儿总有些市面上相对稀少精致的东西，摆进柜台，撩惹注意。再就是营业时间可以后延，黑了天了，门口还亮着灯，闪呀闪的，勾人进去溜上一圈，看看有没有需求。

被爹妈支使着买个应急物品啥的，举着角子屁颠地去。

不做招待所之后，在那个很小的小店的位置，扩充出一个大的商店，为安置知青的，就叫知青商店，是诨名，另有大名，谓“广灵商店”。这几字还找人书了又刻于匾上，端正地置于门楣上方。店面不小，上下两层，上主营百货下主营副食。开业的鞭炮响过，大家齐拥了去凑热闹。

同时开业的，还有一旁的知青饭店，也有个名，“远芳饭店”。

店名起得很有文化吧？厂子里有文化的学究多了，命名这店那店的，还不是小菜一碟。为自家孩子打场子，上下都很照顾，更何况是安置就业的大事，支持！

去“广灵”，上“远芳”，大家嘴上嚷嚷着简化的店名，像是喊着自家孩子的乳名，亲昵亲切，跃跃欲试。自家孩子工作着的店开张，爹娘老子和爹娘老子的朋友同事，一干人员，哪有不捧场的道理，于是也纷纷前往，一时店里店外热闹非凡，很兴盛的样子。

过了些年，店也不好弄了，又改换门庭，开过网吧，做过家政服务，等等。都不及最初“广灵”“远芳”时人气旺。

此一时彼一时，也见证了大厂“三产”的发展历程。

大厂人的生活习性都围绕着家展开，除上班，三餐一卧都自行解决，所以简单的生活与招待所关联不大，只是每天都从它的身边走过，或许会不经意地打量一下，没有变化是正常的，有了变化才会诧异。招待所就在大厂人日复一日的一瞄再瞄中，一点点走向老迈。没有重视，也没有忽视。天经地义地觉得，有它的景致会永远。

这样的扫描中，能察觉出一二。老式建筑窗子都窄小，显得房间不那么明亮，而且木质窗棂容易朽坏，也不保暖，后来都被换成钢窗，钢窗过后是铝合金推拉窗。如今是塑钢窗的天下，只是老楼已禁不起折腾，如一张皱纹遍布的脸，硬换一口亮白烤瓷牙反而违和、突兀，后来就不那么勤地跟紧了，差不多，意思一下即可，真浓妆扮上会吓人。

“二所”建在厂大门附近，占地挺大，相对地高大上些，曾是大厂地界上比较奢华的场所，里子面子都不错。外面有栽种林木的大院，有茸茸绿地，有石桌椅，有甬道。林木下有掉落的熟透的果子，有没长熟的松塔。院里还有硬覆盖的停车场，很宽敞。

原来都有大门和栅栏封着的，后来有碍观瞻，大厂有关部门下令，厂外生活区的所有场所的大门和栅栏全部拆除，敞敞亮亮地现于大厂人眼前，只在原来的栅栏处砌着一圈石质矮墙，起装饰作用。

“二所”的内里装饰也够气派，大小会议室很排面，领导们的重要会见也都安排在此。

还有一个天台。大厂接待南亚某国空勤人员时，整整一天台的老外，定时完成祈祷，被大厂人好奇地远远围观。

里面还有餐厅，后厨红白案的师傅们级别不低，餐厅也够大，接待一定级别的人员就餐，以及接待相当规模的人员就餐，都没问题。大厂地处郊外，想就近找个好点的馆子不容易，若想再好些，就得驱车几十公里进城，自是不便。所以，“二所”的厨子必须得有拿得出手的菜品。

说起来，这也是二三十年前的事了。

现在不一样了，交通通讯都方便快捷，去哪儿都不是事。只要愿意，指哪打哪，没含糊。

“二所”的餐厅功能扩大，扩到足够大，主营对外业务，承接婚礼、升学宴等等大事要事，算大厂地界较有排面的场子，摆个二三十桌没问题。隔三岔五的，就有喜气洋洋的鞭炮炸响，充气拱门排上新郎新娘的名字。既让招待所有所创收，也让大厂人稍微有点归属感，不然，都跑到别处办喜事，显得家小破败啥啥都拿不出手。

有趣的是，这硬件上来了，软件尚待提高，就是就餐素质这块，嘿嘿，有点那啥。

几年前，小静带着儿子一起回来参加个婚礼，不待吃完，桌旁就围几个大妈等着打包带走，大肘子上的骨头是给留自家狗子的，骨头上连着不少肉，算是随份子的补偿。能带走的绝不留下，至于桌上的瓜子和大桶可乐雪碧，都是可以顺走的，不然浪费。

3

北京西打磨厂。

这不是厂名，是个地址，是一处招待所的前缀，在北京前门附近的一处深巷里，一处小旅社。那个时候还没有贯穿南北西东的高铁动车，乘飞机出行太奢侈不普遍，因此，大厂人北上南下坐火车都在此中转；系统内的人南来北往的，也落脚在此。自然的，大厂人及其一部分家属等，出差在外，都把这里当半个家，当必栖的驿站，甭管能住多久，哪怕几天，都对这个招待所里的员工，即前台、服务员包括食堂大师傅，亲昵如家人。工作人员有着北京人特有的熟络热情，一一笑应，宾主尽欢，离开后还不时叨念，及被叨念。

对这个招待所，有个统一的简称：打磨厂。住进这里，谓：住打磨厂。这样的句式用法，全都缘自于来此住宿、短暂逗留的大厂人，及与大厂同系统的人。这里不对外，来这里需持单位开的介绍信。后来放开了些，凭身份证即可入住任何地方，可大厂人进京还是习惯拐到这里，亲切。

当然，顾名思义，招待所不可能多高级。这里差不多是市中心，大栅栏附近，去前门，到天安门，步行即可。而这一便利条件，才让住到这里的人，切身体会到身在北京的即视感。这比什么都重要。能在闲暇，迈腿就能融入首都的市民环境，抬首即是心心念念的北京著名地标，这才是进入北京或路过北京的用意。

这里门脸不大，内里却别有洞天，临街是个不很显眼的门楼，有个二层小楼，里面有院子，一进二进院，分着前后二部分，客房在楼里，简陋些的，还有在后院的平房中。院里有树，还有几竿细竹。早起时鸟叫声在树叶间漏下，还混着几句女声的北京话在其间，那是起早的员工开始工作了。

不比东北，这里天亮得晚，在家那边都日上三竿了，在这里天还灰蒙蒙的。常常，被身体里一向准确的生物钟叫醒，又被窗外不亮的天光给摁回到床上。

北京人的口音里有皇城根下的人普遍的优越感，那一口卷着舌头含着半个音吐字的儿话音，将老北京的圆熟、从容、爽利和一些浑不吝，一一涵盖了。

1993 年和 1996 年，小静两次住到了这里。独自一人出门，先是去四川，后是去广西，在这里中转。那时没直达的车，必然先到这儿落脚，换乘南下的列车。

现如今，她已是五十多岁的人了，去趟北京还不是跟玩似的，抬腿就能完成出行，尤其，家里大丫头将家安到了北京，去看看她，去瞧瞧大外孙子，平常事儿。尤其，高铁动车快得眨眼间就到了，想找个进京的由头，也随时随地捡起就来，实在没必要如此铺张，在此专门摘出一节啰唆。

这不是和大厂有关的一个“点”嘛，这不是觉着一不小心抻出去了，也依然有着万缕千丝的念想嘛，这不是跳出界外依然映像着大厂之痕嘛……不想的理由千千万，想的理由万万千！

说回 90 年代，说回住打磨厂。

去之前，曲师傅给小静标好了路线图，怎么走怎么玩方便去哪儿大概能遇到什么人，说得非常详尽。仅限于打磨厂周边，太远的地方他够不着。

他在这儿住过，算是熟门熟路些。

当着车间里的小头头，偶尔会出几趟差，必然来这里报到。好像有次是去青海，有次是去江苏盐城，还有哪儿不记得了。家里的老相册里有他的黑白照，120 相机拍的老片子，方方正正的一小幅，都是国营照相馆里的流动照相师傅给拍完寄回的。

大厂人甭管是因公因私，如果北京没有亲戚朋友家可供落脚，住“打磨厂”是首选。所以当小静执意一人出行，行的非常之远，曲师傅当然地把指导路径当成任务完成，捏着笔头一笔笔地画。

小静也一路走去，到一个城市都不忘往家打个长途电话报下平安，过后听妈说，她到了哪里，那个当爹的就跑到家里那面墙一样的大地图前，将哪里画个圈，标记上。

其实那会儿小静不再是大厂人了，只是作为大厂家属又踅摸到那儿。

那两次出行，分别任职在两个工作单位。出来的由头倒也差不太多，都是参会，和文字有关的会。也因此，一次再次地来入住，不算生分。

没错，进入90年代后，小静也开始了人生中的几次重大折腾，频频地更换工作单位，出任各种角色，也频频地完成着从大厂的逃离，越逃越远的那种。用时不过四五年，换了几个单位，司过几个职位，终于消停下来。在跃迁的过程中，有过两次大的出行，就有了一来一回出入“打磨厂招待所”的缘由。

她不知道的是，这样下意识的选择，居然也暗合了内心里对于大厂的归属感。因是独自一人，行前必须规划路线，必须由明白人提供各种可能，于是进入西打磨厂招待所入住也在意料之中。

在这里遇到大厂人分外亲切，一起去餐厅就餐，也一起出去逛街散步品尝小吃，一起话大厂今昔，话发生在大厂的奇闻逸事，也话系统内的哪家厂独领风骚、哪家厂不值一提，话任务的饱和度，也话民品介入推向市场的难度。

这相当于大厂在此的“驻京办事处”，总不断人，不断大厂的来人，有时三五个，有时六七个，不等，有辗转到各地部队出公干的，有出门跑民用品新品销售的，间杂些因私出行的。偶有断流的，很快又有新来的人续入。逗留时长不同，大家在一起可能刚刚熟络又各奔东西，在厂里并不见得多么了解，在这里偶遇便立刻成亲人。

1993年那年入京时，小静已年近三十，依然待嫁，这是令人尴尬的事。不断有人帮忙介绍又都未果，只好继续往更加大的大龄滑入。好心人将战线拉长，介绍一在北京工作的江西男孩，工作于水利水电设计院什么单位的，反正听着挺高大上。书信通了几封，还未得见，于是趁出差路过北京，约了下。一起去了开业不久的肯德基，显得时尚些。东西不好吃，人也谈不上多有眼缘，最主要的，那时已在想，即便成了，北京是谁都能进来的吗？

真是短见，小家气子，还寻思工作、户口之类的呢，谁知道几年后“北漂一族”成了现象级的时髦词汇，占比北京人口的相当一部分。

男孩是典型的南方人，理工男，个子不高，下巴微收，说话带着些许口音，人倒不错，但显然不适合，之间的形象气质大不同。于是进京时见一面，从外地回京时又见一面，就友好结束了。

他来打磨厂招待所看小静时，小静正往腿上套着丝袜，他说，你（更衣）都不关门吗？

穿着裙子呢，再套双丝袜也需关门吗？又没外人进来。

她暗想着，但没言语。显然，她也没看见他过来。

她大咧咧的丝毫不见淑女样的行为，典型东北女孩的不拘小节，导致这段缘分的无疾而终。听说他后来出国了，应该发展得不错。

1997年二次入住。

这时候的北京已在为香港回归忙碌，天安门广场东侧、革命博物馆西门回廊中央，矗立起“中国政府对香港恢复行使主权倒计时牌”，自矗立之日起，两年半的时间，几乎每个来到广场的人都要在它面前留影。数千万人次的合影照片，后面便是这块著名的背景板，和着家国的情怀一并展示在个人的影像资料中。

在西打磨厂招待所，小静又见到了同厂的几个人，相谈甚欢，他乡遇故交，人不亲土亲。抽空，她寻了他们中的一位，一个年龄相仿的小伙子，一起逛街，准备给她刚满两岁的小外甥买衣服。这小伙子叫她姐却早已当了父亲，对小孩子衣服尺码大小的掌握，比小静在行。

买完东西他又陪小静去天安门拍了些照片，其中有一张就是香港回归倒计时牌下的照片。让她下意识地与国人一道完成了那由数千万人参与的“行为艺术”，亲自记录并见证了那一重要的历史时刻。

他们闲闲地穿行在西打磨厂街面上，眼里是北京深巷里的市民文化，人间烟火气十足。有意无意间打量，也只有跻身其间的闲适，没有日后已成绝版的惘然回味。

来到 2019 年 4 月。

和煦的阳光洒在北京西打磨厂街整洁的路面上，让这条自明代起就熙熙攘攘的老街越发迷人。走在这条街上，仿佛坐上了时光穿梭机，百年前街面的喧嚣好像重新升起。

门前打个照面，提着鸟笼三五相约，夏天坐在街边摇着蒲扇，老街坊的岁月静好如沙漏般静静流淌……这条形成于明代的老街，因汇聚石器打磨匠人和店铺而闻名。清末民初，这里曾是前门地区著名的四大商业街之一。百年来，数不清的会馆、旅店、饭庄、票号、邮局、药铺等相继在西打磨厂街生长与消逝，许多旧址诉说着昔日的繁盛。

打磨厂横亘在前门和崇文门之间，三里多长的胡同，在北京外城里是最长的。岁月更迭，时光流逝，随着商业中心的转移，西打磨厂街的繁盛日渐褪去，后来启动了风貌恢复与建筑修缮，在老胡同里展开了一幅生活居住和文化产业融合共生，七位国内外知名建筑设计师，选取具有保留价值的七处院落，对建筑修缮和风貌重塑开展设计工作。

跟小静产生片刻交集的，那间小小的招待所，是不是也消失在这样的改造中了呢？

只是无数次再与北京交集，再也没去过打磨厂住。拎了包一路倒车、打听，然后踏实地进得门来，从前台处提了钥匙，开门后将自己使劲掼到床上……这个熟稔的过程也就仅仅属于“打磨厂的北京”“北京的打磨厂”这份记忆了。

和记忆有关，和经验有关，和亲密度有关，和无条件相信有关，和内心深处的归属感有关。不信问问大厂四五十岁以上的“老”人，是不是对这样一处所在，心心念念？

第十二章　同学少年

1

20 世纪 60 年代初，大厂迎来了第一波生育高峰，一家三四个孩子太正常不过——大厂的托儿所幼儿园入托入园的需求增长，小学生中学生如拔节的庄稼，一茬压一茬地往前赶，以致日后厂子弟校人满为患，每年级都四五百人不止。特点就是大家上学时坐在同一教室，放学时又住同一家属区，低头不见抬头见，想不融合都不行。想留个隐私啥的基本不可能，但人多有人多的热闹，就算到了现在，要想弄个同班的同学会，聚个三四十人，都没问题——大多数都子承父业留在了大厂工作。

在大厂的地标建筑里，幼儿园子弟校相对地不那么醒目和排场，普通又寻常。可那里毕竟纳了孩子十来年的光阴，把一种记忆牢牢地焊进去，拔都拔不出来。关于其间的诸种，也忽略不得。

重视教育从娃娃抓起，大厂人不含糊，最开始修建的厂幼儿园和子弟小学，还是有些格局的，相当于新手爸爸第一次面对自己的娃，宠爱有加，于是爱心满满地在大厂生活区的显要位置，修建了这样两处建筑，风格上正经说得过去呢。

幼儿园是一趟高起脊的平房，坐北朝南，左右还抻出两个耳房，像两只伸出的手臂，成抱拢状。内里的水磨石走廊，总被擦得锃亮，不见一丝尘灰。

窗子窄细高，呈上下两幅，因分布得只密不疏，显得透光极好，天气晴好时，每间屋子都灌满了阳光，同孩子们嬉戏的笑闹声混合，在脚踏风琴的旋律中，起伏升降，便留下这个世界明亮纯净的谐和景致。

大大的教室里，有上下两层的通铺木床，一床床的小褥子上，是放置整齐的枕头被子，花色繁杂，从各家带来的，好方便认领个人铺位。上铺统一装有护栏，还有依床固定的木梯子供上下攀爬。一排带靠背的小木椅正好倚在下铺的床头，也如护栏样抵着，以防娃们睡觉时枕头掉下。配套的桌子摞起靠墙边，方便孩儿们做活动，只吃饭和上课、搭积木时，才摆到椅子前。

有个神叨的女娃，吃饭时不知为嘛，转身将嘴里嚼过的一口，吐在身后面迅速掀起的床褥下面，复又没事似的盖好，害得班里十七岁的小保育员侦审了一个中午——没人承认，明摆着的事也不承认，用尽各种计谋，又单独在人后许尽各种不追究的承诺，并，自行设定一个可以谅解的原因，方尘埃落定。呵呵，一个大小孩与一个小小孩的猫鼠游戏。

小学校舍比幼儿园大多了，是一座二层红砖小楼，沿一条东西向的主干街修成，便也顺应了街的朝向，为方便孩们上下学，自然修建在生活区中央。上下两层共十几间教室，下课铃声响起，置于楼体内的两处楼梯，立马泄洪样涨满了一颗颗小脑袋，扑腾着往下跑，随即便冲向楼后的操场……闹喧喧的一派小鸭子入水的模样。

然而，始料不及的人口增长，开始让大厂没法保持应有的精致和耐心，于是随着厂子弟们雨后春笋样刷刷地拱出地面，幼儿园也好，子弟校也好，开始以容纳为重点，唯容量至上，建筑形式上多少显得敷衍。

于是幼儿园园方在另外一处辟出个院子，谓托儿所，专收小班孩子，三四岁的模样。这么大的娃正是自我意识初建之时，逢了星期一一早，吱哇乱叫不肯让家长离开，可着劲地闹，直到家长红着眼圈硬着心肠走远，这边的哭声没有了倚仗少了底气，渐变成小声哼唧，直至快速转换，阴转多云、多云转晴，立收。

此院寻常，不很讲究的外形多少显得潦草，内里倒不敢大意，实用也实际。

原幼儿园园舍升级，专收中班、大班的孩子，教学保育相辅。

之后还是不够，又另将原来的厂单身宿舍楼辟出一栋，专收更小的孩子，十八个月龄以上的小娃娃，喂饭时一个阿姨一手掐好几个小搪瓷缸，铲一口喂一下，像极燕窝里的老燕子投喂一张张黄口乳燕。只是娃们太小，统一出去时上下楼梯还是不便，抱是抱不过来的，就任由一个个手脚并用地往上爬，回来再洗手。

出来活动时，娃们排成两队，两两牵手，另一手扯着前面娃的后衣襟，一串小蚂蚱似的，随同前面领队的穿白大褂的阿姨出行，时不时东张西望要掉队的，把前面孩子的后襟拽得老长，直到赶过来的阿姨将其拉好，令队形重整齐刷。也只保持一瞬，不大会儿又垮了，还得整理。每个都套着一样的小围嘴，左肩后别着折叠起的小手帕，备着擦鼻涕用。

小学校也如是，将小楼当作一个边，将楼后的操场三个边上砌上三列平房，围成了一个口字形院落，挤得操场小了一圈，好在拢成一个封闭型，安全。只是平房里的教室环境差些，没有楼里的冲水厕所，只有一个大的旱厕，坐落在校园一隅，它的大概方位不难找，再怎么精心打扫，也免不了被些味道占领，循味即达。只是有时人满为患，让等候的孩子们憋得两腿直捣腾，一不小心还尿了裤子。

孩子们的数量继续上涨，年岁上也分出拨次。子弟校又得成立中学部。

即于1973年，接收了原来的市某某中，并迁址兴建，更名为厂子弟中学。

这时大厂现有的生活区除了盖楼房、盖平房等厂宅，修横平竖直的厂街，修必不可少的国营商店饭店粮店等商业区，外加俱乐部、医院、食堂、单身宿舍、招待所，已经没有多大空场了，无奈之下，在大厂之外，在邻近村舍的地方，又建起一个大大的院子，东西北三个方向，建三趟平房围就，南面没遮挡的，是一条淙淙流淌的小河，窄又浅，水流细细暗暗地在沟底淌过。河外边拦着铁丝网，网外便接了村舍的园田和宅院，茂盛的草后，有绿绿的玉米秆向日葵挡着视线。

距小河不远，修着一个领操台，蛮大，小戏台子一样。后修的。

之前的领操台在它对面，比它小。小的领操台后面便是校广播室，放第几套广播体操的音乐就从那里响起，每天一次出操，是全体都有的排列，各班男女生各一列，有存了份小心思的，悄悄暗暗地选了心底里有些喜欢的异性站成一排，素常却是连多看一眼都不肯，怕被看穿了。

女生们下课后结伴去小河那边的厕所，两三个并排，一个自然地将手插进另一个的臂弯里，腻着。

在大的领操台旁，体育课间隙，大家悄悄地唱过“何日君再来”，对，就是被冠以靡靡之音的那首，邓丽君的。好奇心促使，再就是乍听就晕乎的韵律，从未有过的柔媚温软，与从小到大入脑的激昂，大相径庭。

男生皮实，下了课的闹腾多辅以肢体动作，变了声的嗓音嘎嘎的哑着。

一夜梦醒，女生们都剪去发辫变成两个小刷子支在脑后，男生们清一色光头，淘气的，还用手帕按在头皮上蘸蘸，学某影视剧里的画面，引来哈哈哈狂笑不止。青春初期，不知怎么张扬个性才好，用这种方式显见着幼稚和叛逆。

操场呈长方形，东西边短些，北边很长，分两部分，中间夹一门洞充作校门，校门以东是一个年级，校门以西是另一年级。一二三四五六七八班的，按排序升降。

操场的西边是又一个年级。

操场的东边，是教员室。各年级组、各科老师们的办公室在此。

在老师待的那栋平房中间，有一个水房，隔出一个小间里，是工友待的地方，里面有一部学校唯一的电话。外间，有一个压水井，却离地足有一人来高，学生们渴得忍不住时才去那里喝水。魔鬼设计啊，至少得两人配合才成——必得跳到那高高的架子上，一人压水井的手柄，一人将双手并拢接在出水口，淋漓间也得入口个一半捧，襟袖免不了地湿，嗓子眼儿里远没洇透。挥手抹抹嘴，意犹未尽地跳下去，让给下一个。渴望牛饮。一堆人脑袋堵在下边欲往上拥呢，能喝到已是幸运。遇人多疯抢的时候，人挤人人挨人的，体弱的基本没戏。

现在才知，之所以弄那么高，是有个下接的管子往一旁的锅炉里注水。锅炉烧的热水是供老师们喝的，与学生无关。也没谁动喝热水的心思，嫌麻烦。平时注水用的活动水管，被烧水的工友稳稳地收着，找不到的。

没有暖气，冬天得烧炉子取暖，离得近的，被烤，离得远的，被冻，苦乐不均。火烤胸前暖风吹背后寒。地面是红砖铺就的，下面垫沙。冷时，全体有节奏地跺脚，跺得小脸都兴奋着，互相看。指望老师怜惜。曾有一老师，也是班主任，课讲着讲着下了讲台来到学生们的座位间，一不留神站在了离炉子近的地，外穿的腈纶裤子霎时给烤化了半面，露出了里面的棉裤。穿少了还不得烫个好歹，挺吓人。

老师自然是窘的。

老师的媳妇，也是同校的英语老师，自然少不了怪罪。能想象得到。

下雪天大家自发从家带清雪工具，铁锹扫帚土篮子，有个学习不好的女生，这时会大显身手，带来好几样工具，相当卖力地干，博得老师大大表扬，很是弥补亏欠。

只是学生们成绩还是不理想，师资力量欠缺是一方面。没辙时，校方将厂里的念过大学的技术员找来充作教师，只是他们肚子里有货却不擅教书，不晓教学教法也是门学问，弄得座下听了的也依然懵懂，累积欠账，从此对这门课彻底失去兴趣。

地处相对偏远，每天早上来中午回，在家里匆忙吃个午饭，又赶了来，晚上回，一天得多走很多路，绕厂周小半圈的样子。逢的又是全日制十年制的学制，即小学五年，初高中加一起五年。所以这一处所在，将我们作为厂子弟所受的最后一段义务教育，将我们成长成熟的最佳一段，将我们的人生不可复制的青涩和渴求，一并固定了。

那时本子稀缺，应该是纸张稀缺，有钱都买不到，本子书到手这个珍贵，老稀罕了。商店里买刀切纸自己订，一沓百张能订好几本。练数刀切纸张数的功夫，就始于那时——右手握一沓纸的一角，左手顺势将纸往下一抹，纸头耷拉下来，立显一条条宽窄适度的纸边，左手指弹琴样快速扒拉着纸边，同时嘴里唱数，一百张，顷刻数齐。

后来知道，银行点钞也用这招。

我们毕业几年后，这个校舍也被弃了，在离厂区近些的地方，挤了个地儿，盖上了四五层高的教学楼，排场有了，只是没享受到，没感觉，不亲切。

又几年，已不再是学生的我们，被一首罗大佑的《童年》击中，那韵律，那歌词，那声声的叨念和惦念，把少小的心思、落寞的成长，生生读出——“黑板上老师在拼命吱吱嘎嘎写个不停，就这么好奇就这么幻想就这么孤单的童年……”

被弃用的校舍也去看过，成了施工民工的临时住所，无比惊奇的，是操场的位置竟然被开垄点种，一块农田的模样，镶嵌其中，玉米苗儿摇着叶片貌似无辜地冲着来人示意。

2

前后四十年，近半个世纪，以个人记忆铺开的集体记忆，以集体记忆牵涉出的个人记忆，1976 年至今的四十年，贯穿了我们这一代人的生命，记录了我们的成长成熟乃至滑入中老年行列的过程，人生大半辈子的有效时光凝结在此，或许，只有这样的时长，才能涵盖生命的华彩，才有资格频频回顾反省，站在来路和去路之间，多少能够坦然以对，而不只是犹疑迟疑，置疑存疑。

原来人生的五十年，半世纪，竟然短到如一束光，倏然就被穿透。

历史的褶皱，时代的纹理，都隐藏在日常生活的底下。

我的大厂里的同学，已陆续迈入退休和准退休的行列，我的大厂，已行将花甲。

在大厂眼里，我的这些同学已不期然地成为几注流向不同的溪，宛如大厂这个湖盛装的满盈的水。如我等，在这里工作若干年份后借着读书或者工作调动等原因离开了；还有些，在未成年时便随家人搬离了大厂，在他乡继续完成航修子弟的人生；余下的，就是兢兢业业始终留守在大厂，在各个工位勤恳劳作的诸位亲们。

我不知是不是该感谢自己的半途离开，从而能在有效的距离内，在可控的时空背景下，体察与它的感情，反观对它的判断。这样的视角是否更加客观公允，得由他人、后人评说，但于自己，真的是一种追溯和再认识。当然，宛如沿着一条河的入海口，反向溯源，最终站到了一线淙淙流溪的溪头。清冽的高原风扑打着头面，旷远的高天蓝得让人心碎，伫立其间，仰望星辰，俯瞰群山……终于感到，既往的一切，都是浮云。删繁就简，返璞归真，在丰富阅历、奠定格局之后，以少年的心性坦诚，一定最接近本质和初衷。

我更由衷敬慕始终对大厂不离不弃的他们，那些同学，将个人的命运与大厂的命运绑定，同歌哭共短长，踏上这辆驶向未来的战车，就将自己与其牢牢地焊死锁定，任什么力量都不能切割断开，皓首穷经，魂魄飞升，也依然绞结纠葛，溶化融合。用“热爱”形容都显得虚假伪善，那是把自己当作大厂的一部分，那是把大厂当作自己的全部。荣辱与共。用一生的时光，待一个集体，相当于一世爱人。诱惑被抵挡，始终专情，熟悉亲切到闭着眼睛，便能摸到它的每一寸肌肤、每一块骨骼、每一处血液脉动之迹。他们在这日复一日的厮磨中，把自己交付，把毕生交付，把家和所爱的人都一并交付，还有什么誓言能比得过，这一世的长情告白？！

我还记起一个个自小便随大人赶赴他乡的同学，有些依然在系统内工作生活着。

在少小离开的背景下，他们对这一个地方的念想，就是儿时对娘亲的纯粹依恋，睁开眼看到的第一人，一定最最重要，如同初破壳的小鸭子一样，一定追逐自认为的最亲之“人”。对，学术上有这个现象，谓“印刻现象”。在关键期内形成的印刻行为作为习性保存下来，终生不可逆，即一旦形成再不可能修正和还原……大厂，就是他们亦步亦趋跟定的鸭妈妈，行万里路，犹记第一步。那扭歪的趔趄的胆怯又兴奋的脚步，那深信不疑一门心思紧追、在行列里伸直了脖子往前挣的姿态，足矣。

那些把他乡当故乡的系统中人，长大后有一部分依然继续从事着父辈的航修事业，面对一样的工作流程，一样的生产现场，自然会分泌亲切。在仰望蓝天翘首银燕的同时，他们本能地拥有了比对的权限，和更加宽广的视角，重重叠加，终归收获更加理性的判断，或此或彼不重要，重要的是对一行业的持久关注，广泛关注——刻进骨子里的情结所致。那是烙印在身的痕迹，随成长而不会消失的胎记。

2016 年的同学会不期而至。

打捞的便是如我等，对大厂、对生之初的环境，对少年往事，怀着深深惦念的一拨孩子。如一把散逸的沙，被扬出去后又重新回到手掌。他们从全国各地，真的是全国各地，各地的车站码头机场，提着行李箱，往大厂赶赴。一程程，近乡情怯。最远的隔膜，是三四十年的时空阻碍。最近的奔赴，从抗癌路上折返而来。有一种时不我待的迫切，谁知道明天和意外，哪个会先到？

也许召唤始终都在，成行的理由充分不充分很重要，一旦说服了自己，一旦号召力足够，即刻启程，扑奔。

缘于微信，微信群，一个传俩，俩传仨，将散落在各处的人再聚拢成为可能。

然后用一年的时间预热，铺垫，沟通，协调，还有线上线下的计划，探讨项目可行性……诸如此类，工程算不上大工程，投入的精力体力财力是千足金，热情百分百。五十多岁的人了，老小孩一样兴奋着，拐带着家属都跟着一样同频共振。

在计划一步步进行的过程中，往事也捎带着被忆起，光屁股娃娃的交情，无数出糗的经历垫着底，年代感十足。咬牙切齿的恨，被憋不住的笑冲淡，多年的耿耿于怀忽然就释然了。有一种“让我们荡起双桨”的旋律在身后头上缭绕的感觉，有腿脚身子骨忽然变轻了、步子迈出去有了弹跳的意思。再就是莫名生出一份亲，比亲情多比爱情少，比手足情昵，坏脾气小性子都收了，不小心把最好的一面全亮了出来，哎哟喂，当年谈恋爱的时候所余不多的激情都攒到这会儿挥发呢，脸上掩不住的兴奋，眼里有光。

唠唠叨叨中，也把几十年不在一起的空白填补了，只是预设的剧情时有反转，立好的人设说“崩”就“崩”，时有意外，让大家在剧情的跌宕里情绪起伏着，久久不能转回神来。

如今落脚在泰安的一位女同学，当年可是一名娇滴滴的小姐姐样子，长得也好看，读初二时举家南迁，一路辗转，刚刚在一个工厂里以一名资深女工的身份退休。才下战场又上战场，双亲八十多岁都瘫倒在床，她一人这屋忙完换尿布，那屋就得去翻身，俩都弄起来喂饭，口味还得各自调好。三五天地还得送其中一个去医院透析，洗衣机常年轰隆隆响，厨房的饭也得紧盯着一份份做，几天出门买一次菜就是放风了，得快去快回。班群里的大家发的语音聊天，她都是边做饭边收听的。也只有在深夜，老人都消停下来时，她到群里轻轻地叨上几句。有不睡的，陪聊一会儿。她父母不习惯别人照料，她也只好打消请护工的想法。

她自己的作息全都围着老人转。她唯一的女儿工作不在身边，她的一个弟弟，很有出息的一个男人忽遭意外离世，她的丈夫历经大手术不能吃劲，况且自家也有老人需照抚……这个姐姐呀，全天候无死角地伺候，只在不经意间不咸不淡地跟我们聊起，包括徒手捉蛇这样的汉子行为，也是话赶话顺便带出来的。她淡定地叙述，叙述起弟弟的车祸现场她的目睹，叙述起老公癌切她的签字和善意瞒哄。貌似不经意，惊涛骇浪却掀起在听者耳内，那个当年曾暗恋过她的男生，如今会有身心俱裂的痛吗，为不能为她分担一丝？

待她终于成行，来到我们身边，出得站台，就被狠狠拥抱，被一群人狠狠拥抱，全不顾及她身边，她带过来的老公。

她费尽力气找了人替换她几天，她的爸爸已在她来之前撒手，她的妈妈在她即将归返时报病危……她背着人抹眼泪的样子，让人有说不出的心疼。

她的父母，曾和我们很多人的父辈在一个车间工作，他们在大厂，留下过年轻时一起劳作生活的足迹。她也带着任务而来：抽空去拜访小时候善待过家人的邻里，父母当年的好友，或他们的家人。老的若健在也是耄耋之年了，小的几十年不见都未必认得出……七上八下的归心，催得更加七上八下。

还有位女生，小时候就被标榜为汉子，现在更是“纯爷们”了，工作在风电企业，就是我们常在荧屏银幕上看到的“大风车”，几个、十几个、几十个白色的身影在山冈上排兵布阵，远看看不见随风转动，只能意会电能被源源不断地蓄积。

很是惹眼。清洁能源，朝阳产业，煞是令人惊叹的场景。几十米长的风叶，几十米近百米的塔梁，人站在那家伙的面前显得渺小。可背后却是，几乎全都排布在远离城市的边远地区，几乎全都是爷们参与的野外工作，几乎全都是技术含量很高的电气安装工程机械等专业……她是那个“大风车”的吊装工程师，不足一米六的个子，五十几岁的年龄，入职还不到十年的资历——

她说，站在塔下面看，都能看出晃动，爬到顶上晃动更显，摆幅一米多，人在上面像坐船似的颠。又说，早不恐高了，工作需要，塔外塔里都爬过，外面过于冷，里面过于热，都是个劲儿。在塔里爬更难，越往上口越小，越往上仰角越大，身体不得不后仰成一个钝角攀爬。

差不多一年换一个地儿，在冰霜雪雨里作业，豪爽豪迈，酷毙！

当然收入也提气，碾轧她的老公、也是我们同班同学，面瓜，老面哥哥，大厂的一个工段长。也碾轧我们班的绝大多数人。

看她偶尔发过来的照片，看她雌雄难辨、工装安全帽装扮的形象，绝对让我们为她骄傲。

她长年不在家，家里全托付给了老公，长大的儿子被培养得极好，在另一城市当刑警。母子俩比赛似的秀荣誉，把她老公我们的“面瓜”哥哥衬得十分无奈，只好充当掰人家军功章的家属，唉，甜蜜的忧愁。

……

近些年，同学会的性质被大大地吐槽，负面居多，什么婚外恋的温床啦，什么炫财炫权炫配偶子女的秀场啦，什么打怀旧牌赚廉价情感借此聊慰平生冲淡中年油腻啦，等等。并非空穴来风，可也如同醉酒的人非要怪酒一样没道理。掌控者的个人操守，决定了事件的最终走向。揣一肚子的俗不可耐，即使不在同学会的平台，也一样在其他地方现眼丢人。白白污了少年心性，那一双纯粹得不含任何杂质的眸。

3

没想到，怀旧是一种传染病，烈性传染病。当我们紧锣密鼓地操持班级同学会的时候，同一年级的其他人坐不住了，闻风而动，屡屡加持，愈演愈烈，渐成一幕即将拉开的大戏，各色人等粉墨登场，情怀牌打得比我们还溜，全面铺开，全学年发动，分专区部署安排……眼见得一个班三四十人的小聚会，被外扩几倍，成全年级好几百人的大“派对”，南到三亚，北到哈尔滨，西到西安，东到上海，更有芜湖、石家庄、天水分场一一安排上。一样的紧锣密鼓，锣声更大，鼓声更响。

要知道，芜湖、石家庄、天水，这三个地区是大厂历年来分流分得最多、出技术出人员兴建的厂，可谓大厂嫡亲的兄弟，那里大厂长大的孩子占比可观……

铿锵人生，年过半百，哪个班没几个关键人物，虽凤毛麟角，搅动风云的力道不差，稍一撺掇，即刻有英雄出场，胸脯拍得山响，大手笔运作，一项项日程火热出炉。

我们班有作业被人抄袭的愤愤，抄就抄了，抄得还理直气壮理所当然，心情就不美丽了。创意点子被拿走不谢，还被要求服从大局，无条件服从，一切以班级为单元的小活动，一定安排在年级的大活动之前或之后进行，必须立刻没商量。

大局为重，大局为重，明白，没说的。独乐乐不如众乐乐。但可是可但是，大帮哄的草率上马，有我们班这长达一年的网络预热效果好吗？有我们对细节的把控精准到无以复加的程度吗？那可是虽未谋面，也把几十年的空白尽量填满铺平的操作，还有局部的互访加深联络，线上线下共同铺陈的交情，哪个人哪样脾气禀性摸得大概齐。还有，还有专打感情牌未必全都一路绿灯，我们还为整体着想。

一位把自己小别墅般的三层楼的家，全都腾出来负责接待，除自己的私家车外，又另借了两辆大容量的商务车参与全程交通出行，包括来往接送。亲自低调当司机当导游当杂役，捎带着还平了普遍仇富的愤。

还将东北人爱吃的冻梨冻柿子搁到冰箱里备着，一备好几个月，隆冬到盛夏，电钱大过水果钱了。可那是咱小时候的最爱，吃不吃吃多少，情分老不一样了。

住这块省了，吃这块也奢简交替，部分餐食自己动手连买带做，包饺子炖鱼硬菜小菜家常菜统统齐备，气氛渲染得非比寻常，同吃同住同劳动自食其力，当年集体户的即视感。

还有全家总动员的，自家操持了几道特色家常菜，大饭盒子装上，连盆带碗一堆，还亲炸了鸡蛋酱，洗净一堆鲜灵灵的蘸酱菜，齐齐用车拉过来，慰藉游子离乡多年的胃。为的是野餐会上，大塑料布一铺，各种吃食一码，人再往周边一围，齐活儿。

我们排节目练节目，准备各种精美纪念品、收集集体个人的老照片新照片……精心预备每一道“大餐”，一切只为届时完美呈现。

同时还把预算掐得死死的，就为了让每一个同学不再为费用闹心，让条件好和条件不好的同学，享用一样的服务和接待，他们行吗？他们的大而全，场面有了，排面有了，恰恰少了细节，少了人文关怀，少了会照顾到每一位的“私人订制”。

可是，说归说，2016 年 8 月 2 日下午在大厂二所举行的年级大聚餐，还是惊艳到了我们，不是食物多精、环境多好，是满满一屋子的人，本地的外地的，全都葵花朵朵向阳，以班级为集体团团围坐，然后主持人款款走出，宣布：“2016 · 相约共同的故乡”81 届同学会开始——

气氛被引燃的那一刻，不是各个班逐次上台表演；也不是主持人串场时的略略煽情；不是在大条幅上签名统一领取纪念品“橙色丝巾”，然后齐齐搭到颈上，目力所及是一片橙色海洋；也不是留守大厂的文艺骨干献上一支支炫酷又搞笑的舞蹈……而是一位同学领唱的一首《红星歌》，旋律一起，齐声应和，年代感那么强的歌曲，立刻将人代入，兴起时，下面居然还有自发唱和声的。这是未经彩排的即兴，尽在临场发挥。可分明就点了共同的命门，高低嗓子不约而同亮起，即刻随了醉了燃了——

“红星闪闪放光彩，红星灿灿暖胸怀，红星是咱工农的心，党的光辉照万代——”

“长夜里，啊啊啊啊，红星闪闪驱黑暗，寒冬里，啊啊啊啊，红星闪闪迎春来——”

年代歌曲，带着那个时段特有的激昂，又有着当今稀缺的对理想信仰的不容置疑；原唱的童声真纯，却扯在五十大几的人的喉咙里，迸裂出违和的老成持重老当益壮的粗蛮和不甘，老之将至的恓惶，冲淡了笃信和诚恳，一股滑稽，一种亢奋，一些让人落泪的情绪，交杂着，益发引人陷落，不可收拾。

一浪浪的歌声中，我们平了芥蒂，消了怨尤，仿佛又是胸前飘着红领巾的少年，昂首行进在行列里，身旁掠过的是20世纪70年代温煦的风，身后是年轻的父母和同样年轻的老师，前面是无限的未来和辽阔的愿景。

真像那首歌的描述：我还是从前那个少年，没有一丝丝改变，时间只不过是考验，种在心中的信念丝毫未减。眼前这个少年，还是最初那张脸……

引领着歌唱的，就是当年扮“冬子”的同学，比那部影片的真实扮演者祝新运更俊俏有型的帅哥。在当年的校际运动会上，“冬子”被偶像一样抬着入场，一身灰色的红军军装，扎着武装带，打着绑腿，一顶八角帽，一颗红五星，一杆逼真的道具小马枪，人飒得不要不要的。造神的年代，也造出诸多亲民的偶像，被全民“粉”着，其中也包括，孩子们自己的代言人，一位平凡的小英雄——潘冬子。

现在才想，当年他站在几个人抬的木架上入场，摆着酷酷的造型，在队列前引领并始终行进，微微颠簸中，被多少道目光扫描，接受多少种不同情感的爱抚。想必十岁的年龄，小帅哥的心是抖的，是害怕的，还得强装……唉哟，辛苦哦！

好在，眼前这个少年，还是最初那张脸……如今咖位可以，老得发际线上移，仍是我们当年的那个团宠，我们一起唱，唱，唱回梦里江河，唱回日月星光。

同学会的初衷，终究是想找回年少时的独有、不掺杂任何功利的情感，缅怀逝去的岁月，变回最好的自己。

至于，也是发生在少时的，种种不悦不快不能详说的种种，还需要时时记起时时咀嚼回味时时给自己加上第二次伤害吗？不必了吧！

依稀，看到了人群中的谁谁，和谁谁，也是从外地肩着仆仆风尘而来，见到了，眉眼还依然有着当年的模样，被拉到一起拍照，说："我们小学同学也合一下、合一下啊！"

并立，站直，微笑。定格。再定格。再再定格。为的是能多挑出几张好的片子来。然后是些许热情过度地绽放好意，礼貌地牵手微笑互致好感，似乎不舍地退后再退后，摆着手道再会，转身就有撤和逃的意思了。之间过渡得行云流水、片叶不沾。

那声音那笑容里，不再有多年前截道追打时的凶蛮和凌厉，以及被霸道扭曲过的天然纯良，时光遮掩了一切，稀释了一切，不知是不是也治愈了一切。

感谢几十年的时光里修炼出让自己内心强大的力量，以此抗衡童年的怯懦悲催。

歌声在继续。

几十年的时光被压缩成记忆光盘，多少的委屈晾晒成坚毅，多少的稚嫩刻成眼角眉梢的深纹。多少身心的不适酵成恶疾、亲人的离散魂归折了自己飞天的羽翼，而最终，选择了负重而行的身影，锤出担当、淬出觉悟。感谢自己对这个生命的锻打，感谢生命的潜能无限，感谢总有奇迹不负苦心人，感谢这一刻的回首，百感交集又不动声色。

五十岁是不是最好的年龄，不好回答。但五十岁的确是一道风景，有见惯不怪的从容。

同学会终究只是一个载体，度我们从此岸到彼岸，从来路到去路。当个驿站最好，收拾收拾心情，还要打马上路。

友情，是棵需要不断灌溉的树。而中年又奉行减法，不愿也无意开疆拓土。因此，同学会开了就开了，散了就散了，有余音绕梁最好，没有也正常，重回昔日轨道是必然。

但是，人生需要有一道休止符立在这里，立着就好了。

一杯敬故乡，一杯敬远方。

第十三章　东平湖公园

1

大厂的地界上，曾被一些大大小小的水泡子占据着，有五六个之多，呈不规则状，布在大厂生活区之中，大的大过足球场，小的也小不过篮球场，高处俯瞰，如大小不等的几只独眼，亮汪汪一呈懵懂状，望这方水土日月变迁，呈微澜不惊见惯不怪状。

不知是基建时取土制砖所掘，还是天然形成，反正，于我们，于大厂子弟而言，这些水泡子仿佛与生俱来，是和我们的童年伴生着的，是真正意义上的乐园。蒲草苇棒什么的，随用随取。捕蜻蜓抓蝌蚪捞鱼虫……甚至捉迷藏，惯常游戏。就连蹲在水边捉蜗牛都能玩个不亦乐乎。水映云天，童趣盎然。没什么能阻挡孩子们对地理形貌的充分利用，就互相成就了。每一眼泡子周围，都笼着住在附近的一帮小孩儿，每一帮小孩都有自己的“势力”范围，每每于散学后，每每逢星期礼拜，尤其是每当假期，都似出笼小鸟般，一路飞奔至自己的乐园，撒欢其中。四时更迭，各季有各季的风景，总有一款经典型游戏令人沉浸，直到炊烟升起暮色四合，家人那拉长了声调的呼唤，才如一只大手般扯拽着耳朵，让娃们心有不甘地回家，边行边还不舍地频频回望……在不那么富裕的年代，拥有着富裕的时光，不必担心被学山压、题海淹，纯玩傻玩，如今来看是多么奢侈。

泡子，水泡子，称谓俚俗了些，叫塘好听点，水塘，池塘，文气雅气，可我们还是习惯称泡子。此泡子，彼泡子。东北话里有约定俗成的必然，不由分说地想当然。嵌入地名里就更直白，"泡子沿""莲花泡"，都是对泡子这一地理形态的具体描摹。

这泡子没有出入口，没有流动的活水，只是天然的积水坑，坑里的水平面忽高忽低，取决于四季的雨雪量，也没见干过，一季季地波光粼粼着。户枢不蠹流水不腐，这死水一汪仅凭上边日蒸下边地渗，完成微弱的动循环，可以想见，水质又当如何。不可能清澈如泉，翠碧生烟，只有或深褐或浓绿，显示着水藻繁茂的景象。冬天还好，冰一封雪一盖，充当天然冰场，其余三季，则蔓生着野草一半水里一半岸上，滋生着大批蚊虫，春末夏初时节，蛙半宿半宿地叫，聒噪着烦人，一点不田园。再混入个别鸡啼犬吠，弄得大厂人的夜梦里，城乡不辨，懵里懵懂的。

这些可见的水坑，大大小小分布在大厂生活区的各处，无形地将生活区劈成几块，人们出行，或绕泡子而过，或直行其间凭一小桥联通。倒也没什么不适。泡子低贱，也不配有名字，凭方位和大小及近处的显眼地标，被乱叫一气。

大厂基建速度和着时代变迁，截至21世纪初，规划出的现实图景，是成功地将泡子们移出大厂人的视野：填平之后的泡子上种了树，铺了路，栽了花草，新出生的孩子们奔行其间，不觉得脚下与别处有什么不同。

只遗下一处泡子大变身，疏浚扩展深挖，再植岸柳、海棠，湖里还投了鱼苗，湖岸常泊一投喂鱼食的小木船，湖里有输氧净水设备，每日咕嘟嘟地冒着气泡。鱼儿长成，远远便能看到不时有鱼跃腾起水花，一朵压一朵地开。近观。隔着水都能看到群鱼欢娱戏谑，唼喋之态悦目悦耳。

湖周置上围栏，湖畔一九曲桥弯转着接入湖心小亭……眼见得自成一景，名字也取了，谓：湖，东平湖，取的是毗邻住宅区“东平房”之故。至此，大厂地界除东平湖外，再无水波潋滟。不知何时，这东平湖之后又缀上“公园”二字，更涨身价，东平湖公园，再不复当初衰相，高大上得很。渐成大厂人不可或缺的休闲一景，以此背景，左手撩发，“咔”，右手托腮，“咔”。搂抱成一团，“咔”，追逐奔跑，“咔”。黑白的，彩色的，个人的，群体的，暗房加工冲洗扩印的，执智能手机自拍杆一二三喊“茄子”的，拍出的太多照片丰富着这一隅的景致，丰满着大厂人家的相册，也充盈着这里的人儿生活和成长的趣味。还有一些照片寄向四面八方，给自此地放飞的人儿留一份亲切的怀想。

斗转星移。时光倏然滑过，现如今的东平湖公园一隅扩充出小型植物园，小型动物园，猴子两三只野雉四五个一并圈起在各自的笼中，围一圈孩们拽着大人的手不肯离开，兴冲冲乐此不疲地逗弄。

芍药花开，松针铺地。廊桥丝竹乐，声声，月亮桥影叠，圆圆。

假山石，人造喷泉，小动物雕塑，一应招呼上，儿童蹦蹦床也在其中。

过分的是，还弄一大厂曾主修过如今已报废淘汰的战斗机，战斗机模型立于绿草松林间，机身上还喷着红色号码，逼真地还原，彰显着这块土地上曾经的光荣，隐约着这座军工厂几十年几代人挥洒汗水的过程，显现出一座微缩的航修博物馆的样子。神而不密了，神而不密地昭告，让后人接受了直观的国防教育。只是看起来有点落寞，屈了军机的威武，本应成排成建制地庄严立于停机坪，遮着军绿苫布，被全副武装的士兵把守，“闲人免进”的牌子不容置疑立于一侧……如今孤零零地停在这，让孩子们爬上爬下地闹，弄得这模型实在假得不行。谁的手都可以亵玩，更是没了尊严。没人能理解大厂人对这大家伙的偏爱，就像没人能理解大厂人对“军工厂”的“军”字的复杂情感。改革说来就来了，不姓“军”很久了，但骨子里那份骄傲还在，对自我的超强认知还顽固地坚守。

国庆阅兵，那飞过天安门广场的战斗机群，那耳熟能详的军机型号，那阵仗勾起的眼热眼湿，局外人怎可体会？

……

在一无名泡子演变成东平湖公园的十几年、几十年间，我们渐成社会中坚，一部分人也渐渐选择远行来致敬这一方水土，厂一代以八九十岁的高龄逐渐谢幕，厂二代的我们已过半百，厂三代不再以做一名大厂人为荣，厂四代悄然萌生在大厂之外的各处，对大厂这一存在，印象淡然。

但依然有留下来的，继续完成着使命。

蓝天，依然让人仰望。

一些故事和传说，与大厂、与东平湖之类景致有关的故事和传说，依然在记忆里鲜活。一帧帧的，或许有些不尽美好，不尽如人意，夹杂着种种谬传，却无碍挂念。

以东平湖为背景的故事，个人命运与此纠结又关联的故事，诸如此类，纷扬着，这里是大厂唯一的一处文艺又婉约的所在呀，如外滩之于上海、后海之于北京……乃至康河康桥之于英国剑桥，之于徐志摩，一样一样的重要。

风景这边，独好。

那是由人，来赋予的。

晨曦中，谁手执一卷书在湖岸长坐，摇头晃脑地背啊背，仰起头，就看到朝霞绚烂，一如未来预支的笑脸，立马感觉熨帖，感觉即便预支，这馈赠也依然当得起美好，会心展颜莞尔，低头继续。依旧摇头晃脑，却不再是苦哈哈的样子。

晨曦里，还有个舞剑的影子在远处影影绰绰，那是一个素来温婉的朝族女子，一个普通女工。只是人届中年，家庭的琐碎、工作的繁杂使她几乎丧失了自己，于是她选择在某一个空隙里努力找回，招招式式中，是对驻在内心的那个神性的灵魂的召唤，刀光剑影里，跃动着的是她对现世红尘的从容以对。

还有关键词为“爱”和“家庭”的，逐一登场。

少年情怀，两小只，背着人牵手至此，对视的眼神里溢着不尽的欢喜，不安羞怯暗暗的试探后，便是努力收束自我，以期将最好的一面呈现出来。谁的初恋不是小心翼翼、力求尽善尽美的呢？即便此生未能修成正果，也留一个青果般的嚼劲回味着，那有少年心性里容不下一粒沙子般的纯净哦，纵然打破了，也是个戳记，暗指着年少轻狂背面，有一种连自己都被骗过的认真。

当然有得便有失。

失恋。

“当我想你的时候，我的心在颤抖，当我想你的时候，泪水也悄悄地滑落……我也曾醉过，也为你哭过，爱情如此地折磨，究竟是为什么……”

肝肠寸断后自我疗愈，艰难地迈过去，不算什么事了，无助的泪落，也成为成长的助推剂，令你蜕变，并羽化成蝶。可是，可是当时，就是死钻牛角尖，不肯解脱。孑孓的背影孤寂无告，湖水都郁结成一汪悲苦，东平小湖，挣扎着的心。天空，天气，所有的景致都参与的背叛，怎么那么疼啊！

不错，这小小的水面，仿佛有天然的收纳功能，面对着它，就可以本能地将自己打开，将情绪释放，将身心调整至正常寻常庸常之态，从而选择更远的路去走，更深的劫去渡，更深刻或更肤浅的人生去面对。没有哪种活法看起来更有意义些，所谓的意义都是人为标注的。普罗大众更多生活在有意义和无意义之间，坚韧而顽强地，定义活着，活过。定义人生百年，地老天荒。

小湖安然。

一家三口的剪影飘过。

一对翁妪的剪影飘过。

祖孙两代、几口人相伴而行的剪影飘过。

一人拉着二胡沉醉的，几位坐着马扎悠然放风筝的，两两并肩小声漫谈渐行渐远的……剪影飘过。

我曾经年轻的爸爸妈妈，年少的我和姊妹们同游的剪影飘过。

我和我的过去相叠成的不同画面，纷扬成雪花一片片飘过。

四十年同学会，半百的男男女女，从四面八方赶来，在这一小塘前，这拍拍，那拍拍，纪念儿时，也留一份记挂给不再可能归乡的家里老人——从这里走出的老航修人。

听说过没见过，一些个片段。

一个奶奶带着孙儿在湖畔玩耍，一个疏忽，孩子脱离了奶奶的视线，待到发现时，孩子已溺毙于小湖中……后来闻讯赶来的孩子父母，没理会惊恐万状的老人，径自奔向孩子……然后，然后，醒过神般猛地冲将过来一掌掴向老人脸面，把一对母子的情分彻底斩却，渣都不剩。

某夜风雨雷电大作，巨大的声效连同曳地闪电，撕扯着人的神经，次日雨收，大地一片狼藉，竟有很多人赶到东平湖一被劈倒的老树前，拣那断口处迸溅出白生生的碎树茬，意为“辟邪”。人手一块握在掌中的，尚留有树的血液神经和记忆呢吧！

或可引发不适。

听说过没见过，不代表记忆总是甜腻。

2

刚看完一部电影，《地久天长》，更喜欢它的英文名《So Long，My Son》。“永别了，我的儿子”。失独，希望腰斩，一个家庭和另一个家庭的情感纠结，时代洪流裹挟下的命运遭际，伴随着死亡，成长，放下执念，自我救赎，还有生活，生存，隐忍克制，秉持善意。大时代背景下的凡俗面孔，面目模糊得一如生活中浑不见特色的你我。十几年，几十年的时光，皴染着的面容，一代中国工人阶级的缩影。

此片墙外开花，先在国际上获奖，入围柏林国际电影节，斩获影帝影后，又在墙内爆火，中国电影金鸡奖，导演协会年度电影导演奖，等等。被广为关注。将近三个小时的片长，也让人浸入剧情太久。演员王景春、咏梅联袂出演一对夫妇，质朴憨厚的形象塑造，像极了邻家兄弟。待进入剧情，率先被打动的，是他们还算年轻的时候，身着工装的模样，一双套袖作为标配，与工装一起，装点出他们在工厂工作、他们离开工厂创业等等，再平常不过的生活。

导演在处理这个关乎时代变迁与命运浮沉的故事，看似平静淡然，却多次给观众带来冲击。克制有力的调性，内敛含蓄的味道，那些个生命中不可承受的失去，以及这对夫妇表现出来的顽强，令人动容。

导演王小帅，一个很有想法的第五代导演，执导的很多片子不仅屡获国际奖，在国内文艺片导演中也颇具影响，他执导的另一部广为人知的片子，叫《青红》，也聚焦了工人群体，用电影语言诠释了某个时空背景下的青工形象，别样的生活，一样的青春。

他也是一名厂子弟，几个月大时，被父母从上海带到贵州某三线厂，十三年后离开。也就是说，这位导演将他十三岁前的生活，一次次投影到自己的电影创作中，无论日后走得多远，走得多久，少年的记忆里，总是太多的鲜活灵动撩拨着他，让他在之后的日子里，总不忘频频回顾。

大厂工人的生活，哪怕微微了了地被提及，都让人眼热眼湿，无他，盖因这一阶层所承载的所涵盖的所展现的，那份暗河下的汹涌。

暗河汹涌。大水汤汤。

时间是有力量的。

必要的翻拣让我们凝视，并留神关注，在经济高速发展进程中，那些可能被忽略俭省掉的事物，或许有着根本的意义。

当我在大厂停停走走撷取这一处那一处被时光抚摸过的场景时，记忆之水漫过，被打磨成卵圆的往事，带着刻意和雕琢一一呈现，我设置的人物渐次登场，或带着典型的个性，或露出局限片面的扁平，或有着温热的体温，或只是漫不经心地走一下过场后施然而退。但是他们用自己的方式，记录了生而为人的每一步，这份坚实和踏实一样惹人注目。

九十岁的梁钧在医院的康养中心安然地躺着，他的思维已如婴孩般澄澈简单。

志璞安于九泉之下。来过，爱过，活过，走了。黑土埋骨于塞外，哪有亲人哪是家。

曲老师九十一岁了，一路行来已无关悲喜，那是年轮碾下的沧桑，带着对既往的一切淡然。

曲师傅可以放心地走远了，曾经费心的灌溉已然见效，应该心无挂碍松下紧绷的惦念。

利头搂着女儿的肩，笑眯了眼，小外孙的娇憨引逗着他的视线，再有几年他就退了，可以接送娃子上下学了。

我还在迫使自己走出舒适区做点什么，当然，总是边抱怨边干，像极了一个小视频里，一群小女孩儿在台上演出，其中那个边哭边跳、舞姿却不敢含糊。

我的存在对于大厂算什么呢，一个记录者旁观者见证者，还是背叛者？或者兼而有之？

很庆幸，在频频回首中，将既往打捞，得以遇见或重逢。

那些师傅们，天赋异秉的大师；那些一拨拨长大的大厂娃子，后浪涌着前浪打得噼啪山响；那些将小镇盘得包浆厚重的亲们，分不清河水海水交界处是否咸甜的各级各类，工农商学兵；还有，注定淹没在历史深处的那些逝者……

菜市场的商贩热情地招徕，特色风味主副食发散着香气，人间烟火气蒸腾，那本来就是生活的味道，厚朴而纯粹。

文化宫，足球场，单身宿舍；学校，医院，食堂，浴室；厂宅，厂房……以及袖珍的厂区公园。厂街长长，厂树高大，厂花傲然。

人赋予了这里以生气活力，这里赋予了人以具体行止，及情感，喜惧嗔怒依附其上。

人们穿行其间，交错而过，高声打着招呼，各行其是。

亲疏近远，絮絮叨叨，家长里短，丰歉年年。

每一家的映像，每一人的流年。

大厂始建至今，也不过六十几年的光景，大厂人对于这一方水土的记忆，也长不过六十年，一个甲子。较之中原的乡村，成百上千年几十辈子祖居，大厂还明显新鲜稚嫩着，沉淀下的内容也较之轻薄很多。故事仍在继续，生活照旧开始。长长短短的一生，被打开，被书写，被阅读。

落叶飘零，新芽萌生，枯荣更迭，新桃旧符。

大厂依然，所有的声音色彩腔调和格局，有坚持的，有与时俱进的，有悄悄地随风而消散的。那片建筑从高处俯瞰，依旧看不出耀眼和明亮，镶嵌在冬日的田野深处，也只是苍然苍茫的一抹，视角再拉高，拉高，会淡成一个看不见的点，周遭一片混沌，只余黑土地上绵延着的水远山高。

再将视线拉回，一点点切近，再切近，轮廓再显的，仍是大厂的筋骨，眉眼清晰的还是爽利的旧邻。街巷横纵，人声嘈切，红尘万丈，世故人情得以展开。

年三十的鞭炮轰然，一夜梦醒，遍地全是残渣碎片，白雪地上炸裂的红纸屑黑火药，空气中的硝味儿游荡。人们在初一早晨醒来，见了人就互道“过年好，过年好”，拱手握手，洋溢满面的是喜庆，互相交换的是祝愿。

锣鼓铿锵，小调悠扬，满带地方风味又土又洋的仪式开始。团拜的领导们出场。

走马灯在转，一圈圈地转。剪出的纸片人就活动出真正的人形，由一群孩子一下子长到成人，簇拥着簇拥着，脸就笑成了一朵老菊，朵朵盛开。

衣着在变，时尚口味在更新，语言花哨，手里常拎的道具也在改变，配饰在变，一下子就穿越到人手一部手机的当代，音乐铃声交相呼应。一套房中的两个房间，也用手机微信互道，不知之间是太远了还是太近了。信，纸质的，带着信封邮票的书信，终究还是泯然了，便捷的即时的联络，同时也把一份期待和猜想丢却。

坐在单车后座搂着腰的娇嗔和依恋，以及飘飞的裙裾都淡在记忆深处了。

大水浩荡，接地连天。

吉林丰水啊，一条老坝拦蓄着松花江上游的来水，那是从长白山天池里跌落的水，是火山口里溢出带着地底讯息的水，凉时凉得沁骨，热时又热得沸腾，像极东北人的脾性，容不得温暾磨叽。

有了水，就有了电，有了水电，就有了工厂，就有了工业的发展，就有了连片的工厂区，就有了公路铁路货运专线，就有了高高的建筑，繁茂的城，亮化的路桥，街道上的川流不息，大型商超中的熙熙攘攘。

一个城一个城地亮了，一个城一个城地高了，一个城一个城打出了地标建筑，一个城一个城有着亮眼的招牌，一个城一个城开始造梦造星造属于自己的代言人。

互联网成就了我们今天全场景的生活便利：美团成了外卖的中心，滴滴成了出行的中心，淘宝成了网店的中心，抖音快手成了直播的中心。

一代人有一代人的活法，一代人有一代人的使命和担当。

干吗非要类比呢，不公平也没道理。干吗总打怀旧牌呢，只因那里住着年轻的自己。干吗总是抱怨连连呢，只因这世界变化快跟得有点费力有点焦虑有点失了底气。

呵呵，终究是自己的因，却羞于懒于承认。

大厂还是太小，小到容不下山风鼓荡大河奔流。仁者智者所谓乐山乐水的说辞，在大厂人眼里成了无根之水，站不住脚。走出去的人，见得了世面之大，河海之空茫，远山之巍峨，但一旦屈居下来，偏安一隅，大厂便成了母亲的羊水囊，局促得舒服，狭隘得踏实，即便大厂的水域就是一个小塘，一个人工制造的吸音器，也愿意捯饬一下心情，把自己扮成傻呵呵的一个，流连在此。

谁说那不是成年人的撒娇呢！

愿意出走半生，还是当年那个少年。

葆有一种好奇，向时间深处探望。

还是说回水，水，让人安静也让人澎湃。水也总是让人与时间联系在一起，流逝和流动意味着永远不再的追赶，和一点一滴的消耗，以及顺应适应浩荡的裹挟。

大时代里的沉浮，我们。

活在当下，这是最好的时代，也是最让人充满企盼的时代。

历尽千帆的判断，是因为淬了岁月的火。

3

走进大厂内部，捞起一些细节，亲切就在这一处处的铺陈中建立起来的。

爸爸的工友丁叔，算是爸爸的同龄人，当年从沈阳过来的一名技术工人。大城市里来的工人啊，气质那一块拿捏得煞是到位，那一身溜光水滑的衣着、脑门光滑锃亮的精明，以及话痨一样愿意显摆铺排甚至有点虚张声势的谈吐，就是一妥妥的大干部的派头，前提是，没看到过他在车间里围着电解槽系着一个大围裙干活，只看到他平时下班后施施然找人聊天时的样子。厂里好多这样的人，不说话，只搭上几眼，绝对让人看不出他的职务职位，谱摆得恰到好处。只是张嘴聊起来，兴许会露点怯，但就那么板板地端着，肯定看不出来头，不肃然起敬都对不起那第一眼的判断。

多少年了，我在厂街上偶遇丁叔，他总是一脸笑眯眯地逗我：大记者，采访采访我呗！弄得我总是不好意思。其实他也只是用这种方式打个招呼，不必太当真的，谁让他是看着我长大的丁叔呢，对我扑腾成个记者带着戏谑和调侃，有对子侄辈的成长感到欣喜，还有对自我的超强肯定。次数多了，我会和他打哈哈，站他对面，学他一样半认真半调侃：行啊，您抽空给我提供下素材呗！

小时候没少去他家，隔条小马路，跑几步就到，去看电视。他是我们那片较早买得起电视的人，有钱人啊，听说是沈阳的家人给留下的钱，成分有点高，落实政策后给补发了一笔。要不大家收入差不太多，家里也有三个丫头和我们比肩，开销上相近，他若是没点外援咋整得起这奢侈物件。电视不大，9英寸黑白，却聚了一屋子人，炕上地下的一帮，尤其引逗小孩子，什么都看，什么都感兴趣，看不太懂的也舍不得离开。《敌营十八年》《被侮辱与被损害的人》，“小鹿纯子”的《排球女将》，《大西洋底来的人》，《血疑》，各种跨年晚会，侯宝林马季的相声……丁叔和他家唐姨两口子热心，又都是爸爸一个车间的，我们不见外地总往他家跑，但他家的丫头们未见起也愿让我们去，所以去蹭电视看，多少还得看人家孩子的脸色，这就有点微妙，就是人家不显露出来，自已都会觉得那几张小脸里，有让你见了不得不犯琢磨的地方，若人家不情愿不高兴不乐意你的参与，那就息了那份瘾吧，甭管内心里多么炙热难耐。

电镀车间有毒有害工种多，他们两口子退得早，尤其他家唐姨，退的时候还不到五十，早早就离开了岗位。感觉不上班后老得快，在菜市场的路上遇到，忽然就觉得纹络纵横了。

爸爸过世时丁叔也来家探望，不知为什么，看到他的那一瞬间，蓦然眼酸，平时的调侃语气再也不见，看到他就像看到爸爸。他也收了平时的嘻嘻哈哈，可也没绷多大一会儿，聊了几句，又松了下来，家长里短地往旁边扯，试图将气氛弄得平和些。他们都是1958年进厂的老人，相仿的年龄，相近的经历，工作生活，生儿育女，差不多几十年都是在一起骨碌过来的。爸爸走了，他们还在，他和爸爸的另一个老哥们不得要领地安抚几句就走了，后背苍茫地闪到楼角，带着些老人的踉跄。

小的时候爸爸总叫丁叔的大号，我们不懂事，赶上丁叔来家坐坐，从他跨进门的一瞬，我们也叫着丁叔的大号，说他来了。丁叔一条腿已迈进门，听我们叫他的名字，不乐意地瞪着我们，我们也觉不妥四散逃开，下次他来，又免不了地重犯。

丁叔跟爸爸一样都是太普通不过的工人，所以他让我采访采访他我实在不得要领。

他具有多大典型意义呢？跟我爸爸一样掉进人堆就不见了，不是难为记者吗？爸爸临了用生命弄出个大动静不值得效仿，叔，祝你长命百岁，也祝你安然埋在安乐中间，让你的孩子在我这个年龄还有爸爸叫。

也或者，我还不具备发现的慧眼，及发现的愿望，若能听听他的人生故事，有没有惊喜也未可知啊。

再说说我同学大头她爸爸。

他在哪个车间上班不知道，但是他订杂志《人民文学》，那是20世纪的70年代末的光景，一个普通工人，确实看不出有什么知识分子高冷范儿，收入也不太高，但他订《人民文学》耶。

记不清他长什么样了，依稀记得他个子不很高，话也少，感觉板着脸时多些。但看在《人民文学》的分上，我到了杂志快发下来的时间，总是及时跑过去，找茬找借口寻来看，执着得大头有时也很烦，不知她爸爸肯不肯应她，或者，她犯没犯在她爸手里弄得他那会儿心情爽不爽。我觍个脸地往上凑，什么都抵不过《人民文学》的吸引力。

她妈妈是农场职工，山东的口音还没消失净，有一次居然从田里带回一帽兜没长毛的耗子崽，红红的，糯糯的，蠕动着，弄得我们又好奇又害怕又有点小恶心。

她妈妈绣一手好花，她们家绣的各种门帘桌布收音机套什么的，女人的活计随处可见，就显得家里格外温馨，也显得她妈妈持家很到位。

她弟弟比我还长几个月呢，却低我一届，有一次去她家，问我一道题我破天荒地解了出来，小子一高兴管我叫小姐姐。

学校要搞文艺会演，班里得出节目，文委选上大头和一些女生跳舞，但要求穿的服装她没有，她跟我借，我必须借呀！好像是一件粉色的的确良衬衫吧，再不就是仿的女兵装上衣。记不住了，反正这两件我都有，虽然我爸也爱没事时用拳头修理我，但在着装上却没亏着，大家都有的我也一定有，或者还能早上半步，不全都有的，我也先有。搞得人格形成上，没有在人前抠抠搜搜、不敢正眼抬脸看人等等，各种说不清道不明的肢体语言。虽然，也因为太不起眼，不太被老师和同学重视。

有一次一帮女同学去大头家，把她家小菜园里的菜给“罢园”（摘光）了，小丫头们的不管不顾，把大头急得吓哭了，怕她爹回来交不了差挨顿揍。这么说来，她爸爸还是挺有权威的，她爸爸没事修理她们姐弟还是“有证”滴。这可和她爸爸爱读文学的形象稍有不符，单看外表是真看不出被文学作用的痕迹。那个矮壮的寡言的汉子，那张经常让人有些惧怕的严肃的脸。

只是听说，她妈妈病逝得早，她爸爸续弦后又因一场意外的车祸离世，她比我们任何人都早早地尝到了“中年孤儿”的恓惶，却是班里第一个当奶奶的人。兴许，家庭对于她的意义，比我们更加丰富一些。只是想起当年，想起那么神圣的杂志，多少有点遗憾，她和她弟，都过着再寻常不过的日子，都和《人民文学》不发生任何、哪怕是一丁点儿的关联。但这会儿记起，还是忍不住脑补了一下她爸爸饭后没事时，坐在家里的小饭桌旁，手执一本杂志沉湎的样子。那是一个人到中年的工人的温馨一刻，是灵魂在天上愉快地飞翔的神奇时光。

大头姓卢。卢大爷，谢谢你的杂志。

哦，对了，那时我们都住在东平湖旁边，我们家，和丁叔，及卢大爷家，都住在与东平湖相隔不远的平房区。不过，那时湖还不叫湖，没名，就一普通的泡子。

我们和泡子的感情，同家附近的一棵大树差不多。以为地老天荒，是很久很久以后的事。

后记·航

湛蓝的天，高远而宁静，一个小白点出现了，然后白点移动，后面拖起长长的尾巴，越来越长，轨迹拉成一条长长的白线，在一望无垠的蓝天上，犹如被一只看不见的手所执的画笔任意涂抹……小孩子称其为飞机拉线，齐齐仰了头看，站成了一排向日葵。

也结伴跑到邻近的场站，航空的驻地，趁站岗的哨兵不注意混进去玩一种转轮：四肢在轮沿上固定，整个人伸展成一个“大”字，旁边的人使劲转动轮子，在轮上的那人便上下左右地失了方位感，旋转旋转，天旋地转，一会儿就绕晕了……那是飞行员的训练器械，孩儿们不知深浅也跑上去玩，玩一会儿就全坐到地上，满脑瓜飞星星。

音乐课上，老师将歌词手书在一张大白纸上挂于黑板，座下孩儿们随老师弹起脚踏风琴的琴声一句句跟唱：我爱祖国的蓝天，晴空万里阳光灿烂……

有机会去首都北京，那是人生的第一次哦，参观的愿望太多，却不期然地去了军博，军事博物馆，在一代机二代机的模型前久久流连。

正在一块水田里支农劳动，亲见一架飞机不知何故猛地一头栽下，在目力不及的地方，有伴着轰轰声响腾起的巨大烟雾。少不更事的心骤然受压，有喘不上气来的难受，个个不知所措站立远眺，面露惊惧。

我们是航修工人的子弟，从小大脑里便被强行植入有关蓝天和飞翔的字眼，不一定有机会做一名天之骄子，但根植在血脉中的“巡天”之梦始终明晰。

父亲的地勤服被我们当成时尚的衣着，这身制服不仅仅是一件普通工装。我们，因着他们的热爱而热爱，因着他们的荣光而荣光。即便如今，有的早已脱离了大厂的束缚，在其他地方其他领域各领风骚，也依然将出身牢记，引线一样埋伏在身体深处，一旦遇火，立刻有不明当量的燃爆连环爆起——骨子里的相同基因立马显现，情不自禁抱成一团，引颈举头，向着蓝天，长望。

意不意外惊不惊喜矫不矫情？

没得选择。我们把这种因出身而自带的特质，理解为一种宿命。

同学们的微信网名透露一二，崭新的“飞豹”，怀旧版的“涡喷五”，诸如此类。

生命已然过半，扔下五十奔六十的人，太多的见惯不怪，铺就来路，早就练成喜怒不形于色的内功，可还是露出一点藏不住的“拙”，分分钟把私底晾晒出来。

航。

飞机在上万公里的高空飞翔，云层下的一切都不尽清晰，阳光明亮得耀眼。偶有流云伴飞，大多时候，这只展翅的大鸟有着些许孤独，除了无线电联络，周边看不到比翼的伙伴，空域辽阔。

然而最想望望的，还是那因迢遥而看不太清的大地，那大地上的山川林木、城市村庄。

第一次乘飞机旅行，将脸久久地贴在舷窗上瞭望，体会身体克服地心引力飞升到空中的感觉。幻想是一只鸟，或者其他飞禽，以它们的视角看天看地看人，看寻常景致在另一视界下的奇特反转，看匍匐着的人类和走兽如何地觅食和搏杀。

跃升了高度，跨越了物种，也还是反观：活着，活着的痕迹。不高深，不取宠，就是这浅显的平常的掀不起惊涛骇浪的，活着。

认知有限，宇宙无限。再怎么转，都不会忽略自身的缺陷去虚设。然而仰望星空，从来都是人类诗意生活的一部分。无边的夜色，如水的沁凉，形而上的描摹次第登场，无羁的想象是翅膀，艺术的哲学的，历史的人文的，纷纷扬扬的画面一幅幅拉近又退远，层出不穷，色彩纷呈，无穷尽地展示，无际涯地涉猎，那些进化的奇迹，那些发展的速度……

止步于史观，止步于宏大叙事，止步于见识认知，我对大厂的诸般情结，似乎可以打开、放下了。再怎么基于热爱，也不可能全貌钩沉，完满再现。主观的切入，更有先入为主的预设、自以为是的代入。更何况大厂给予我的，远不是痴缠既往的格局，更有无畏探知索求的欲望——人心的深度，生命进化的长度，浩瀚星空的广度，太多的召唤让人兴奋，太多的未知透出紧张，回转身取一瓢饮咕嘟嘟地灌下，做回自己一市井大妈，关心肉蔬时价，精心布一两道家常菜式收获口水，不香吗?

面朝大海，春暖花开。

航是一种展开；

航是一种姿态；

航是一种行动力；

航代表一种行进方式；

航表明一种进行时态；

航指示一个路径；

航意味着出发、行进、归返，贯穿全程的持续发力；

航是在水天铺就的宽广舞台上的倾情出演；

航引领着茫无际涯的寻求，以不知功败的悲壮……

我们的征途是星辰大海。

工厂，工人，简朴的工装在身。厂房，机械，恢宏的大工业生产。之于群体，个性的面目模糊，如水滴融入湖海。之于个体，群体的号召力影响力，代表着这个阶级呈现的意义和付出的价值。“再低微的骨头里也有江河。”这是矿工诗人陈年喜的文字。读来，有粗粝的浪漫，有顽强的自尊，有奔放的期许。

想问：这朴实的、接地气的发声，是代言吗？如果是，你会如何倾听？如果不是，你觉得怎样的表达能够替代？

对于中国工业，具体到，对于中国的基础的军事航空工业，我的微微了了的表达，不尽如人意，初衷也仅仅是：希望笔下的工人，他们的尊严能够匹配他们的创造。

父亲四十年如一日在一个岗位上劳作，直至退休，做到了把自己站成一棵树，直至老去。但他确实已和大厂融为一体，不弃不离。即便飞升的灵魂，也找不到另外地择枝而栖的理由。

我没能把一个“当工人”的理想进行下去，但一个少年的根一样的记忆，让我葆有足够的真诚，去完成这次对大厂的致敬。

幸运做父亲的孩子，幸运命运与大厂勾连，幸运此生有与文字为伴的能力，幸运遇到面前接受分享的你。

2021 年 1 月 10 日于吉林